강정규 동화 창작론

작법은 없다

강정규 동화 창작론

작법은 없다

초판 1쇄 인쇄 2020년 11월 04일
초판 1쇄 발행 2020년 11월 11일

말한이 강정규
듣고 적은이 이경미
펴낸이 강정규
펴낸곳 시와 동화

등록번호 제2014-000004호
등록일자 2012년 6월 21일

주소 경기도 부천시 소사구 성주로 86-4, 104동 402호(송내동 현대아파트)
전화 032-668-8521
이메일 kangjk41@hanmail.net

ISBN 978-89-98378-41-7 03800

이 도서는 한국출판문화산업진흥원의 '2020년 우수출판콘텐츠 제작 지원' 사업 선정작입니다.

값은 뒤표지에 있습니다.

강정규 동화 창작론

작법은 없다

말한이 강정규 ┃ 듣고 적은이 이경미

시와 동화

말한 이의 말

내가 말하고
그가 적었다.
내 말이라고 해서
모두 내 말이 아닌 것처럼,
그가 적었다고 해서
모두 내 말은 아니다.
내 입으로 나는 말했을 뿐,
들은 건 그의 귀이기 때문이다.
바람에 흩어지고 말 뻔한 말들을 잡아 적은 사람,
이경미에게 고맙다.

인사동 동화 학교에서

강정규

듣고 적은 이의 말

길을 잃었다
어디로, 어떻게 가야 할지도 모르면서
안다고 착각하며 달려온 길

더 이상 걸을 수 없다는 걸 깨달았을 때
선생님을 만났다

매주 한 번씩 만나는 인사동 동화 수업은
나에게 깜깜한 밤길을 비춰주는 반딧불이
희미했던 그 길들 위로 별빛이 쏟아지고
달맞이꽃 흐붓한 동화의 길이 열렸다

생명의 씨앗이 열매로 익어 가는 길
사랑하는 모든 이들과 함께 걷고 싶은 길
어디에도 없지만, 어디와도 통하는 길
삶이 곧 문학인 길

그 후 10년이 지났다

더 이상 초조하지도, 쫓기지도, 불안하지도 않다

그냥 걸어온 것뿐인데…

행복하다

마음이 가난한 사람들이

삶은 전쟁이 아니라

나를 찾아 뚜벅뚜벅 걸어가는 여행임을

어둠에 절망하기 전에 하나의 촛불을 켜길

문학을 통해 자기 구원의 길을 발견하길 소망하며

선생님의 육성이 담긴 수업 노트를 조심스레 꺼내 놓는다.

파주 책 향기 마을에서

이 경 미

차례

제1장   어린이 마음으로

제2장 참사람, 작가의 길

제3장 나를 키운 스승

'사랑하다'에서 온 아마추어

心不在焉 視而不見 聽而不聞 食而不知其味

마음이 없으면 보아도 보이지 않고, 들어도 들리지 않으며,

먹어도 그 맛을 알지 못한다

- 『大學』

  부처님 상을 대하면 귓불이 늘어지고 눈은 작고 가늘다. 큰 귀로 많이 듣고 지그시 감은 눈으로 생각에 골똘한 모습이다. 사람도 맨 먼저 귀가 뚫린다. 태중에 귀가 먼저 열리고, 죽을 때도 청각이 마지막까지 남는다. 주검 앞에서 화장할까, 매장할까 하면 그 말을 듣고 시체도 눈물을 흘린다 한다. 강아지들도 눈은 며칠이 지나야 뜬다. 처음엔 보지도 못하고 허옇게 망막 같은 것이 덮여 냄새와 소리로 엄마 젖을 찾는다.

나 역시 유년 시절 할머니로부터 이야기를 듣는 데서 모든 사물의 이치를 깨닫기 시작했다. 봄에 꽃이 피고, 여름에 무성해지고, 가을에는 열매 맺는다. 추우면 얼음이 얼고, 물은 높은 곳에서 낮은 곳으로 흐르고, 악한 사람은 벌 받고…. 할머니의 이야기를 통해 사물의 이치를 자연스레 깨우치게 되었다.

학식과 입담이 뛰어난 할머니는 매일 매시 짬만 나면 이야기를 계속 들려주셨는데, 거의 다 옛날이야기였다. 재미난 순서대로 하면 첫째가 조웅전, 둘째가 충렬전, 셋째가 삼국지, 다음으로 장화홍련전, 홍길동전, 춘향전, 심청전, 박씨부인전, 임경업전은 물론 신화, 전설, 민담 등 각종 설화까지 거의 몽땅 첫 손주에게 쏟아 놓으셨다. 여기에 고모까지 거들어 방정환이 작사한 〈형제별〉 같은 동요나 신식 이야기들…. 그들이 쏟아 놓은 물 덕분에 나는 점점 깊고 커다란 우물이 되어갔다.

이야기를 자꾸 듣다 보니 우선 귀가 열렸다. 귀가 열리니 나름대로 견해가 생기기 시작했다. 시각이 잡히니 대상이 보이고, 나름대로 해석되면서 읽기가 가능해졌다. 읽기가 곧 해석이다. 대상을 제대로 인지하기 전에는 보아도 보이지 않고 보더라도 대상의 표피만 본다. 본다는 것은 그 사물과 만나는 것이다. 나아가 그 사물과 관계를 맺는 것이며, 더 나아가 사랑하는 것이다. 사랑하지 않으면 제대로 볼 수 없다. 그와 내가 제대로 된 관계를 맺을 때, 비로소 사물의 실체를 볼 수 있게 된다. 이 단계에 이르면 그 사물의 내밀한 이야기가 들리기 시작한다.

아마추어amateur는 '사랑하다'란 뜻의 라틴어 '아마토르amator'에서 왔다 한다. 인간은 태생적으로 불완전한 아마추어이기에 삶을 제대로 사랑하려면 잘 듣고 보아야 하며, 잘 읽어야 한다. 잘 보면 그 사물과 만나게 되고, 잘 봐서 보이고, 읽게 되고, 관계를 맺으면, 그 사물은 나에게 와서 의미가 된다. 살아 있는 것은 뭔가 말을 하게 마련이므로, 내가 어떤 사물과 관계를 맺는다는 것은 그 사물의 이야기를 들을 수 있는 귀를 갖게 되는 것이다. 관계가 무엇인가. 나를 열어 주었으므로 상대 또한 내밀한 속살을 보여 주는 것 아닌가. 거기서 비로소 남모를 나만의 이야기를 얻을 수 있다.

대런 아로노프스키 감독의 ≪블랙 스완≫(2010, 미국)이란 영화가 있다. 선생, 친구, 나, 엄마 4인이 다 나 한 사람이다. 내 내부에 있는 나. 여러 개의 나. 백조의 호수 줄거리를 바닥에 깔면서 내가 백조인데 흑조 역까지 하다 보니 '나'라는 외피에 갇혀 2개 역을 못하게 된다. 선생이 흑조 역까지 하도록 방법을 모색하고, '나'라는 알을 깨고 나오도록 유도한다. 같은 영화를 보고도 해석의 차이가 생긴다. 아는 만큼 보고, 아는 대로 보기 때문이다. 내가 가진 생각대로, 나의 소양대로 본다. 사실은 해석 문제다. 그 대상을 나 나름대로 읽어서 감흥을 얻는 것이다.

보는 것, 읽는 것은 결국 '나'가 작용한다. '나'의 주관이 작용한다. 창작도 99%가 주관이다. 주관이 곧 개성이다. 나대로 본다. 그렇기 때문에 컵 하나를 놓고도 얼마든지 창작이 가능하다. 연애 소설은 결국 남녀 관계인데 어떻게 끊임없이 재창조되는가. 작가의 주관이기 때문에 계속 쓰여지는 것이다. 결국 자기 생각, 주관, 개성적인 해석이 중요하다. 이것이 농익으면 그의 문체가 되고, 작품 세계가 된다.

따라서 글을 쓰기 위해서는 듣기 → 보기 → 읽기를 통해 자기만의 해석의 창을 가져야 한다. 이는 곧 천심(天心)을 회복하는 것과도 통한다. 동화를 쓰는 사람이라면 탁오(卓吾) 이지(李贄)가 『분서』속 '동심설'에서 얘기했듯이 '하늘나라 백성의 마음', '첫 마음'을 회복해야 한다. 첫 마음으로 돌아가 듣고 보고 읽고 쓰다 보면 자연스럽게 자신의 상처가 치유되고 독자들에게도 공감을 얻어 비슷한 치유 효과를 얻을 수 있다.

귀가 알아들을 만큼 열리게 되면 사물이 달리 보이게 되고, 관심을 기울이게 되면 그 다음에 쓰게 되는 것이 바로 글이다. 아래 시는 그 단계를 거쳐 사랑으로까지 나아가 충분히 숙성되어 나온 작품이다.

꽃게가 간장 속에
반쯤 몸을 담그고 엎드려 있다.

등판에는 간장이 울컥울컥 쏟아질 때
꽃게는 뱃속의 알을 껴안으려고
꿈틀거리다가 더 낮게
더 바닥 쪽으로 웅크렸으리라

버둥거렸으리라 버둥거리다가
어찌할 수 없어서
살 속으로 스며드는 것을
한때의 어스름을
꽃게는 천천히 받아들였으리라

껍질이 먹먹해지기 전에
가만히 알들에게 말했으리라
저녁이야
불 끄고 잘 시간이야

- 안도현, 「스며드는 것」

인사동 공부방에서 동화를 쓰는 만학도들에게 이 시를 읽어줬을 때 우는 엄마도 있었고, "앞으로 게장은 다 먹었다"는 이도 있었다. 잘 익은 글 한 편이 타인을 울릴 수 있다. 밝은 귀와 눈, 첫 마음으로 관심과 사랑을 갖고 사물을 대하면 여러분도 얼마든지 일상의 기적과 만날 수 있다.

제1장
어린이 마음으로

가둬서 사육하지 마라 내버려 둬라

강력하게 때론 약하게
함부로 부는 바람인 줄 알아도
아니다! 그런 것이 아니다!

보이지 않는 길을
바람은 용케 찾아간다
바람길은 사통팔달이다

나는 비로소 나의 길을 가는데
바람은 바람길을 간다
길은 언제나 어디에나 있다

- 천상병, 「바람에게도 길은 있다」

자기 구원의 길을 찾아 뱃사공이 된 싯다르타는 정성을 다하여 아들을 가르치지만 사춘기를 맞은 아들은 아버지를 거부하고 도시 속으로 사라져 버린다. 싯다르타는 삶의 의미를 찾아 바라문의 지위도, 사문의 경건함도, 장사꾼의 부유함도 버리고 뱃사공이 된 후 사랑했던 카말라에게서 얻은 아들을 인간의 길로 인도하고자 한다. 그러나 사랑이 집착을 낳고 그토록 큰 아픔을 가져올지 몰라 몹시 괴로워한다. 스승 뱃사공 바주데바에게 어떻게 사는 것이 옳은지 묻자 그는 이렇게 말한다.

"인생의 궁금증은 사람에게 묻지 말고 강물에게 물어보게."

끊임없이 흐르는 강물은 그가 생각하는 바에 따라 매 순간 다른 물소리를 들려준다. 그는 강가에서 기다리는 것, 인내심을 갖는 것, 귀 기울여 듣는 법을 배웠다. 그렇게 오랜 세월 강물의 소리에 귀 기울이니, 강물 속에는 모든 소리가 함께 어우러져 공존한다는 사실을 깨닫게 되었다. 일체의 소리들, 일체의 목적들, 일체의 번뇌, 일체의 쾌락, 일체의 선과 악…. 이 모든 것들이 함께 합해져 이 세상을 이루고, 사건의 강을 이루고, 생명의 음악을 이루고 있었다.

그 순간 싯다르타는 운명과 싸우는 일을 그만두었다. 고민하는 일도 그만두었다. 그의 얼굴에 깨달음의 즐거움이 피어났다. 그는 자식뿐 아니라 모든 인간에게 지식은 전달할 수 있으나, 지혜는 전달할 수 없음을 알게 된다. 진리는 스스로 체험할 때만 얻을 수 있으며, 어제의 답이 오늘의 답이 아님을, 성장함에 따라 끊임없이 변할 수 있음을, 변화를 수용해야 함을 알게 된다. 아들이 아무리 죄를 짓더라도 그 내면에는 이미 미래의 부처가 깃들어 있다는 사실도 깨닫게 된다.

소설 『싯다르타』의 저자 헤르만 헤세는 동서양의 정신적 유산을 승화해 또 하나의 붓다를 창조하였다. 헤르만 헤세처럼 청소년기에 종교적, 본래적, 정신적 고뇌로 자살을 기도해 정신병원에 입원하기도 하고, 영혼으로 향하는 내면의 자유에 눈을 돌려 자신의 가치관을 깊이 숙성시켜 그 누구의 길도 아닌 자신의 길을 걸은 사람이 좋은 글을 쓴다. 누구에게도 휘둘리지 않는 자신만의 지표로 가야 자기 이야기를 쓸 수 있다.

새롭다는 건 세상에 없는 걸 그리는 게 아니라, 남들이 못 보고 지나치는 것을 발견하고 세밀하게 그리면 그게 새로운 것이다. 나만이 볼 수 있는 것을 가지려면 내 인생의 끊임없는 질문에 답을 찾아 여행을 떠나야 한다. 그 긴 여정이 곧 자신과 만나는 길이다. 아이들도 스스로 깨달음의 길을 떠나야 한다. 부모가 붙들어 매고 몽매한 자기 지식만 주입시키면, 지혜로운 성숙의 기회를 앗아가는 것이나 다름없다.

얼마 전 아이들이 쓴 글을 심사하면서 한숨이 절로 나왔다. 거의 다 아이들이 쓴 글이 아니었다. 아이들은 물론 선생님, 부모님을 거짓말쟁이로 만드는 이런 백일장은 해서 무엇 하나, 회의가 밀려왔다. 이오덕 선생의 말이기도 하다.

요즘 부모는 마음이 급하다. 아이가 자신의 길을 찾도록 기다려 주기는커녕 아이가 빨리 가지 못하면 자기가 업고 뛴다. 숙제도, 글짓기도, 작은 선택과 판단까지도 모두 대신해 준다. 아이를 학원에 심어 놓으면 아이들은 그냥 다닌다. 자기 삶의 주체가 되지 못하고, 자기 그릇대로 크지 못하고, 사회의 패러다임이 요구하는 대로 만들어지고 세뇌된다. 그리고 그것이 마치 자기 꿈인 양 착각한다.

나의 할머니는 정반대셨다. 항상 "가만 놔 둬라", "내버려 둬라" 그러셨다. 옛날엔 "나가 놀아라" 했지만, 지금은 "들어가 공부해!"가 일상이 되었다. 옛날엔 나가면 거기가 자연이고, 사회였다. 그곳에 골목대장이 있고 자기들끼리 부대끼며 여러 연령층의 아이들이 하나의 사회를 형성하며 스스로 깨쳐 나갔다. 자연 속에서 자연스럽게 성장했다. 그렇게 성격이 형성되고 성장통을 충분히 몸과 마음으로 겪으며 자라났다. 그러나 요즘은 벼도 고추도 담배도 모두 기계로 말리듯 아이들도 기계적으로, 기계로 키운다.

'받다'와 '들이다'의 합성어 '바다'처럼 조건 없이 작은 물방울도 거절하지 않고 모두 받아들여 아이가 그야말로 큰 바다를 이루도록 해야 하는데, 인위적으로 주입시키고 당사자의 의사를 무시한 채 세상의 요구를 쫓도록 강요한다. 따지고 보면 부모가 자기 욕망으로 사육하는 것이다. 남들 다 하는데 자기 아이만 안 하면 낙오자가 될까 봐 안달복달한다. 이런 부모의 불안 심리를 먹고 자라는 것이 사교육이다. 갈수록 번성하고 연령이 낮아지다 보니 소아 정신과를 찾는 아동이 넘칠 수밖에 없다.

이렇게 자란 아이들이 부모 곁을 떠나 나중에 어른이 되면 어떻게 될까? 조금만 달리면 다리가 아프고, 많이 걸으면 병이 나지 않을까. 엄밀히 말하면 아이는 '키우는' 게 아니라 '크는' 것이다. 만약 누구나 자기 뜻대로 가르치고 키울 수 있다면 세상에 서울대 못 갈 사람이 없을 것이다. 자기가 크는 것이다. 자신의 길이 오는 것이다. 현대의 부모들은 자기가 밑그림을 그려 놓고 거기에 맞지 않으면 나무라고 제재한다. 이렇게 애완동물처럼 키우면서 경제적 풍요만 중시하다 보니 아이들은 스스로 물리를 터득할 시간과 기회를 박탈당한다. 돈과 명예, 권위 같은 허상을 쫓아 달려가는 비극적인 존재가 되는 것이다.

소나무는 소나무로, 민들레는 민들레로 크듯이 사람은 그 사람의 길(道)로 자란다. 인력으로 어떻게 할 수 있는 문제가 아니다. 다만, 부모는 기도할 뿐 아이는 스스로 깨닫도록 기회를 주고 기다리며 지켜봐 주면 된다. 그 아이의 성품과 재능대로 가능성을 펼칠 수 있도록 마음을 쓰면 그 믿음이 올바른 쪽으로 작용하게 된다. 기도는 우회적 실천이다. 실천하면 변화가 생긴다.

무쇠솥에서 밤새 끓여 낸 곰국처럼, 냄비가 아니라 질그릇 뚝배기로 끓여 낸 된장찌개 같은 그런 사람이 되어야 아이도 부모도 행복하다. 매 순간 자기 보속(步速)으로 자신의 길을 걸어가는 사람이 글도 잘 쓴다. 자꾸만 달려가려는 발을 붙들어 매고, 느긋하게 앉아 무언가를 바라볼 수 있는 여유를 기르자. 아이도 그런 여유 속에서 생각하는 힘이 길러진다. 좋은 글은 거기서부터 출발한다.

시(詩)는 말씀(言)의 절(寺), 나를 눈뜨게 하는 말, 살아나게 하는 글이다. 실상 세상을 제대로 보면 시 아닌 것이 없다. 어릴 때 우리 모두 시인이었던 것처럼, 때 묻지 않은 맑은 영혼엔 사물이 경이롭게 보이듯 아이들의 언어는 그 자체가 시다. 살아 있어야 사물이 제대로 보이고 살아 있으면 뭔가 할 말이 생기고, 그 말을 누군가에게 전달하기 위해 문자로 기록해 내는 것이 바로 시이자 동화다. 우리보다 앞선 사람들이 자기 삶을 기록한 것이 글이다. 삶이 없으면 문학도 없다.

"나는 누구지?", "우리는 어디서 와서 어디로 갈까?" 나이를 먹을수록 이런 의문이 드는 것은 아주 본질적인 문제이기 때문이다. 종교도, 문학도 인간의 삶에 본질적인 질문을 던진다. 문학인은 모든 걸 다 수용할 수 있어야 한다. 열린 생각과 시야로 세상을 봐야 편협하지 않다. 자기 나름의 본질적인 의문을 갖고 그 물음을 기록하는 것이 진정한 문학이다.

열림과 닫힘, 자신의 자전적인 이야기를 동화로 쓴 안데르센의 『미운 오리 새끼』처럼 작은 해답을 얻기까지의 과정을 기록하는 것이 문학이다. 젊은 시절 나는 남들이 뛰어갈 때 '그게 뭔가' 하고 어리둥절해 있었다. 20대에 읽은 책을 20년 후에 다시 읽었다. 20대에 얻은 해답과 40대에 깨우친 해답은 질이 달랐다. 서두른다고 되는 것이 아니었다.

남한산성 근처에 있는 한 초등학교의 행복한 아이들 이야기가 떠오른다. 그 아이들은 산에서 만날 논다. 그런데 그 아이들이 컸을 때 좋은 대학에 가서 공부도 잘했다 한다. 자연에서 뛰놀고 성장한 어린이들이 교실에서 주입식 교육을 받은 아이들보다 즐거운 삶을 살고 좋은 동화도 쓸 것이다. 뚜껑 열고 집어넣은 것은 다 잊어버린다. 몸은 정직해서 한 번 익힌 것은 절대 지워지지 않는다. 교실에서 판서하면 잊어버리지만 몸으로 보고, 듣고, 겪으면 뒷걸음질쳐도 잊어버리지 않는다.

　몸으로 익힌다는 건 결국 삶을 뜻한다. 고전을 읽고 삶 속에서 체득한 것은 몸으로 익힌 거지만, 외운 건 몸으로 익힌 게 아니다. 살아 있는 게 아니다. 우리가 쓰게 될 동화도 그런 내용이어야 한다. 바쁜 세상에 거꾸로 가는 사람. 아동문학을 하는 사람이 보여줘야 할 세계에 대한 책임을 깨달아야 한다. 이를 위해선 한 손엔 고전을, 한 손엔 신문을 들고 비옥한 인문학적 토대와 풍부한 시대사적 시각을 가져야 주제가 편협해지지 않는다.

　요즘은 동화책만 읽는 동화작가 지망생이 많아 참으로 안타깝다. 그러면 그야말로 주제(主題) 파악이 안 된다. 이런 사람이 동화를 쓰면 뭘 쓰겠는가. 무에서 유를 창출하는 것은 불가능하다. 유에서 유를 창조해 내는 것이다. 별 볼 일 없으면 해석이 불가능하다. 오래전 생각이 작품으로 나올 수는 있지만, 모르는데 나오는 건 없다. 결국 맘속에 고여 있는 것이 나오는 것이다.

　삶이 먼저다. 문학은 뒤따라오는 것일 뿐. 그렇다면 가장 문학적인 삶은? 사랑하는 삶이다. 요즘은 자기 사랑만 강조한다. 남 바라볼 것 없이 달려가라고 가르친다. 엄마를 따라오지 못하면 막 잡아끌고 간다. 빨리 가면 주변을 살피지 못한다. 사람이 다니다 보니 길이 되는 건데, 산을 뚫어 고속도로를 만드는 게 요즘 모습이다. 이걸 이야기 속에 담으면 동화가 된다.

사람은 늦되는 동물이다. 그중에서도 나는 'Late Bloomer', 즉 대기만성(大器晚成)형을 좋아한다. 늦게 꽃피는 아이가 더 그윽한 향기를 뿜어 낸다. 조금 늦더라도 그 아이만의 빛깔과 향기를 찾도록 해야 한다. 가둬서 사육하지 말고 내버려 둬야 한다. 꽃은 누구를 위해 피는 것이 아니라, 자기 리듬을 타고 피어날 뿐이기에.

자연이 하느님이다
- 잃어버린 신을 찾아 교감하라

하면 된다지만,

너는 되는 일을

하거라!

- 강정규, 「할머니 말씀」

20대에 문학 청년 아닌 사람 없고, 30대에 사업가 아닌 사람이 없으며, 40대에 종교인 아닌 사람 없다는 말을 들은 적이 있다. 지금은 평균 수명이 연장되어 20~30대 문학 청년, 40~50대 사업가, 60~70대는 돼야 종교인이 될 수 있을 것이다. 통상 종교인이라 하는 것은 대상 앞에 자기를 드러내지 않고 신 앞에 겸손해지고, 허허로운 마음으로 죽음을 준비하는 자세를 이른다. 죽음은 다시 태어나는 것이기에 '돌아갔다'고 한다. 본래의 상태로 돌아간다는 말은 곧 자연(自然)이 되는 것이다.

그렇다면, 자연이 뭘까. 스스로 있는 자, 현현하는 하느님이 바로 자연이 아닐까. 볼 수 없고, 나타날 수 없고, 나타나도 형체는 안 보이는 자연 현상 자체가 신이 아닐까. 인간은 자연 속에 포함되므로, 신 ― 자연 ― 인간은 하나의 계보로 묶인다.

물론, 자연이 좋기만 한 것은 아니다. 질병, 지진, 가뭄, 홍수도 있다. 하느님이 직접 관여하지 않고, 자연 자체로서 법칙을 주시고, 인간에게도 자유 의지를 주셔서 탐욕이나 불의를 충분히 저지를 수 있게 만드신 까닭이다. 만약 자연 악, 인간 악이 없다면 그야말로 천국이다. 천국이 유쾌할 순 있어도 쉽게 흘러가는 하나의 꿈처럼 권태로울 것도 같다.

자연은 순환하지만 한시도 같지 않다. 늘 변화하기 때문이다. 변하지 않으면 큰일이 난다. 늙지도 않고 죽지도 않고 꽃이 피지도 않고 시들지도 않고 싹이 트지도 않고 썩지도 않으면 생성이 불가능해진다. 이걸 수용해야 한다. 변화가 없는 건 생물이 아니다. 존재가 아니다. 있는 것도 아니다. 변화하기 때문에 무언가 있고, 있기 때문에 없고, 없기 때문에 있다. 따라서 변하지 않는 것은 없는 것이나 마찬가지다.

그러나 사람들은 변화를 수용하지 못하고, 현재의 고통과 절망을 견디지 못해 우울증에 걸리거나 자살을 하기도 한다. 죽고 변하는 것이 진리고 자연이고 사물의 이치다. 이것이 수용이 안 되면 고통스러워진다. 내가 살아온 70여 년을 돌이켜보니 젊은 시절의 절망이 있기에 지금의 희망이 있다는 걸 알겠다. 밤이 있어 낮이 있고, 죽음 있어 삶이 있다.

독일 개신교 신학자 칼 바르트(1886-1968)는 『교의학』에서 '그늘진 쪽'을 강조했다. 창조에는 '예' 만이 아니라 '아니오' 도 있다. 높음뿐 아니라 심연도 있다. 미뿐 아니라 추도 있다. 어둠과 밝음, 성공과 좌절, 웃음과 눈물, 태어남과 죽음…….

도리(道理), 순리(順理), 섭리(攝理)처럼 '理' 자 붙은 말을 평소 많이 생각해 봤는데, 변화하는 만물의 이치에 눈을 뜨게 되면 순리를 거역하지 않게 되고, 어떤 상황도 지나가는 것임을 알게 된다. 그러나 대부분 사람들은 한 토막, 단기간만 본다. 너그럽게, 깊게, 멀리 바라보면 시간이 흘러감에 따라 변화하는 것이 '그렇구나' 하고 자연스럽게 수용된다. 내가 죽기에 누군가 있는 것이다. 추함이 없으면 아름다움도 없다. 선은 물론 악도 수용해야 하는 까닭이다.

안드레이 타르코프스키 감독의 ≪잠입자≫란 영화가 떠오른다. 비밀의 방이 있는데, 그 방만 들어가면 소원이 성취된다. 가기는 대단히 어렵지만, 고슴도치란 사람이 천신만고 끝에 비밀의 방으로 들어가 마침내 소원을 성취한다. 그러나 그는 끝내 자살하고 만다. 왜 그랬을까? 병석에 있는 동생이 살아나길 빌려고 갔으나, 들어가선 자기도 모르게 부자가 되게 해달라고 무의식 속 욕망을 말해 버린 것이다. 결국 자기 자신에 대한 절망감 때문에 그는 자살하고 만다.

세속적인 욕망 덩어리인 내가 소아(小我)라면, 내가 정말 좋은 것만 드리며 키워 온 나의 이상형은 대아(大我)라 할 수 있다. 로또 당첨을 원하는 것도 나지만, 그런 불로소득을 원해선 안 된다고 생각하는 것 또한 나다. 인간은 소아에 머물기 때문에 죽을 때까지 대아를 찾아 마음 수련을 하고, 그쪽으로 가고자 노력한다.

내가 소아(小我)이며 대아(大我)이다. 이 때문에 내 속의 두 자아가 부딪친다. 세속적인 욕망 덩어리 소아가 내가 믿을 수 있는, 나와 함께 있지만 나보다 위에 있는 분, 대아를 찾아 답을 구한다. 끊임없이 답을 찾는 과정에서 인격 수양이 이루어진다. 신(神)은 변함이 없고, 대꾸도 없다. 그 대꾸를 내가 한다. 대아가 한다. 내가 믿을 수 있는 나의 말, 그걸 가르치는 게 대아이자 신이자 자연이다. 우리가 기도를 하면 응답을 주는 것도 결국 대아의 대답, 사실은 '나'의 대답이다. 대아는 내 안에 있는 또 다른 나이기에 나와 가까워질 수도 멀어질 수도 없다.

누구나 대아를 닮아가 성인(聖人)이 되고자 하나, 소아가 방해한다. 현실적·속물적 소아와 대비된 성현, 견성(見性), 내 안의 부처이자 자연이 대아이다. 자연이 자연 그대로 하느님이듯이 나는 신의 부분이 아니라 나도 나대로 작은 신이다. 교회 밖에도 구원이 있다.

어찌 보면 이세상에 대상은 너와 나밖에 없다. 상대방의 대상도 나나 너뿐이다. 너와 나는 웅대한다. 대답하나 변화하기에 믿을 수 없는 것. 그것이 나이고 너다. 인간은 불완전하고 항상 변화하기에 변하지 않는, 믿을 수 있는 대상 '그'가 필요했다. 그래서 인간이 만들어 놓은 객관적인 대상 '그(he)'가 바로 신이 아닐까. 인간이 없으면 신도 없다.

평생 동안 형성된 나의 말은 다시 할머니에게로 돌아간다. 할머니는 서두에 내가 쓴 동시처럼 "하면 된다지만, 너는 되는 일을 하라"고 말씀하셨다. 일반적으로 사람들은 '하면 된다'고 생각한다. 그러나 세상엔 해도 안 되는 일, 해선 안 되는 일이 더 많다. '되는 일'을 하라는 것은 순리에 따라 이치에 맞는 행동을 하라는 뜻일 게다. 도리를 좇는 삶을 살라는 말이다. 순리에 따라 살다 보면 일이 생각대로 안 풀려도 '이러려고 그랬구나' 하고 깨닫게 된다. 조금만 멀리 보면 그것이 곧 순리임을 알게 되어 내가 굳이 접으려 하지 않아도 자연스럽게 안 되는 일은 그 결과를 가슴으로 받아들이게 된다.

이범선의『오발탄』이란 전후 문제작을 보면 전쟁으로 월남해 정신 질환에 시달리는 어머니가 '가자! 가자!' 계속 반복해서 소리친다. 어머니 말이 맞다. 38선은 인간이 그어 놓은 선일 뿐, 고향으로 못 갈 이유가 없다. 자연은 국경도, 선악도, 미추도 없다. 스스로 그러하기에 자연이 곧 하느님이다. 하느님 마음이 어린이 마음이라면, 계산하는 것은 인간 마음이다. 지구상에서 생산되는 과일, 씨앗들로 전 인구가 살 수 있다. 충분히 먹고 산다. 결국은 인간의 욕심이 한쪽은 굶고, 한쪽은 비만해 성인병에 시달리는 양극화의 비극을 자초한 것이다. 사람이 인위적으로 꾸미고 만들 때 그것은 되돌아와서 자기를 친다. 사람(人)이 하(爲)면 거짓(僞)이 된다.

성경에 보면 어린이 마음 같아야 천국에 들어올 수 있다고 예수님은 말씀하셨다. 어린이는 누구인가. 어린이 마음이란 어떤 마음일까. 모든 자연이 그렇지만 인간도 자연의 일부분으로 볼 때 창조주의 피조물이다. 하느님이 맨 처음 만드셨을 때 그분이 의도한 쓰임도 있었을 것이다. 하느님의 형상대로 만드셨다 하니 인간 세상에 나와서 오염되기 이전의 자연 그대로의 상태가 어린이다. 하느님의 형상을 지닌 순수한 인간의 마음이 어린이 마음인 것이다. 탁오(卓吾) 이지(李贄)가 1581년『분서(焚書)』라는 책에서 원굉도라는 제자에게 설파한 '동심론(童心論)'에도 이 마음이 잘 담겨 있다.

동심은 '참된 마음(眞心)'이다. 만약 동심이 있으면 안 된다고 하면, 이는 참된 마음이 있으면 안 된다고 하는 것과 마찬가지이다. 동심이란 거짓 없고 순수하고 참된 것으로, 최초 일념(一念)의 '본심(本心)'이다. 동심을 잃으면 참된 마음을 잃는 것이며, 참된 마음을 잃으면 '참된 사람(眞人)'을 잃는 것이다. 사람이 참되지 않으면 최초의 본심은 더 이상 전혀 있지 않게 된다.

어린아이 같지 않으면 천국에 못 들어온단 얘기는 태어났을 때 모습, 천국 백성의 모습을 잃고 세상에 나와 인간성을 잃고 온갖 욕심에 미혹된 사람이 그만큼 많다는 반증이기도 하다. 인간 세상은 사람들이 온갖 비리와 악행과 진선미에서 벗어나는 마음, 욕심으로 헝클어 놓은 것이 많기에 여기에 던져진 인간이 서서히 물드는 것이다. 이지는 남의 흉내나 내고 자기를 드러내기 위한 독서는 하지 않는 것이 낫다고 말한다.

물론, 자연이 그렇듯 어린이에게도 선한 부분만 있는 것은 아니다. 선악이 혼재한다. 밤과 낮, 빛과 그림자가 함께 있듯 어디서 어디까지가 선이고 악인지 명확히 구분 지을 수 없다. 자연의 약육강식, 먹이사슬도 자연 상태를 유지하기 위해 그래야 하고, 자연스레 그리된 건 이유가 없다.

놀라운 건 그들이 자기가 먹을 만큼만 취하고 과하게 취하지 않는다는 점이다. 물론, 다람쥐는 겨울 동안 먹을 양식을 위해 도토리를 부지런히 모아 감춘다. 그러나 다람쥐가 감추고 찾지 못한 도토리 덕분에 숲이 우거진다. 호두, 잣, 도토리, 밤…. 다람쥐의 건망증으로 이듬해 싹이 나서 번식한 나무들이 숲을 풍요롭게 살찌운다. 간혹 짐승의 발에 밟혀 으깨지기도 하고, 노루, 사슴을 만나 먹히기도 해서 모두 발아하지 못하고 지금의 적정한 상태가 유지된다. 이것이야말로 자연(自然)이다.

곱게 늙은 사람은 나이가 들수록 어린이와 같은 천심을 지닌 마음으로 돌아가 진짜 몸도 작아진다. '송알송알 싸리 잎에 은구슬' 하는 〈구슬비〉란 동요를 지은 권오순(權五順) 선생님은 속가에 있는 재속(在俗) 수녀였다. 몸도 불편하셨고, 이북에서 혈혈단신으로 내려와 독신으로 살다 주님께 돌아가셨다. 돌아가실 때 몸무게가 20~30kg밖에 안 됐다. 그때 발뒤꿈치가 아기 발꿈치 같았다. 그 상태에서 사물을 보면 어린아이 상태로 대상을 보는 것이 되지 않을까.

톨스토이가 말년에 쓴 단편소설, 동화들도 어린이 형상을 닮았다. 그래서인지 가장 쉽게 가장 깊은 말을 한다. 그것은 욕심을 내려놓지 않으면 불가능하다. 동화는 어린이를 독자로 쓰지만 어른, 남녀노소 모두를 독자로 둔다. 할머니나 할아버지는 이야기를 아주 쉽게 하는데, 그 속에 지혜가 담겨 있다. 익은 문학은 욕심을 내려놓고 삶이 농익어 열매가 저절로 벌어진 것이다. 움켜쥔 것을 내려놓고 순리에 따르면 누구나 고향 같은 어린이 마음으로 돌아갈 수 있다.

잃어버린 자연을 찾아 끊임없이 교감하다 보면 오늘 기뻐도 겸손하고 내일 먹구름이 끼어도 절망하지 않게 된다. 모든 것은 변하기에 그날은 그날로 부지런히 살면 된다는 것을 알기 때문이다. 향상일로(向上一路)의 마음으로 내면의 빛을 따라 뚜벅뚜벅 걷다 보면 나와의 만남이 먼저 이루어지고, 체험이 농익어 작품으로 빚어지면 작가는 저절로 된다.

인연은 섭리

섭리란 쉽게 말하면 인연이지.
우리가 이렇게 알게 된 것도 따지고 보면 인연 아닌가.
섭리의 작용 없이 인연이 성립되겠는가?

- 이병주, 『행복어사전』

엄밀히 말해 우연은 없다. 섬 두 개가 해면에 멀리 떠 있어 두 섬이 무관한 것 같지만, 바닷물 아래에선 서로 연결되어 있다. 그것은 필연이다. 우리가 가장 중요한 행복의 조건으로 꼽는 인연도 어떻게 보면 서로 까닭이 있어서 맺어진 관계다. 흔히 '부부의 인연을 맺었다'는 표현을 쓰는데, 그토록 깊은 인연은 그냥 만들어지지 않는다. 서로 별개의 것으로 보이는 것도 저 아래로 내려가면 뿌리에서는 만나고 있다. 빙산의 일각이 수면 위에 떠 있지만, 거대한 무의식의 뿌리가 되는 빙산이 수면 아래 잠겨 있듯이.

나는 중학교 3학년 때부터 작가가 되고 싶었다. 옆집에 훗날 국립 영화 제작소 소장이 된 사람이 있었는데, 내가 초등학교 6학년 때 책 많이 읽는 것을 보고 "너는 작가가 되어라"라고 말씀하셨다. 중학교 다닐 때까지만 해도 무슨 말인지 몰랐는데, 신지식 선생님의 『감이 익을 무렵』에서 「고슴도치 선생」을 읽고 작가가 되고 싶다는 생각을 굳히게 되었다.

긴 습작기를 거쳐 처녀작인 「돌」이 1974년 『소년』지 8월 호에 이원수 선생님의 추천으로 발표되고, 이듬해 『현대문학』에 안수길 선생님 추천으로 소설 두 편이 발표되면서 드디어 나는 '작가'가 되었다. 안수길 선생님은 내가 열아홉 살 때 대학에 들어가 신입생 특강 첫 시간에 만났다. 물론, 특강을 듣기 전부터 나는 『북간도』를 읽었고, 선생님이 다년간의 교사와 기자 생활을 한 깨어 있는 지식인임을 알고 있었다. 그는 정의파인 데다, 까다로워서 제자가 거의 없다. 그의 첫 제자는 1960년 4·19 직후에 『광장』을 쓴 최인훈 작가였다.

나는 안수길 선생님을 뵙고부터 '내 스승은 이분이다'라고 생각하게 되었다. 그 후 서른네 살까지 15년 간 해마다 나는 선생님께 단편 소설 한 편씩을 써서 소포로 보내 드렸다. 그렇게 꼬박 15년이 지나서야 서른다섯의 나이에 비로소 추천을 받은 것이다. 선생님은 매년 내가 정성스럽게 쓴 원고를 받아 보신 후 답장은 꼭 주셨다. 그런데, "생략하고, 원고 잘 받았네." 이게 다였다. 작품에 대한 조언은 단 한 줄도 없었다. 15년째 되는 날 변함없이 짧은 답장이 왔다. "이제 됐네. 잡지사에 들러보게."

그렇게 『현대문학』에 발표한 선생님의 첫 번째 추천작이 소설 「선」이고, 두 번째 추천작이 「운암도」다. 나는 한번 가서 앉으면 엉덩이가 무거워 그곳에 뿌리를 내리는 성격인데, 안수길 선생님 고집도 나 못지않으셨던 것 같다. 선생님도 '내가 죽기 전에 추천해 줘야지' 생각하신 듯하다. 어떤 이는 대학 1학년 때 추천받은 사람도 있었다. 그런데 15년…. 그땐 선생님을 얼마나 어려워했는지 나는 그렇게 존경하면서도 결혼식 주례 서 달란 얘기도 하지 못했다. 결국 내 주례는 나보다 나이 어린 친구 목사가 섰다. 오히려 또 다른 친구가 안수길 선생님께 주례 서 달라는 부탁을 나를 통해 해와 그 친구는 안수길 선생님 주례로 결혼식을 했다.

나에겐 40년 지기 친구가 네 명 있다. 야학 운동 당시 ≪신동아≫에 논픽션이 당선되었는데, 그 작품을 보고 이현주 목사가 현지까지 물어물어 찾아온 것이다. 신학 대학 친구들을 그때 만났다. 이현주 목사는 자기가 있던 기독교 신문 기자 자리에 나를 추천하고 자기는 떠났는데, 지금은 후회한다는 말도 한다. "형, 그냥 야학하면서 가난한 청소년들 섬기며 살았으면 더 큰 인물이 됐을 텐데 공연히 내 추천으로 신문사 가서 콧구멍에 바람들었다."는 것이다. 내가 만약 계속 야학 운동을 하며 거기 있었으면 저 변산 반도의 윤구병이나 남양만의 김진홍 목사와 비슷한 방향으로 가지 않았을까 생각한다는 얘기다.

사람 인연이 참 묘하여 중3 때던가 앞서 말한 「고슴도치 선생」을 읽고 작가가 되기로 결심한 후 꼭 40년 만에 나는 그렇게나 뵙고 싶어 했던 신지식 선생님을 유럽 여행길에서 우연히 만났다. 만나기까지 그저 기도하며 반생을 기다려 온 셈이다. 이런 나의 성격이 가장 잘 반영된 작품이 「돌」이다.

40년 만에 만난 신지식 선생님은 작품 속 모습 그대로였다. 가난한 집 아이가 자기가 좋아하는 선생님께 비싼 선물을 하지 못하고 들국화, 까치밥(찔레꽃 열매), 보리수 열매를 따다 선생님 몰래 갖다 드린다. 나중에 선생님께서 이 아이를 불러 앞에 앉히고는 값비싼 저고릿감과 과일을 선물한 친구들에 대해선 얘기하지 않고, 화병에 꽂아 놓은 들국화를 보며 까치밥을 따 먹던 어릴 적 이야기를 들려준다. 중학교 때 그걸 읽고 나는 울었다. 자연에서 얻은 최고의 선물, 돈으로 살 수 없는 마음이 담긴 선물을 알아주는 선생님과 산골 아이가 소통이 되었을 때 감동이 밀려 왔다. 나보다 꼭 열살 위인 신 선생님을 만났을 때 진심은 통한다는 말을 가슴 깊이 느꼈다. 선생님 역시 17세 때 전국 여학생 현상 문예에서 「하얀 길」로 안수길 선생님의 추천을 받아 작품 활동을 시작한 분이었다.

운명, 만남, 관계는 인간의 논리로 설명되지 않는 것들이다. 사물의 이치로 생각하면 다 필연이다. 신지식 선생님에 대한 기다림은 믿음이었다. 믿음은 바라는 것들의 실상이다. 만약 끝끝내 못 만나도 어쩔 수 없는 것이다. 다만 내가 만나게 되길 염원한 것이다. 순리를 따르라고 해서 감나무 밑에서 입 벌리고 있으라는 얘기가 아니다. 내가 나태해 기도하지 않고 사욕에 휘둘리면 운명론을 믿을 자격도 없다. 적극성을 가지고 노력하면서 기도와 염원, 절실한 바람을 잊지 않으면 결국 성취되고 만나게 된다. 설사 성취가 안 되고, 불행이 왔다 해도 꿈에 대한 희망이 있기에 다시 일어설 수 있다.

부산 복음병원 고(故) 장기려 박사는 "내가 이곳에서 누군가를 위해 봉사하면, 이북에 두고 온 내 가족을 돌보는 이도 그곳에 있을 것"이란 이야기를 했다. 나는 그 이야기를 듣고 단편 「뚫리는 길」, 「동행」, 「구리 반지」 등을 쓸 수 있었다. 글을 쓰든 어떠한 창조적인 작업을 하든 일을 놓으면 안 된다. 막노동, 애 봐주기, 박스를 줍더라도 그래서 먹게 되는 밥은 하늘이 주신 것이다. 밥은 그분이 주시니 밥 이상을 생각해야 한다. 밥을 위해 살면 밥만 오지만,

밥 이상을 꿈꾸면 밥은 저절로 따라온다. 밥벌이 방법으로 문학을 택하면 비참해지기 쉽다. '왜 문학을 하는가?'에 대한 가장 저급한 답변은 베스트셀러 작가가 되고 상을 받기 위해, 돈을 벌기 위해서라는 답이다. 착실하게 땀 흘려 일하며 사물의 이치를 터득하는 데 목적을 둬라. 그러다 보면 문학은 저절로 된다. 하기는 요즘 문학이 직업이 된 마당에서 전업 작가가 들으면 웃을 말이긴 하지만.

'인연은 섭리'라 했는데, '섭리'란 뜻의 라틴어는 '프로비덴티아(providentia)'라 한다. '미리 보는 것(pro-videre)'이란 어원적 의미를 지닌다. 기독교에서는 섭리를 '신이 인간과 세계를 미리 정한 목적에 따라 이끄는 의지'로 해석한다. 따라서 신의 모든 섭리는 예정적이고, 신의 모든 예정은 섭리적이다(에베소서 1:11). 사물의 이치가 곧 섭리이고, 잘 어울리게 다스리는 원리가 곧 섭리다. 예를 들어 늙어 죽는 것은 자연의 섭리다. 원인이 있어 그렇게 되는 것이다. 밤이 지나면 낮이 오고, 추우면 물이 얼지만, 날 풀리면 얼음이 녹고, 때리면 아프고, 헤어지면 슬프고…. 모든 물리(物理)가 곧 섭리이자 자연의 이치다.

우리는 발등에 불이 떨어지면 뒤늦게 부모나 가까운 이를 원망하게 된다. 그땐 불행이 절망적이지만, 세월이 지나니까 '아, 그때 이렇게 되려고 그랬구나' 수긍하게 된다. 지금 고통을 겪는 것은 나중에 무엇이 되려는 원인이 될 수 있다. 사람 사이의 인연도 마찬가지다. 좋고 나쁜 게 없다. 그건 단견이지, 멀리 길게 보면 모든 사람이 나를 성장시키는 사람이고, 사건이었음을 받아들이게 된다.

셋이 길을 가면 그중 스승이 하나는 있다는데, 나는 양쪽에 서 있는 두 사람이 다 내 스승이라 생각한다. 나의 20년 지기, 10년 지기 친구 같은 제자들도 실은 내가 가르치는 것보다 그들에게 배우는 것이 더 많다. 이들과 함께하는 인사동 공부방은 서로 배우고 흔들어 주고 깨우쳐 주며 길을 열어 가는 의미 있는 사귐의 장이다. 도반(道伴)이다. 덕분에 수업은 고갈될 염려가 없다. 혼자서 일방적으로 얘기하면 바닥이 나지만, 주고받는 건 다르다. 그렇게 욕심을 내려놓고 서로의 길벗이 되어 삶의 풍경을 나누면 어느 날 하나 둘 작가가 된다. 처음부터 작가가 되려고 수업을 받으면 쉽게 그만두고, 생명력 있는 작가가 되기도 어렵다. 작가가 목적이 아니라 삶을 가꾸려고 참여해서 열심히 쓰고 읽으며 잘 살다 보니 저절로 작가가 된 사람들이 더 좋은 작품을 쓴다.

내 나이 고희를 넘기니 매 순간 배움을 나누며 기쁘고 홀가분하게 살다가 소풍이 끝나는 날 죽음을 겸허히 맞아들이고 싶다. 죽음을 생각하면 삶 속에 만나는 사람, 그 인연이 참 고맙다.

42

나는 다만 흔들어 줄 뿐

누구나
제 사막이 있다

낙타의 혹 같은 것 있다, 누구나

잠잘 때도
눕지 않는
사막

사막은 건널 수 있는 것이 아니다
지고 가는 것이다

- 이명덕, 「낙타의 혹」

누구나 자기 이야기를 갖고 있다. 앞으로 겪을 일도 이미 지니고 있는 그가 만들어 가는 것이다. 따라서 '자기'를 일깨워 주는 것이 중요하다. 결국 자신의 삶을 가꾸어 나가는 것이 우선이다. 삶과 유리된 문학이 무슨 소용이 있으며, 자기와 무관한 문학을 하는 것이 무슨 의미가 있을까.

　다행히 누구나 자기 우물을 가지고 있다. 인간은 잘살았건 못살았건 상처가 없을 수 없다. 나의 우물 속에도 어린 시절 '풍족했던 삶'이 가라앉아 있지만, 상처 또한 많다. 나는 당시 주변 아이들로부터 왕따를 당했다. 그들은 가난했다. 우리 집 머슴의 딸과 한 반이었는데, 그 아이와만 소통이 되었다. 한번은 방과 후 그 아이와 함께 늦게 돌아왔는데, 그 애의 부모는 나에게 도련님이라 부르며 저녁상을 차려 주고, 자기 딸은 "이노무 지지배, 왜 이렇게 늦었냐!"며 등짝을 때렸다. 마당 저쪽까지 그 아이가 비틀거리며 가서 쓰러지는 걸 보고 오래 생각했다. 나중에 그 아이는 양공주가 된다. 그게 나에겐 평생 부채감으로 남았다. 그때 나는 사회주의에 눈떴고, 훗날 청소년 야학 운동으로 이어졌다. 약자 편에 서는 것, 그것은 나의 처녀작 「돌」 때부터 지금까지 내 작품을 관통하는 문학 정신으로 자리 잡았다.

　누구나 가슴에 맺힌 이야기가 있다. 들려주고 싶어 내뱉지 않고는 못 배길 때 그것을 써라. 30년이건 50년이건 당신 무의식에 고인 우물물에 두레박을 내려 툼벙거리며 흔드는 일, 잡아당기는 일, 잘 쓰러지도록 밑을 둥글게 파고 돌을 매단 두레박! 그래도 잘 안 쓰러지는 두레박을 더욱 깊이 내려 당신의 깊은 우물을 흔드는 사람이 선생이고, 친구들이다. 피차 서로 간에 흔들어 주어 '내 우물 속에 이런 게 있었구나' 깨닫고 거듭날 수 있게 하는 것이 글쓰기 수업의 의미다.

사실 사람이 사람에게 무엇을 가르칠 수 있을까? 내 대답은 부정적이다. 결국은 자신의 우물 안 깊이 가라앉아 있는 것을 떠오르게 할 뿐이다. 선생은 한갓 흔들어 주는 사람에 지나지 않는다. 여러분은 흔들릴 필요가 있고, 그 가운데 무언가를 포착해야 한다.

우리가 써야 할 동화의 씨앗은 자신의 내부에 이미 지니고 있다. 그것을 스스로 깨닫고 내가 가지고 있는 이야기를 끌어 내 퍼 올리면 되는 것이다. 이를 도와주기 위해 한 장소에 모인 것이 우리의 수업이다. 선생은 가르치는 게 아니라 가능성 있는 사람을 잘 살펴 흔들어 주는 역할을 한다. 눈이 없는 사람은 소용이 없다. 선험자 입장에서 제시할 뿐이지, 작가 소질이 없는 사람을 가르쳐 작가를 만들 순 없다. 많이 읽고 부지런히 쓰다 보면 자신도 몰랐던 내면의 우물을 발견하기도 한다. 나중에 눈과 귀가 열리면 소재와 이야기의 방향이 잡히고, 자기 스스로 훈수를 두게 되고, 모든 문장을 고칠 수 있게 된다.

어찌 보면 작가는 누에처럼 억세게 먹어 대고 토해 내는 일생을 산다. 오감으로 받아들이고 고치에서 명주실을 뽑아 내듯 글로 풀어 내는 것이다. 황석영, 김훈, 공선옥처럼 우리가 부러워하는 1군의 작가들도 당초 돈이 목적이어서 작가가 된 것은 아닐 것이다. 쓰지 않을 수 없어 쓰다 보니 저절로 작가가 된 사람들이다. 먹었으면 토해 내놔야 하니까 자기 치유, 자생력, 또는 살아 내려는 노력으로도 볼 수 있다.

어떤 이는 문예창작과에서 방법론만 습득하여 잘 팔리는 글을 쓴다. 이들을 나는 개인적으로는 존경할 수 없다. 다만, 그런 작가들이 쓰는 작품이 잘 팔린다는 것은 읽힌다는 이야기인데, 시장에 가 보면 벌레 먹은 고추나 고추씨도 사 가는 사람이 있다. 그들 나름대로 쓰임이 있고, 그들도 먹고살아야 하고, 그런 작품을 읽는 이도 있는 것이 세계다. 다양한 인간들이 어울려 사는 곳이니까 나무랄 수는 없다.

작가에게 돈이란 가치관의 문제인 것 같다. 나는 평생 다른 직업을 가졌다. 문학을 성스럽게 생각해 그것은 직업이 될 수 없다고 생각한 것 같다. 항상 직업을 가지고 있었는데, 그 직업이 문학과 연관되어 싫지 않아 선택했고, 매 순간 최선을 다했다. 그러다 보니 순수 문학이 잘 써지지 않을 때도 많았다. 그래도 나는 기다렸다. 그래서 종종 마감을 넘길 때가 있었는데, 더 좋은 작품을 쓰기 위해 기다린 것이다. 퇴고는 결국 기다리는 것이다. 아무리 기다려도 오지 않으면 70점짜리 작품을 그냥 보낸다. 나중에 그 작품은 단행본 만들 때 뺀다. 일단 작품을 많이 안 쓰고 한 번 발표할 때는 최소한 85점 이상 되는 작품을 내보내고, 안 써지면 못 쓰겠다 얘기하여 작품 수준을 고르게 하는 관리도 필요하다.

성경, 노자, 장자, 공자, 소크라테스, 불경 등 인간 삶의 본질적인 문제, 보편적인 진리를 담고 있는 책들은 그네들 우물이 그만큼 넓고 깊은 선각자들이었기에 세상에 나올 수 있었다. 고전의 반열에 오른 책들은 오랜 시간을 두고 많은 사람들에게 깨달음을 주고 계속해서 읽혀 온 작품이다. 죽음, 사랑, 미움, 욕망, 갈등, 신, 구원, 절망 등 인간의 본질적인 문제를 다루고 있는 작품이 결국 계속해서 읽힌다.

작가라면 과연 내 작품 중 후대에 남을 만한 것이 있는지 고민해 볼 일이다. 나 역시 내 작품에 대하여 애착은 갖고 있지만 물려줄 생각은 없다. 물려준다고 해서 사람들이 계속 읽어 주지 않는 한 그것은 헛일이 되고 만다. 좋은 작품은 애쓰지 않아도 저절로 남게 된다. 결국 선택은 독자의 몫이다. 나에겐 항상 깨어 있어 오늘을 오롯이 사는 것이 오늘의 일일 뿐이다.

신에게 열정을 구하라
- 쓰지 않으면 작가가 아니다

사람의 마음은 씨앗과 같기에
진흙에 묻히는 것을 두려워하지 않는 한
언젠가는 싹을 틔우게 마련이다.
노력을 멈추지 마라.
진정한 학식이 있어야 세속에 묻히지 않는다.
가장 중요한 것은 영원히 마음에 열정을 간직하는 것이다.
그러면 평범한 일상에 매몰되지 않으리라.

- 빠오리민, 『꿈을 담은 유리병』

　　장자(莊子)의 양생주(養生主) 편에 나오는 칼잡이 포정(庖丁)은
소 잡는 모습이 마치 뽕나무 숲에서 춤추듯 능수능란하여 19년 동
안 수천 마리의 소를 잡으면서도 단 한 번도 칼을 갈지 않았다 한
다. 중국 춘추전국시대 양나라 혜왕이 칼잡이 명인(名人) 포정의
소 잡는 솜씨에 감탄하여 비결을 물으니 그는 이같이 답했다 한다.

"제가 뜻을 두고 있는 것은 도(道)이지 기술이 아닙니다. 저도 처음 소를 잡을 적에는 어디서부터 손을 대야 할지 몰랐습니다. 그러던 것이 3년이 지나고부터는 겨우 칼을 찔러야 할 곳을 알게 되었고, 지금은 눈으로 보지 않고, 마음의 움직임에 따라 일을 해낼 수 있게 되었습니다. 소의 자연스러운 결을 따라 칼을 대어 발라 내기 때문에 뼈에 붙은 살이나 뼈와 살이 이어진 곳은 절대로 다치지 않습니다."

모든 일이 그렇지만 한 분야의 장인이 되려면 끊임없는 연마의 과정이 필수적이다. 목수나 석수장이가 연장을 사용할 때도 오랜 수련을 통해 나무나 돌에 나 있는 결의 방향만 잘 파악해 움직이면 쉽게 다룰 수 있을 뿐만 아니라 연장을 손볼 필요도 없다. 글쓰기야말로 가장 오랜 연마가 필요하다. 쓰는 자만이 쓸 수 있고, 읽는 자만이 읽을 수 있기 때문이다. 잘 쓰려면 그만큼 읽고 쓰는 데 미쳐야 한다. 위에 인용한 포정해우(庖丁解牛)의 고사 속 칼잡이처럼 남이 못 보는 허를 찌를 수 있을 때까지 연마해야 한다.

이 아무개 작가는 동화 한 편을 쓰기 위해 단편 100편을 읽는다고 한다. 누구의 시점으로 볼 것인가, 어떻게 표현할 것인가를 찾기 위해 열맷 권 정도 읽다 보면 그 안에 해답이 있게 마련이다. 기를 불어넣어 가며 작업을 하면 막힌 것이 뚫리고 해답이 시원스레 나온다. 열맷 권을 읽기도 전에 나올 수도 있다.

『뼛속까지 내려가서 써라』로 세계적인 작법론 저자가 된 나탈리 골드버그는 내가 무엇에 대하여 생각한다면 그것에 대해 열 장을 쓰라 한다. 생각이 나지 않으면 다시 내가 쓰려고 한 문제를 던져 예를 들어 '나는 신에 대해 생각한다' 다시 한 번 상기한 후 쉬지 않고 쓴 후 손을 털라고 한다. 뭐든지 계속해서 쓸 수 있는 필력을 키우는 것이 그만큼 중요하다. 하루에 원고지 10장을 쓰고, 쓸 말이 도저히 없으면 좋아하는 작품을 필사해도 좋다. 그렇게 꾸준히 쓰다 보면 머릿속에 생각이 있어도 손이 안 따라오는 현상이 없어지고, 머리에 생각이 안 날지라도 손이 저절로 가게 된다.

사람들은 나무 한 그루를 쳐다볼 때 가운데 커다란 줄기와 잎 전체를 본다. 그림을 그리라고 하면 대부분 줄기와 동그란 윗부분을 그린다. 하지만 나무는 땅속 깊이 수많은 뿌리를 뻗치고 있고, 잎사귀 안에도 수백 개의 잔금을 가지고 있다. 사람들이 동그라미 하나로 그리는 나뭇잎은 사실 수십만 개의 이파리로 이루어져 있다. 그리고 그 나무가 사람들에게 성숙한 나무라고 생각될 만큼 크려면 10여 년 이상, 길게는 몇백 년까지 자라나야 한다. 어떤 일을 하는데 빛을 보고 인정을 받으려면 30년 정도는 미쳐야 하지 않을까 생각한다.

고희를 넘길 때까지 나는 글쓰기에 대한 열정이 사라진 적이 없다.

계속해서 쓰진 못했지만 젊어서는 야학에 몸을 던졌고, 30~40대
는 기자로서 헌신했고, 최근엔 잡지 편집과 인사동 교실에 열정을
쏟는 셈이다. 열(熱)과 정(情)이 고갈되면 그것은 시체다. 열정의
동력은 삶이다. 단 한 번 주어진 생의 기회가 고맙다면 제대로 사
용해야 한다.

지금도 본격 문학에서는 변함없지만, 전엔 작가가 태어나는 것
같았다. 그러나 지금은 노력으로 만들어지는 시대인 것 같다. '직
업'이 됐으니까. 재능보다 열정을 구한다는 말은 거기에서 나오는
것이 아닐까. 똑같은 글자를 써도 평생 붓글씨를 쓴 사람은 필체
에 힘이 있다. 초보자가 아무리 흉내 내려 해도 따라가지 못하는
아우라가 있다. 한 사람의 스타일은 서서히 완성되기에 이제 찾았
다는 것이 아니라, 죽을 때까지 이루어 가는 것이다. 김동리 선생
소설처럼 더 이상 넣을 것도, 뺄 것도 없이 하나의 완전한 생명체
를 이루는 것, 그것이 진정 예술가다운 작가의 작품이다. 작가, 화
가, 법률가, 건축가처럼 그 분야에 필요한 요소를 다 갖춘 경지에
이른 사람에게 우리는 비로소 '집가(家)' 자를 붙일 수 있을 것이
다.

고기도 먹어본 사람이 먹는다고, 씀도 씀으로써 쓰게 된다. 밭
을 매다 보면, 이쪽 끝에서 저쪽 끝을 바라볼 때 참 막막하지만, 계

속해서 매 나가다 보면 일에도 재미가 붙고 어쩌다 보면 지난 쪽 고랑보다 남은 쪽 고랑이 짧아 보이게 된다. 그 밭 끝에 사과나무가 기다린다. 읽는 일도 마찬가지다. 읽다 보면 점점 잘 읽게 된다. 좋은 책은 읽을 때마다 새 책이 된다.

새롭다는 건 결국 진정한 의미의 '자기'가 된다는 말이다. 삶 자체가 이상적인 자기 자신을 만나러 가는 여행 아닌가. 진정한 '자기'가 될 때, 누구와도 닮지 않은 눈으로 보고, 그런 귀로 듣고, 자기의 문장으로 쓰게 된다.

물론 시작할 때는 모방에서 출발한다. 사람이 사춘기가 되면 부모의 품으로부터 벗어나려 반항하듯, 글쓰기 또한 모방을 통해 충분히 기본기를 익혔다면 마땅히 '자립'해야 할 것이다. 어미는 아기의 젖을 떼기 위해 유두에 쓴 약을 바르기도 한다.

전에는 썼지만 지금 작품을 쓰지 못한다면 그는 '전 작가'이지 '현 작가'는 아니다(다만 준비 중인 작가는 제외하고). 『문심조룡』의 저자 유협은 작가를 성인(聖人)이라 했다. 이미 개인의 영욕에서 벗어난 생각으로 사는 사람이란 뜻일 것이다. 사실 글을 쓰지 않고도 이상을 실천하며 산다면 그가 곧 '성인(聖人)'인지도 모르겠다. 작가는 거기엔 미치지 못해서 글을 쓰는 사람인지도 모른다.

그러나 작가도 불광불급(不狂不及), 미치지(狂) 않고선 미칠(及) 수 없는 이름이다.

다산 정약용도 이렇게 미쳐서(狂) 미친(及) 사람 중 하나이다. 그는 40세 때 당파 싸움에 몰려 18년간 강진 유배 생활에 처해진다. 불평과 한탄으로 세월을 보낼 법도 한데 그는 책 읽기, 사색하기, 글쓰기에 미친다. 그래서 경이적인 기록을 세운다. 심오한 사상과 주장이 담긴 500여 권의 책을 집필한 것이다.

그가 유배 시절 가장 아꼈던 제자 황상과의 만남 속에 그의 인생관이 잘 배어 있다. 열다섯 살 가난한 아전의 아들이었던 황상의 가치를 알아보고 그가 문사를 닦으라고 권하자, 황상이 머뭇거리며 대답한다.

"저는 세 가지 병통이 있습니다. 첫째는 머리가 둔하고, 둘째는 앞뒤가 막혀 답답하고, 셋째는 미욱해서 이해력이 부족합니다."

이에 다산은 황상을 격려하며 말한다.

"배우는 사람에게 큰 병통이 세 가지 있는데, 너는 그것이 하나도 없구나. 첫째, 기억하고 외우는 것이 빠르면 그 폐단은 소홀한 것이요, 둘째, 글짓기가 빠르면 글이 부실해지는 폐단이 있고, 셋째, 이해가 빠르면 한번 깨친 것을 대충 넘기니 깊이가 없다. 둔하지만 계속해서 열심히 하면 좁은 구멍이 넓어지고, 막혔다가 뚫리면 그 흐름이 성대해지며, 답답한데도 꾸준히 연마하는 사람은 그 빛이 반짝이게 된다. 열심히 하려면 부지런해야 한다. 뚫으려면 부지런해야 한다. 연마하려면 부지런해야 한다."

황상은 세 번씩이나 부지런하라고 당부한 다산의 말을 '삼근계 (三勤戒)'라 부르고 평생 마음에 새겨 실천했다. 훗날 황상은 당대 선비들이 극찬하는 시인이 된다. (정민, 『삶을 바꾼 만남』 참조)

삼근계는 오늘을 사는 작가 지망생들에게도 꼭 필요한 열정의 다른 이름이다.

간절히 원하면 온다

- 믿음은 바라는 것의 실상

자아의 신화를 이뤄 내는 것이야말로

이세상 모든 사람들에게 부과된 유일한 의무지

자네가 무언가를 간절히 원할 때

온 우주는 자네의 소망이 실현되도록 도와준다네

- 파울로 코엘료, 『연금술사』

'꿈이 있어야 운명이 안내한다'는 말이 있다. 나는 살면서 내가 바라던 일이 이루어지는 기적 같은 경험을 여러 번 했다. 간절히 바란다는 건 이미 오고 있는 것이다. 믿음은 바라는 것의 실상이기 때문이다. 결국 자기 기도이자, 노력을 통해 얻어지는 결과물이 삶이기에 간절히 원하고 노력하면 어느 순간 저절로 그것이 나에게 온다.

내가 존경하던 신지식 선생님의 『감이 익을 무렵』 초판본이 그랬다. 나는 그 책이 정말 갖고 싶었지만, 50년 전에 나온 책이라

서점에선 찾을 수조차 없었다. 그렇게 갖고 싶어도 못 찾던 것을 어느 날 친분이 두터운 민충환 교수가 집 앞 헌책방에서 구했다고 나에게 불쑥 내밀며 이렇게 말하는 것이었다. "내 눈에 띄는데 나는 필요 없고, 강 선생 주면 좋을 것 같아서." 그렇게 나는 신지식 선생님의 초판본을 수십 년 만에 우연히 선물 받게 되었다.

문학 잡지 만드는 게 평생 소원이었던 나는 기독교 신문사에서 20년 근무하고 퇴직할 때 퇴직금도 받지 않았다. 거기 다니는 동안 집 장만했지, 아들 둘 낳아 길렀지, 작가 됐지, 신지식 선생님 만났지…, 이룰 건 다 이뤘다고 생각했기 때문에 자진해서 퇴직금을 받지 않은 것이다. 마침 그때 신문사도 어려웠다. 회사를 퇴직하고 쓸쓸하게 집으로 돌아오는데, 어떤 선생님이 만나자고 전화를 주셨다. 나가 보니 퇴직금에 준하는 돈을 주시면서 "잡지 하고 싶으면 하라"고 말씀하셨다.

만약 내가 신문사에서 퇴직금을 받았다면, 그 돈은 집에 갖다 줘야지 잡지를 만들 수는 없었을 것이다. 그분의 헌금이 있었기에 내가 바라던 대로 잡지를 만드는 것이 가능했다. 그렇게 나는 ≪시와 동화≫란 계간 잡지를 처음 발간하게 되었다. 그전에 ≪어린이≫란 잡지를 7년 하다 경제적으로 어려워 중간에 그만둔 것도 그분이 알고 계셨다. 그동안 나의 행적, 살아가는 모습을 보고, '혼자 살면서 나도 하고 싶었는데, 저 친구한테 주면 진짜 하겠구나' 싶어서 나에게 선뜻 큰돈을 주셨다 한다. 나의 지극한 바람이었고, 그동안 어려운 여건 속에서도 열심히 해 와서 1997년 가을 창간된 ≪시와 동화≫는 어느새 통권 80호를 훌쩍 넘어섰다.

이렇게 간절히 바라던 일이 성취되는 것을 나는 수없이 경험했다. 물론, 믿음이 성취되려면 항상 깨어 있어야 한다. 절에 가면 목어를 종 옆에 걸어 둔 걸 볼 수 있다. 물고기는 잘 때도 항상 눈을 뜨고 자므로 수행자로 하여금 늘 깨어 있어 수도에 정진하라는 의미를 담고 있다 한다. 성서에서도 열 처녀 비유를 통해 신랑은 언제 올지 모르니 하루 종일 깨어 있으라고도 한다. 이렇게 평소 꾸준히 준비하면서 바라고 기다리는 과정에서 어느덧 꿈이 현실이 되어 눈앞에 펼쳐진다.

작품의 전체 얼개를 짜고 힘 있게 밀고 나가는 데 있어서도 잘 풀리지 않는 곳에서 기다리며 간절히 염원하면 바로 그 문제를 해결하는 영감이 떠오르게 마련이다. 물론, 평소 주의 깊게 관찰하고 삶 속에서 꾸준히 준비하는 자세가 중요하다. 영감은 오래 생각하는 과정을 통해 오는 거지, 느닷없이 나무 아래 감 떨어지듯 오는 것이 아니다. 영감은 문제 전반을 관통하며 떠오르는데, 어느 한 토막만 말하는 것은 아니다. 평소 깨어 있으면서 지속적인 사물과의 관계를 통해 해석하고 사랑하다 보면 내가 그가 되고, 작품 전체를 지배하는 눈부신 영감도 떠오르게 된다.

준비해서 기다린다는 것은 보는 일이다. '봄'이란 대상과의 관계 맺기요, 사랑이요, 내가 그가 됨이다. 그가 됨은 앎이며 해석이다. 지속적인 읽기이자 삶이다. 절실한 바람, 기도, 믿음은 이미 그 일의 성취를 의미한다. '그분'은 이미 여기 와 계신다.

작품과의 만남도 운명이다. 누군가에게 운명이 되는 작품은 결국은 스스로(自)의 이야기이다. 내가 아끼는 작품 중에 『다섯 시 반에 멈춘 시계』란 동화가 있다. 다섯 시 반은 집으로 돌아가는 시간이다. 그러나 현대인들은 돌아가야 할 집, 고향을 잃어버렸다. 작품 속에 똥 얘기가 나오는데, 똥거름을 논밭에 주면 곡물이 자라 소출을 내는 데 도움을 주고, 사람이 먹고 싸면 거름이 된다. 이렇게 순환하는 농경 사회가 배경이었다. 일과 놀이가 하나였고, 노래를 부르며 일하는 축제의 현장이 곧 땅이었다.

그러나 산업 사회로 넘어오면서 일이 노동이 되다 보니 고된 노동의 피로를 달래기 위해 레저가 따로 분리되면서 불행이 시작되었다. 아이들도 마찬가지다. 다섯 시 반은 집으로 돌아가야 할 시간인데 돌아갈 곳이 없다. 그 시간이면 학교 갔다 오자마자 가방

짊어지고 바로 학원으로 간다. 학교 갔다 오면 놀아야 하는데 공부의 연속이므로 수업은 징그러운 노동이 되었다. 아이들에게도 레저가 필요해진 까닭이다. 공부는 노동, 놀이는 레저가 되어 하나였던 일과 놀이가 노동과 레저로 분리된 것은 애나 어른이나 똑같아졌다. 다섯 시 반은 이미 잃어버렸으나 되찾고 싶은 고향의 이야기를 시계를 똥통에 빠뜨린 에피소드로 재미나게 풀어쓴 것이다. 실제로 나는 학창시절 빌린 시계를 잃어버려 이 작품을 쓰기 전까지는 시계 주인이 시계를 찾아내라고 쫓아오는 악몽에 시달려야 했다. 환갑 때 이 작품을 쓰고 나서야 악몽이 사라졌다. 스스로 불안에서 해방되고, 고향도 찾았다.

어찌 보면 한 사람의 대표작은 운명 지어지는 것이란 생각도 든다. 황순원이 「소나기」를 쓸 때 자신의 대표작이 되리란 생각을 했을까? 결국 그 작가의 대표작을 지목하는 건 독자들이다. 부지런히 쓰고 거기서 얻어지는 소출의 결과로 최고의 과실은 운명적으로 타인이 정해 주는 것이다. 다만 작가는 항상 깨어 있어 깊고 멀리 바라보며 무거운 주제일수록 가볍게 풀면서 투철하게 써야 한다. 취재를 바탕으로 풍부한 자료 조사, 메모, 정리, 타이핑을 하면서도 기도하는 마음으로 간절히 소망하면 어느 순간 해답이 뻥 뚫리게 되어 있다. 영감은 도둑같이 온다.

우리가 잃어버린 다섯 가지
- 과정, 이야기, 어른, 이웃, 고향

삶의 어원이 (불)사르다에서 왔다는 말이 있다.
분신을 하자는 게 아니다.
내가 있으므로 네가 있는데,
개인주의가 팽배해진 현실에서는
오직 내가 있을 뿐이다.
공동체를 실천하는 곳도 있고,
그런 학교도 늘어난다.
고향은 이제 의미가 없다.
우리네 고향은
'인간(人間)다움' 그 자체다.

- 강정규

　　현대인들은 모든 문제에 관심이 있고, 모든 문제에 무관심하다. 괜히 남들 때문에 바쁘고, 막상 남들이 아프거나 곤란한 처지에 이르면 모른 체한다. 급격한 정보 산업화로 사람도 자연도 마주 대할 수 없게 되면서 다섯 가지가 사라졌다. 과정, 이야기, 어른, 이웃, 고향이 그것이다.

현재 우리나라는 인구의 도시 집중이 80%가 넘어 과정을 겪을 공간적·시간적 여유가 없어졌다. 어른들은 물론, 아이들도 마트에서 모든 것을 돈으로 사는 실정이다. '육체 노동'을 천시하는 문화 속에서 '과정'을 겪기 위한 자구책으로 대안학교, 체험학습, 현장학습 등이 이루어지고 있지만, 예전처럼 자연스럽게 삶 속에 녹아들지는 못한다.

손수 상처 입으며 만들어 타는 썰매와 스포츠 용품점에서 돈과 맞바꾼 스케이트는 분명 다르다. 경험하고 익히는 것이 그만큼 중요하다. 판자, 못, 철사 등 별별 재료 다 구해 톱질, 망치질하고 철사 구부리다 손에 상처도 나고 이런 과정을 겪으며 만들어진 물건은 애착이 간다. 경험하지 않으면 알 수 없다. 과거로 돌아갈 순 없지만, 채소를 재배해 먹는 것과 사서 먹는 것은 질도 다르고 맛도 다르다. 생장 과정을 가족 모두 겪는 것이 좋다. 이를 위해 일본에서는 진작부터 유턴하는 사람이 늘고 있다. 유기농을 찾고, 인문학 열풍도 분다. '부자 되세요'란 말이 한참 유행했는데, 얼마나 허망하고 웃긴 뜻인지 현대인의 공허함을 보면 알 수 있다. 느리게 사는 사람, 자연과 더불어 체험하며 사는 사람은 금낭화가 보이고, 닭이나 강아지의 시샘이 보인다. 보이지 않던 것들이 눈에 들어오면 좋은 글감이 된다.

나도 아파트에 살지만, 이웃과 어울려 살기 위해 문을 열어 놓는다. 아이들은 우리 집에 책을 읽으러 와서 냉장고에서 이것저것 꺼내 먹기도 하고, 동화책을 읽다가 엎드려 잠들기도 한다. 그러다 보니 아이의 부모들이 먹을 것을 자꾸만 가져와서 시골 할머니들이 정성스럽게 재배한 채소며 과일이 떨어지지 않는다.

내가 1973년에 쓴 『짱구네 집』이란 책에 고향을 소재로 한 「자라나는 아이」란 단편 동화가 있다. 겨울에 밤똥 누는 아이가 있다. 춥고 캄캄해서 할머니는 요강에 누라 했지만, 엄마에게 한번 혼쭐난 후부터 밤에도 뒷간에 나가 눠야 했다. 솔가지 그림자가 뚜렷이 보일 정도로 환한 달이 뜬 날, 할머니는 단속곳을 벌려 밤똥 누는 내가 추울까 봐 바람을 막아 주시며 이렇게 말씀하셨다. "고개를 쳐들었을 때 보이는 제일 큰 별이 네 별이다. 꼭 네 머리 위에 네 별이 거기 있다." 할머니는 밤새 이슬 맞은 미끌미끌한 아주까리 잎새를 속곳에 닦은 후 엉덩이를 닦아 주시면서 으레 닭장으로 나를 데려가 "짐승이나 밤똥 누지 사람이 밤똥 누나이까. 다시는 밤똥 안 누게 해 주십시오" 하고 기도하면서 절을 시키셨다.

지금 생각해 보면 나의 생애 전체를 지배하는 세계관은 할머니를 통해 형성되었지 싶다. 유년 시절 본받을 어른이 있다는 건 그만큼 중요하다. 작품을 쓸 때마다 나는 할머니의 가르침을 떠올린다. 고향의 따스한 정취와 인간애는 할머니 말씀과 어우러져 내 작품의 뼈대를 이루고 지금도 생생하게 살아 있다.

고향은 태어나서 자란 곳을 넘어 인간성의 본향 같은 곳이다. 고향에는 본받고 싶은 어른도 있다. 그러나 현대인들은 정서적 안식처인 고향도 잃고 핵가족화 되다 보니 어른도 없이 유대감이나 배려, 측은지심이 사라졌다. 이제는 할아버지의 시조 소리, 사랑방이나 안방에서 노인들 팔베개하고 누워 두런두런 얘기하는 소리, 끼니 때 이웃과 함께 밥 먹고 편안하게 자고 가는 미풍양속이 없어졌다. 위아래채, 사랑채, 화장실 따로 있을 때는 아무렇지도 않게 집에 들어가서 묵고 갔는데, 이제는 거의 아파트라 집 안에 들어와 있는 화장실 갈 때도 무안하고 신경이 쓰인다. 흩어져 따로 살다 보니 다음 세대를 바른 길로 인도해 줄 '어른'은 사라지고, 그 자리를 각종 '기계'들이 메운다. 아이들은 이야기를 나눌 시간도 훈계를 들을 인내심도 없다. 어른이 바로 서려면, 나부터 어른이 되어야 한다.

그렇다면 어른은 어떻게 살아야 할까. 사는 모습이 어린이에게 본이 되어야 한다. 모든 물자를 소중히 여기고 언행을 조심할 것. 땀 흘려 일하는 과정을 통해 얻어지는 결과물이 달고, 생명을 부지한다는 걸 깨닫게 할 것. 전쟁을 하지 말 것. 사랑할 것. 이런 평범한 진리에 대한 인식과 사랑이 먼저 필요하다.

　요즘은 드라마를 보아도 소설을 보아도 막장까지 간 느낌을 받는다. 이야기가 갈수록 자극적이고 거칠어지면서 사람을 믿지 못하고, 인심이 더욱 흉흉해진다. 우리가 잃어버린, 우리가 회복해야 할 이야기의 방향을 찾기 위해 각자가 이런 문제를 놓고 숙고해야 한다. 인생도 작품도 통찰은 없고 끝 간 데 없이 치닫는 막장만 있다면 현대인의 절망과 우울은 심해질 뿐이다.

　삶을 사랑해야 하고, 소중히 여겨야 한다. 뿌리지도 않은 이름 모를 씨앗이 화분에서 싹이 트고, 똥이 꽃을 피우는 기적을 놀랍게 보아야 한다. 잃어버린 것들을 되찾기 위해서는 인간의 본래적 모습을 형상화하여 인간성 회복에 초점을 맞춰야 한다. 순수한 어린이 마음을 아름답게 복원하여 잃어버린 것들을 아프게 되살려야 한다.

　30년 전 KBS에서 그 당시 봉천동 달동네를 그대로 보여 준 적이 있다. 그곳에는 우선 울타리가 없다. 문도 열어 놓고 산다. 훔쳐 갈 것도 없기 때문이다. 헐어터진 TV 하나, 솥단지밖에 없다. 마을 사람들은 틈만 나면 골목에 모여 구슬 꿰기, 딱단추 달기 등을 생업으로 하고, 함께 감자전을 부쳐 먹는다. 그 사람들이 돈 모아 오래된 재봉틀을 들여 놓고 시장의 값싼 천을 사다 옷을 만들어 더 가난한 할머니들에게 나눠 준다. 가난한 동네는 그렇다. 지금은 많이 없어졌지만, 아파트 그늘에 사는 사람들은 평상 펴 놓고 단추 꿰고 고스톱 친다. 가난한 사람들은 서로의 소중함을 밑천 삼아 나누며 산다. 그러나 배고픈 적 없고, 추위 본 적 없는 부자들은 이웃의 처지를 알지도 못하고 알려고도 하지 않는다.

완전히 뒤집어진 세상이다. 이웃은커녕 가족도 다 해체되었다. 그야말로 말세다. 그럼에도 인간성 회복을 위해 가느다랗게 흐르는 실개천 같은 부분을 잡아서 써야 한다. 한편으론 막가는 시대를 리얼하게 그려 '이렇게 괴물처럼 사는 사람이 바로 나다'라고 생각하게 하는 작업도 병행해야 한다.

40~50년 전만 해도 농업 인구가 70%를 넘었다. 농업이 인간 삶의 근본이라 하여 농자천하지대본(農者天下之大本)이라 하였지만, 지금은 벤처, 주식, 펀드, 금융 재벌이라는 말이 횡행한다. 이들은 밑천 없는 허당 위에 선 존재다. 현대인들의 삶은 허당 위에 떠 있다. 지금은 개미와 베짱이 이야기가 뒤집어졌다. 옛날엔 개미가 창고 열쇠 쥐고 앉아 "너는 여름에 놀다 겨울에 얻어먹으러 다니니?"라고 얘기할 수 있었지만, 지금은 연예인이 최고라 한다. 돈도 많이 번다.

그러나 여전히 농사일이 가장 중요하다. 지구 전체가 풍해를 입으면 아귀다툼이 일어난다. 농산물 수출국에서 팔지 않으면 쌀 한 바가지만 달라고 빌 상황이 올 수도 있다. 베짱이 이야기를 다시 쓸 시대가 도래하고 있다.

혹시 외갓집, 시골 땅, 헌집 있으면 팔지 마라. 언젠가는 돌아갈 곳 만들어 메밀, 고구마를 심더라도 심어야 뭐가 나온다. 인간은 결국 흙이 있어야 사는 동물이다. 밥을 먹을 때도 소중하게 알아야 한다. 누군가 땀 흘려 농사지었기에 내가 먹는 것이다. 나와 무관한 것 같은 것을 유관한 것으로 보는 마음가짐이 중요하다. 밥풀 아무 데나 버리지 마라. 쌀 한 톨 만드는 데 88번의 과정을 거친다. 흙과 물과 바람의 바탕 아래 농부의 손길을 88번 받아야 비로소 여덟 팔(八) 자가 맞붙은 쌀 미(米) 자가 된다. 지금도 귀한 것은 마찬가지인데, 음식을 다루는 사람들의 자세부터 달라진 것 같다. 그럴 때마다 이 시를 떠올렸으면 한다.

긍정적인 밥

시(詩) 한 편에 삼만 원이면
너무 박하다 싶다가도
쌀이 두 말인데 생각하면
금방 마음이 따뜻한 밥이 되네

시집 한 권에 삼천 원이면
든 공에 비해 헐하다 싶다가도
국밥이 한 그릇인데
내 시집이 국밥 한 그릇만큼
사람들 가슴을 따뜻하게 덥혀 줄 수 있을까
생각하면 아직 멀기만 하네

시집이 한 권 팔리면
내게 삼백 원이 돌아온다
박리다 싶다가도
굵은 소금이 한 됫박인데 생각하면
푸른 바다처럼 상할 마음 하나 없네

- 함민복

예전에는 애 우는 소리, 글 읽는 소리, 다듬이 소리가 그치면 집안이 망한다고 했다. 지금은 그 소리 이미 사라졌다. 서양의 황새가 동양에선 삼신할머니인데, 삼신은 천신(天神), 지신(地神), 조상신(祖上神)으로 하느님께서 돌봐 자손을 번창하게 비는 신이었다. 장독대 지푸라기 펼친 위에 정화수 떠 놓고 광 열쇠를 갖고 계신 시어머니가 가족의 건강과 순산을 빌었다. 지금은 병원에서 나서 병원에서 죽는다. 옛날엔 밖에서 죽으면 객사라 하여 집안에 들이기를 꺼렸으나, 지금은 다 거꾸로 변했다.

그러다 보니 인위적인 가짜들이 판치는 세상이 되었다. 조화를 보라, 생화 뺨친다. 현대인들의 삶은 허공에 떠 있다. 생명체가 흙에 뿌리를 내리고 있어야 하는데 집도 사람도 모두 공중에 떠 있다. 아파트, 자동차, 아스팔트… 도시에선 흙냄새를 맡고 흙 밟을 기회조차 없다. 아이들은 초등학교 때 중학교 것, 중학교 때 고등학교 과정 앞당겨 배우며 산다. 현재가 없다. 자연은 불러도 응답이 없다. 신과의 대화가 그친 시대, 이제는 신을 부르는 이도 없는 불통의 시대가 된 것이다.

농경사회에서 노동의 이유는 부모, 처자식에게 좋은 의식주를 주기 위해서였다. 그러다 보니 고단해도 일이 뿌듯했고, 일과 놀이가 하나였다. 그러나 산업 사회로 오면서 노임을 받기 위해 노동을 파는 행위가 되면서 노동이 곧 괴로움이 되었다. 이를 레저로 푸는 것이다. 지금은 자연을 떠나면서 부모와 자식, 1층과 2층, 이웃과 이웃이 나뉘었다. 벽이 가로막고 차단시키는 것이 현대 사회의 특징이다. 내 자식 먹일 포도에는 어쩔는지 모르지만, 누구나 성장촉진제에 농약을 치면 값이 올라가므로 먹는 사람이 죽든 말든 그렇게 한다. 과거엔 나무 한 그루와 산을 함께 봤다면 이제는 다 나뉘어져 뿌리, 줄기, 잎을 따로 본다. 진짜 박사는 할머니였다. 아이받기, 관혼상제, 누에치기, 농사, 음식… 모르는 게 없었으나 지금은 그런 박사가 없다. 양로원, 요양 병원에 가 있기 때문이다. 자기 분야만 좁게 알거나, 단면만 알고 과정이 없어졌다. 과정이 곧 이야기다.

요즘은 공부, 삶, 예배가 다 다르지만, 옛날에는 하나였고 삶 자체였다. 쓰레기통도 없었다. 마당을 쓸면 울타리 밑으로 가고, 그걸 거름으로 아름다운 꽃이 피었다. 쓰레기는 두엄으로 가고, 짚 불 땐 재는 밭으로 갔다. 사람의 똥오줌도 밭으로 갔다. 버릴 게 없었다. 지금은 똥이 어디로 가는지 모른다. 현대 사회는 단절 구조다. 옷이 몸과 맞지 않을 때 거북하다. 인간의 삶이 순리에 맞지 않으니 각종 신종 증후군과 공황장애 같은 정신질환에 시달리는 것이다.

인간은 계속 껍질을 벗는다. 어제의 내가 죽고 오늘의 내가 새롭게 태어난다. 생물학적으로도 어제의 세포는 죽고 새로운 세포가 오늘의 나를 만든다 한다. 공부가 끝도 한도 없는 것도 매일 새롭게 태어나듯 끊임없는 경험을 통해 눈이 뜨이고, 귀가 열리는 과정을 겪으며 죽을 때까지 성장하는 것이 인간이기 때문이다.

날마다 어른과 이웃을 존경하며 감사하는 마음으로 스스로가 푸근한 고향이 되는 사람, 그렇게 인간성을 회복하여 실천 속에 삶이 무르익으면 글은 쓰지 않아도 좋다. 충분히 가치 있는 삶이기 때문이다. 제대로 된 공부는 하면 할수록 보편적인 사람이 되어간다. 하이타니 겐지로도 '인간이 공부를 하는 건 훌륭한 사람이 되기 위해서가 아니라, 좋은 사람이 되기 위해서'라고 말하지 않았나.

자연은 생명체다. 신의 섭리대로 살아가는 생명체가 죽어서 땅에 묻혀 다시 꽃으로 피어나듯이 삶이 으레 그런 것이다. 속도 썩고 비 오고 바람 불고 구름 꼈다 해 뜨고 그걸 받아들이고 배우고 실천하여 삶이 곧 문학인 작가가 되어야 한다. 그러려면 과정, 이야기, 어른, 이웃, 고향을 회복해야 한다. 이들은 모두 하나로 이어져 있다.

70

"그 사람 말은 잘해, 글은 잘 써"의 함정

고운 꽃은 향기가 없듯이
잘 설해진 말도
몸으로 행하지 않으면
그 열매를 맺지 못한다.

- 『법구경』

현란한 빛깔로 꾸민 깡통이 많은 시대다. 인간도 상품화하지 않으려면 글은 못 써도 속에 어떤 뜻을 지녀야 한다. 깊은 맛과 영양가 풍부한 언행일치가 되는 삶을 사는 것이 글을 잘 쓰는 것보다 더 중요하다. "그 사람 말은 잘 해, 그 사람 글은 잘 써." 이 말은 칭찬이 아니라 흉이다. 우리는 상업주의에 경도된 이들을 지칭해 이렇게 말한다. 요즘은 속은 전혀 아닌데도 글만 아름답게, 멋지게 지어서 꾸며 쓰는 경우가 많다. 그런 글들은 잘 쓴 글일지 몰라도 좋은 글은 아니다. 그래서일까? 유려하고 세련되지 못한 말이 오히려 훨씬 신뢰가 가는 경우가 있다. 헛말, 사물과 밀착되어

있지 않은 동떨어진 말, 현상은 물론 본질을 제대로 파악하지 못
한 말, 제대로 읽지 못하고, 제대로 옮기지 못한 말은 말이 아니다.

영어로 '아트(art)'가 처음엔 기술을 뜻했다 한다. 요즘 세대가 작
가도 하나의 직업이 되었다. 옛날에는 문사가 선비였고, 중국의
유협은 성인이라고까지 말한다. 물론 작가도 먹어야 산다. 글을
써서 '글 값'을 받는 걸 나무랄 수는 없다. 그러나 작가 양성소 같
은 문화센터나 문예창작과(문창과 개설 대학이 50개교가 넘는다)에
서 OO작법 같은 '기술'을 단기간 내 습득하여 수요에 따른 공급책
인 출판사와 결탁, 그야말로 '작품(作品)'을 양산하는 체제는 문제
가 있다. 이들, '주문 양산' 되는 작가는 대부분 자기 사상을 지니
고 거친 문장을 쓰는 사람보다 훨씬 유려한 문체를 구사하는 경우
가 많다. 요즘은 스토리텔링만 있지 자기 생각이 없다.

물론, '스토리텔링(storytelling)'이란 말 자체가 나쁜 건 아니다. 재
밌는 줄거리, 이야기는 사실 필요하다. 작가들에게 재밌는 이야기
가 필요한 것은 그 작가의 사상을 효과적으로 담아 전달하기 위해
서인데, 요즘은 이야기만 있고 알맹이가 없는 것이 문제다. 재미
만 있고 의미가 없으니 정작 읽고 나면 공허하다. 무소유를 실천
한 고(故) 법정 스님은 "다시 읽고 싶지 않은 작품은 처음부터 읽
을 필요도 없다"고 하셨다. 동화도 성인이 됐을 때 다시 읽고 싶은

생각이 안 드는 작품은 좋은 작품이 아니다. 진짜 익어서 맛을 내는 게 아니라 비슷한 맛을 내는 조미료 같은 걸 써서 단기간에 익힌 것은 충분히 응축해 시간에 따라 서서히 익어 자연스럽게 우러나온 깊은 풍미가 없을 수밖에.

그렇다면, '잘 쓴 글'이 아니라 '좋은 글'의 요건은 무엇일까. 물론 어법에 맞게, 상황과 사물을 제대로 파악하고 이해한 후 구체적으로 섬세하게 옮겨 '글'이 갖추어야 할 기본 요건을 지니는 것도 중요하지만, 이것보다 더 중요한 것이 글쓴이가 하고 싶은 말, 하지 않고는 견딜 수 없는 말이 있느냐 하는 것이다. 앞에서 말했듯이, 수요자가 필요로 하는 말을 출판사가 받아 작가에게 주문하고, 이에 들어맞는 말을 쓰는 것이 문제다. 하고 싶지 않은 말을 파는 행위, 매문(賣文)이 문제다.

머릿속에 큰 구상과 철학은 언어로 표현할수록 작아지는 경향이 있다. 어눌하다고 윽박질러선 안 된다. 생각을 정리해 진실만을 이야기하기 위해 어눌해질 수도 있다. 어눌하더라도 알맹이 있는 글을 써야 한다. 지금은 기능 쪽으로 치중하는 경향이 짙어 글쓰기 기계들이 심심찮게 등장한다. 그러나 이런 사람의 글은 한계가 있다. 사물을 꼼꼼히 살피면서 우주의 신비, 신의 섭리, 자연의 이치를 깨달아 이를 표현하는 사람이 진정한 작가가 될 수 있다.

작가가 되기 위해 글을 쓰지 말고, 세상을 아름답게 살기 위해 글을 써야 한다. 글쓰기와 글짓기라는 말을 혼용하고 있지만, 사실은 짓기보다는 쓰기라는 말이 맞다. 글을 잘 짓는다는 말은 사물과 동떨어진, 만든 글이라는 느낌이 든다. 그것보다는 있는 그대로 제대로 그리는 글이 좋은 글이고, 그러기 위해서는 잘 보아야 하며, 보는 사람의 자세가 발라야 하고, 그것을 거짓 없이 올바르게 썼을 때 좋은 글이 된다.

뒤집어 말하면 제대로 보지 못하고, 제대로 알지 못하고, 그래서 제대로 옮겨 적지 못하고, 기록하는 방법도 어긋난 글은 좋은 글이라고 할 수 없다. 성경에는 '내가 천사의 말을 하더라도 거기 사랑이 없으면 울리는 꽹과리'라는 말이 있다. '글은 곧 사람'이라고도 한다. 얼마나 진실되게 살았나, 얼마나 사랑하며 살았나, 얼마나 행하며 살았나 하는 것이 무엇보다 중요하다.

글쓰기는 결국 제대로 사는 데서부터 시작된다. 제대로 산다는 것이 꼭 도덕적으로 흠 없는 삶을 의미하는 것은 아니다. 자기 삶을 자기 모습대로, 충실하게, 거짓 없이 사는 것을 말한다. 극복하고 뛰어넘고 벗어나는 삶. 잘 산다는 것은 자신이 만족할 수 있는 삶을 사는 것이고, 그렇게 살다 보면 할 말이 생기게 된다.

작가는 앞장서 일어서는 정신, 제대로 된 정신을 가져야 한다. 70, 80년대 꽃잎처럼 자신의 몸을 던져 민주화를 이룬 우리 젊은 이들이나, 제2차 세계대전 때 나치 정권에 반대해 죽은 사람들, 흑인 인권 운동을 하다 숨진 사람들, 그들은 제대로 된 사상을 가졌고, 그것을 실천한 사람들이다. 자신의 전신을 던져서 할 말을 한 사람들이다. 글은 어설플 수 있다. 잘 못 쓸 수도 있다. 글보다는 그 사람 마음속에 지니고 있는 철학이 중요하다. 글을 잘 쓰는 사람보다는 삶에 충실한 사람이 잘 사는 사람, 훌륭한 사람이다. 좋은 글은 사물을 자기 생각, 자기 관점에서 보고 올바로 기록한 것이다. 그래서 보는 사람이 어떤 생각을 가지고 있느냐가 가장 중요한 것이다.

현길언의 『사제와 제물』이나 『개선문』・『서부전선 이상 없다』의 작가 레마르크는, 제자는 시너(thinner)를 뿌리고 옥상에서 투신하게 하고 젊은이들에게 전선에 나가 총알받이가 되도록 권하면서 자신은 뒤에 숨어 조종만하며 몸 사리는 사제를 비판하면서, 사제이면서 제물이 되어야 한다고 말한다. 예수님처럼 내가 앞장서서 길이 되고 제물이 되고 총알받이가 되어야 한다. 좋은 글은 조금 어눌해도 그 사람의 삶이 수많은 갈등을 통해 한 걸음 한 걸음 빛을 향해 다가서는 그런 내용을 담아야 한다. 현학적인 수사에 대단한 것도 아닌데 '척' 하려는 부분들이 보이면 그것은 사기다.

글쓰기는 사실 다분히 형식적이다. 정작 중요한 것은 내용이다. 어떤 그릇에 담느냐 하는 것은 그리 중요하지 않다. 기량이야 갈고닦으면 개발되게 마련이니까. 실제 그 사람이 어떤 사상을 가지고 있는가, 할 말이 있는가가 더 중요하다. 세상을 제대로 보지 않고, 건성건성 스쳐 지나가면 할 말이 있을 수 없다.

시(詩)를 가리켜 '말씀의 절(言의 寺)'이라 이르는 말을 들은 적이 있다. '시인이라도 되고 싶다'가 아니라, 우리는 사실 시인(詩人), 유협의 말을 빌리면 성인(聖人)이 목표인 사람들이다. 시인은 남이 못 보는 진실과 참사랑을 가진 사람이다. 자기 소리를 가진 사람이자, 『벌거숭이 임금님』의 아이처럼 용기 있는 자이며, 인식욕이 강한 사람이다.

나다니엘 호손의 『큰 바위 얼굴』속 시인도 강한 인식욕을 지녔기에 소문을 듣고 찾아왔다가 큰 바위 얼굴을 닮은 어니스트를 '발견(發見)'할 수 있었다. 그러한 인식욕을 가지고 살아왔으므로 참 인간을 볼 수 있는 눈도 가질 수 있었던 것이다. 시인보다 어니스트를 우위에 두는 이유는 언행일치가 되는 실천가가 작가보다 더 우위에 있기 때문이다. 자기가 어니스트가 되지 못함을 깨닫고 어니스트의 위대함을 알아보는 비극적 주체가 바로 시인인데, 우리는 시인 지망생이 아닌가 싶다.

『논어』 제1장 1절에서는 누가 알아주거나 알아주지 않거나 상관하지 않는 게 군자라 했다. 예전에는 선비가 진짜 군자였는데, 지금은 장사꾼이 선비가 됐다. 사농공상(士農工商)도 가치가 전도되어 물구나무섰다. 사(士)는 진짜 선비였고, 농(農)은 성스러운 것이어서 자기가 먹을 것과 남들이 먹을 것을 함께 지어 냈다. 그러나 지금은 농사를 남에게 떠맡기고 편하게 앉아 부리는 사람들이 훨씬 많은 부와 편리를 누리고 있다.

사실 참사람〔眞人〕은 자기가 착하다는 생각도, 바보라는 생각도, 손해 본다는 생각도 하지 못한다. 자연의 일부같이, 그야말로 하느님의 사람으로 그냥 살아가는 것이다. 그렇다고 해서 그가 굶어 죽을 일은 없다. '문명 사회는 자기가 해야 할 몫을 남에게 넘겨 버리고 편하게 살려다 보니 빠지게 된 함정'이라는 말을 다석(多夕) 유영모(柳永模) 선생에게 들은 적이 있다.

바보 있는 곳에는 바보들이 모여 바보처럼 살게 된다. 그리고 그들이 모여 천국을 이룬다. 혹여, 우리 아이가 바보 같다고, 너무 착해서 손해 볼까 봐 너무 걱정할 필요 없다. 그 아이와 비슷한 친구들이 주변에 모여 서로 돕고 살게 된다. 그게 신앙이다. 신앙에는 기도가 따르고, 기도는 이루게 한다.

만들어진 작가, 얼마나 갈까?

곰삭은 흙벽에 매달려

바람에 물기 죄다 지우고

배배 말라 가면서

그저, 한겨울 따뜻한 죽 한 그릇 될 수 있다면….

- 윤종호, 「시래기」

위의 시처럼 잘 마른 시래기 같은 사람, 숙성된 동치미 같은 작가가 되어야지 급조한 인스턴트 음식 같은 작가가 되면 생명력이 없다. 치킨집 무는 금방 만든 것이지만, 동치미는 상당 기간 땅속에서 숙성되어 무에서 맛이 우러나온다. 요즘은 제대로 된 동치미가 없다. 양성된 작가도 치킨집 무처럼 만들어진다. 운동을 하다 보니 저절로 생긴 것이 자연 복근이라면, 배우나 헬스 트레이너가 인위적으로 만든 것은 양식 복근이다. 작가도 자연산이 되어야지 양식 작가가 되면 안 된다.

모든 것을 지을 때는 돋운 흙이 잦아들 때까지, 시멘트가 굳을 때까지 양생(養生) 기간이 필요하다. 천천히 그러나 끊임없이 가는 것이 중요하다. 아무리 천천히 가도 내 몫은 그대로 있다는 믿음이 필요하다. 남이 빠르건 늦건 자기 페이스를 지키는 고집스러움이 작가에겐 필수다. 그러려면 작가에 목적을 두지 말고, 탁 내려놓고 백지 상태에서 작품을 만나야 한다. 작가 양성소나 문창과에서 훈련받아 작가가 되면 자생력이 없다. 육화되어 삶에 스며들어 그것이 우러나는 작가가 되어야 한다. 큰솥에 계속 끓여야 제대로 된 곰국이 된다. 우려낸 국물 맛처럼 쓰려면 오랜 반복을 통해 생활 속에 자연스레 육화되어 변화한 모습을 써야 한다. 그러다 보면 저절로 작가가 된다. 나도 책 팔아서 먹고살 생각을 안 했기 때문에 역설적으로 지금 책 쓰면서 자연히 먹고살게 된 게 아닌가 싶다.

사실 작가 되기는 쉽다. 우스꽝스러운 글 한 편과 1백만 원만 있으면 작가가 되는 세상이다. 삶을 모르고 짓기만 습득해서 작가가 될 수도 있다. 신춘문예로 등단해도 첫 작품이 마지막 작품이 된 사람이 10명 중 8~9명이다. 천천히 성장한 사람은 그렇지 않다. 조금씩 크는 줄도 모르게 자라면 더 나아지지 굴러떨어지지는 않는다.

1년, 2년 고치고 또 고치고 심사위원 입맛에 맞춰 신춘문예에 당선하면 작가가 될까. 밑천이 없다. 당선 후 1월에 난리쳐 버리면 주눅 든다. 노벨상 받은 후 압박감을 이기지 못하고 자살하는 것처럼 더 이상 좋은 작품을 쓰지 못해 괴로워한다. 계속 공부하고 글을 써야지, 어디 어디 신춘문예 출신이다 하는 건 전 작가일 뿐이다. 나도 신춘문예 심사를 여러 차례 했지만, 크게 실망해서 당선자에게는 별로 관심이 없다. 오히려 떨어진 사람 중에 장래성 있는 사람들에게 전화해 제대로 방향 잡아 쓰게 한 일도 있다. 당선되면 체면 생각하고, 건방져지기도 쉽다. 매년 등단하는 사람은 나오지만, 오히려 떨어진 사람이 좋은 작가가 될 수 있다. 자기만의 개성을 지니고 있기 때문이다.

대나무 씨앗을 심으면 4년 동안은 고작 몇 센티의 죽순만 보이고 겉보기에는 자라지 않는다. 이 시기는 뿌리만 성장한다고 한다. 그러다 5년째 되는 해에 단단한 대나무 줄기가 땅 위로 자라는데, 하루 최대 60cm까지 쑥쑥 자라 싹이 난 뒤 약 4~5년 뒤에는 최고 40m까지 자라기도 한단다. 대나무 꽃을 보기는 더 어렵다. 피는 시기도 달라 최대 1백 년이나 기다려야 꽃이 피는 경우도 있다. 일찍 나와서 부대끼는 것보다 대나무처럼 충분히 준비한 후 등단하는 게 좋다. 신춘문예에 뽑히면 그걸로 끝인 게 대부분인데, 완벽한 형식을 찾다 보니 작품 하나로 2~3년 고치면 하자가 없어지니까 거기에 넘어가 심사위원들이 뽑는 것이다. 그러다 보니 그것보다 더 좋은 작품을 쓰지 못한다. 매미도 6~12년간 애벌레 기를 거쳐 성충이 된다. 자신의 힘으로 날개를 달려면 매미처럼 철저히 실력을 비축하고 준비하는 시간이 필요하다. 이문열이나 이동렬도 수차례 떨어진 후 등단한 작가들이다. 이문열은『사람의 아들』처럼 떨어진 작품 중에도 수작이 많다. 남들 좇아 달리기에 급 급하지 말고, 충분히 자기 키를 키워 성큼성큼 걸어가는 게 좋다.

요즘은 이삭줍기도 하지 않는다. 가난하던 시절엔 추수 끝나면 빈 들판에 밀레의 그림처럼 이삭을 주우러 다녔다. 검불 하나 섞 이지 않은 알곡이 이삭이다. 삶의 과정에서 이삭을 줍는 일이 글 쓰기다. 금방 표가 나는 게 아니라 서서히 차고 넘쳐야지, 퍼 넣어 서 나오는 게 아니다. 동화도 삶의 이야기다. 삶을 그려 놓은 많은 작품을 읽어야 삶의 이야기를 쓸 수 있다. 보통 사람의 살아가는 이야기 중 이삭 줍듯 주워 올린 씨알이 마음밭에 떨어져 곧바로 싹을 틔워 내는 경우도 있지만, 몇 년에 걸쳐 천천히 발아하는 경 우도 있다. 부지런히 이삭줍기한 소재가 쌓이고 쌓여 한 편의 글 이 된다.

그렇다면 과연 교육이란 가능한가. 같이 살다 보면 피차에 영향 받고, 나누어지지 않고, 나누어질 수도 없다. 자기 것을 찾아내는 것. 그림으로 그린다면 자기 빛깔을 찾아내는 것. 자기 목소리를 찾아가는 것. 결국 문학의 길은 자기 찾기다. 밑바탕부터 축적되어 차곡차곡 쌓이는 것. 이것이 남다르게 쌓여 흘러넘치도록 해야 한다.

우리 몸은 정직하다. 오관을 통해 넣은 것만 나온다. 글을 쓰고 싶다면, 우선 읽는 일부터 해라. 읽어서 곧바로 쓰는 건 절대로 안 된다. 중간에 숙성시키는 과정이 필요하다. 읽기, 생각하기, 쓰기 중 생각하기를 특히 많이 해야 한다. 그러나 속도를 중시하는 현대인들은 생각하기를 못 견뎌한다. 읽지도 않고 쓰기만 하는 사람도 많다. 도둑놈이다. 읽고 곧바로 쓰는 사람도 많다. 설사나 다름없다. 소화가 안 된 채 들어갔던 구멍으로 도로 나오는 것은 토하는 것이다. 그걸 누가 먹겠나? 거름도 안 된다. 매번 숙성을 시켜야 한다. 오래 숙성시킨 만큼 천천히 문단에 나오는 게 좋다. 일찍 나오는 사람은 천재가 아닌 이상 화답을 못해 좋은 작품을 일찍 써도 그걸 뛰어넘는 작품을 못 써서 괴로워한다. 심지어 절망과 우울로 자살하기도 한다.

처음엔 별로 안 좋은 작품을 쓰는 것이 좋다. 고전을 계속 읽어 인문학 층이 두터우면 융단 밟는 것처럼 푹신푹신하다. 낙엽이 몇 년 지나는 동안 쌓여 밟으면 탄력이 느껴진다. 인문학적 소양을 쌓아서 부엽토 층을 일궜을 때 갖은 미생물들도 살고, 거기에 삶의 씨앗이 떨어지면 뿌리를 깊이 내린다. 좋은 토양에서 튼튼한 싹을 틔우고 좋은 열매를 맺는다. 서점에 가도 꼭 인문학 코너에 들러라.

작가에는 세 부류가 있다.

1. 읽거나 말거나 내가 쓰고 싶은 대로 쓰는 작가
2. 내가 쓰고 싶은 것을 읽길 바라며 쓰는 작가
3. 읽는 사람을 위해 써서 팔아먹는 작가

둘이 적절히 배분된 게 2번이지만, 알맹이 다부지게 자리 잡고 주제에 대한 내공을 쌓고 써야 2라도 될 수 있다. 무엇보다 작가는 하려는 말이 있어야 한다.

시야가 좁고 멀리 내다보지 못하면 네 땅, 내 땅 나누지만 예술가들은 그런 벽을 뛰어넘고 그러다 보면 무정부주의자일 수밖에 없다. 공부도 길을 제대로 발견하면 재밌고 쉬운데 억지로 생땅을 파게 하면 지겨울 수밖에 없다. 정신이 아니라 스킬을 가르치는 게 문제다. 제대로 쓴 작품은 그 사람의 소양이 다 빨려 들어가게 되어 있는데, 쓰는 사람이 가진 게 보잘것없는 것이면 아무리 화려하게 치장해도 알맹이가 없다.

문창과나 작가 양성소의 가장 큰 문제점은 단연, 가르치는 것이다. 사람은 누구에게나 그 사람의 본성이 있다. 나는 그걸 '그 사람의 우물'이라고 부르는데, 그 우물 속에는 오늘까지의 '그 사람'이 녹아 있다. 그걸 '흔들어' 두레박으로 길어 올리게 하는 것이다. 문창과나 문화센터에서는 그 우물을 길어 올리게 하지는 않고, '이렇게 써라, 저렇게 써라' 하며 가르치려 든다. 물론 가르칠 수는 있다. 얽어매면 그 사람의 본성이 나올 수 없다. 훈련시키는 건 아니다. 선생의 입맛대로 훈련시키면 그 선생의 아류밖에 안 된다. 반면, 가리키는 것은 방향성을 제시하는 것이다. 동화는 이것이다, 소설은 이것이다. 훨씬 포괄적인 삶의 방향 속에서 자유롭게 개성을 발휘하도록 울타리를 크게 쳐준다. 각자가 가진 본성을 겉으로 드러낼 수 있도록 흔들어 주는 게 선생이 할 일이다. 한나무에서 자란 이파리들도 같은 게 하나도 없다.

한 사람 한 사람의 작품이 다 고유의 생명력을 지니려면 다 달라야 한다. 스승과 비슷해져도 안 되고, 스승을 넘어서야 한다. 스승을 밟고 지나가 자기만의 세계를 개척해야 한다.

신춘문예가 문제인 것은, 그 작품이 그 작가의 것이 아닐 수 있다는 데 있다. 그 사람이 쓰지 않았다는 말이 아니라, 이런저런 지도 교사가 가르치는 대로 엮은 것일 가능성이 많다. 심사위원은 그걸 분별하기가 쉽지 않다. 솜씨 좋게 '만든' 작품에 속아 넘어가는 것이다. 오히려 생명력 있는 작가를 뽑는 데는 잡지 추천제가 나을 수도 있지 않을까. 추천 위원이 책임을 지니까. 물론 정실 개입 가능성이 있지만, 결국 어떤 경우든 선비 정신이 요구된다. 장래성이란 100%는 아니지만 가능성을 보는 것이다. 여기서 가능성이란 다분히 '개성'이다. 남다른 점, 그것이 곧 가능성이다.

글은 곧 사람
- 인간의 무늬, 문(文)

예술은 손끝의 재주가 아닌 정신의 소산이어야 한다.
학문과 교양을 통한 순화된 감성의 표현이 예술이기 때문이다.
그림 그리기에 앞서 마음의 바탕이 제대로 자기 색이 있어야 세계화가 된다.

- 고(故) 월전 장우성 화백 어록

현대인은 앞에서도 말했듯이 선비 정신을 잃어버렸다. 나도 진정한 선비가 되지 못해 부끄럽지만, 선비 정신이란 다시 말하면 본성(本性, 사람이 본디부터 가진 성질)이다. 그게 인간의 자존심이기도 하다.

최근 바타이유의 『다다를 수 없는 나라』(원제: Annam·安南)를 다시 읽었는데, 21세 젊은이가 어떻게 그런 작품을 쓸 수 있었는지 신기했다. 사람에겐 본래 그런 게 있다. 인성(人性)은 곧 신성(神性)으로 통한다. 화장실에 사는 성냥 꼬투리만 한 작은 거미건, 밖에 사는 엄지손가락만 한 큰 거미건 그물 치는 방법은 똑같다.

크기에 상관없이 날실과 씨실을 교차하여 완전한 그물을 짜듯 인간에게도 그런 게 있지 않을까. 하느님은 공평하여 다 주신 것이다. 그걸 건져 올려 각자가 가진 본성을 겉으로 드러낼 수 있도록 흔들어 주는 게 선생이 할 일이다.

탁 내려놓는다는 것은 위대한 영혼이다. 『다다를 수 없는 나라』는 프랑스에서 파견된 남녀 선교사(신부와 수녀)가 종교적 박해를 피해 선교 활동을 펼치려 더 깊은 골짜기로 들어가면서 마지막에 안남(베트남)의 오지에서 타민족과 완전하게 어울려 사는 사이 그들의 종교도, 국가도, 민족도, 당초의 선교 목적까지 놓아 버린 상태에서 벌거벗은 시체로 남는 줄거리이다. 선교사들을 색출하려고 쫓아온 군인들도 신부와 수녀가 모든 인위적인 것을 벗어 버린 자연 상태로 죽어 있는 모습을 넋을 잃고 바라보다 전의를 상실하고 그대로 발길을 돌린다. 그야말로 이만한 경지를 하느님은 축복하고 바라시는 것 같다. 그 밖의 모든 것은 사실 인위적[人爲(=僞)的]인 것이다. 수녀와 신부는 결국 에덴동산에 온 것이다.

신, 국가, 종교, 관습이나 전통, 정치, 경제…, 모든 것을 초월해 자연의 일부분이 되는 것, 그것이 내려놓는 게 아닌가 싶다. 이 소설을 읽으며 '내려놓는다는 게 이거구나!' 깨닫게 되었다. 내려놓으면 완전한 평화가 온다. 완벽하게 내려놓고 가는 것. 그것이 곧 죽음이기도 하고, 완전한 삶이기도 하다. 의식적으로 내려놓는 것은 어렵지만, 삶과 죽음의 경계가 없는 사람에겐 본래 아름다운 본성이 있다. 사실 인간에게 내재해 있는데 내려놓지 않으므로 보이지 않는 것뿐이다. 인성은 곧 신성이므로, 누구에게나 있다. 좋은 작가가 되고 싶다면 그것을 꺼내야 한다.

이순신 장군 영정이나 성모상을 그린 것으로 유명한 한국화의 거장, 월전 장우성 선생은 생전에 '우리 화단은 화가는 많으나 예술가는 드물다'며 안타까워하셨다. 이것은 기존의 미술 교육이 정신에 대한 이해 없이 기법에만 의존하기 때문이라는 지적이다. 문단도 똑같다. 작가는 많은데 예술가는 거의 없는 것이 현실이다. 글은 곧 그 사람이다. 잘(제대로) 사는 사람만이 잘(제대로) 쓸 수있고, 그것이 잘(제대로) 순환될 때 글다운 글이 써지는 것이다. 세상을 온몸으로 사랑해야 한다. 낮에 열심히 살고, 저녁이면 충분히 쉬어라. 밤에는 죽고, 아침이 되면 다시 싱싱한 꽃으로 부활해야 한다.

장우성 선생은 "요즘 젊은 사람들은 그림을 너무 쉽게 생각하는 풍조가 있다. 재능만 있다고 다 그림이 되는 것은 아니다. 같은 선을 그어도 오랜 수련을 거친 선에는 두 번 다시 그을 수 없는 절대성이 있다. 그림은 손으로 그리는 것이 아니라 머리가 시켜서 하는 일이다. 머릿속 생각이 무르익어 손끝에서 자연스럽게 풀려나오면 그 속에는 저절로 그리고자 하는 사람의 생각이 절실하게 담기기 마련"이라 하셨다.

여기서 '그림'을 '문학, 문장'으로 바꿔도 그대로 적용이 가능하다. 작가도 작품 수가 많다는 자랑보다는 한 편이라도 똑떨어진, 제대로 된 작품을 남기는 것이 중요하다. 흔한 자갈보다는 보석 하나가 더욱 소중히 여겨진다. 사과가 가을철에 이르러 달콤하고 향기롭게 익듯 예술가도 젊은 시절을 정신적 성장에 바쳤을 때, 비로소 원숙한 작품이 나온다. 세월이 갈수록 단맛을 더하는 과일 같은 작품을 쓰는 작가는 한시도 성숙을 멈추지 않는다.

작가에게 개성은 생명이다. 남과 경쟁하며 따라갈 것이 아니라, 자신의 견해를 가져야 한다. 자기 가치관이 있는 사람은 흔들림이 없다. 말뚝에 줄을 매면 안 흔들린다. 흔들림 없는 자기 세계를 구축해야 좌우로 치우치지 않을 수 있다. 어찌 보면 살아 있는 것 자체가 저항이다. 기존 세계를 인정하고 거기 젖어들면 그대로 답습하는 것이나 다를 바 없다. 누가 뭐라고 하든 '나는 나'라는 생각. 그게 바로 글감이다. 돈을 쫓아가면 돈이 도망간다. 돈이 따라오게 해야 한다. 네루다는 '시가 내게로 왔다'고 한다. 욕심을 내려놓으면 눈에 씌었던 덮개가 떨어져 나간 것처럼 글감이 내게로 온다.

중국 최초의 문학 평론서인 유협(劉勰)의 『문심조룡(文心雕龍)』에서는 '언어는 마음의 소리이며, 문자는 마음의 그림'이라 하였다. 문심(文心)은 문학 활동에 있어 마음의 작용을 뜻하며, 조룡(雕龍)은 언어 문자의 예술적 표현이다. 지금으로부터 1400여 년 전 이미 유협은 내용(작가 정신)과 형식(표현)이 온전하게 조화를 이루어야 좋은 작품이 될 수 있음을 간파한 것이다.

꿩이 비록 찬란한 외양을 갖추고 있어도 백 걸음의 거리밖에 날지 못하는 것은 살이 쪘어도 힘이 부족한 때문이다. 이에 반해서 매는 화려한 외양은 갖추고 있지 못하나 한 번 날개 쳐서 높은 하늘을 나는 것은 골격이 굳세고 기운이 세기 때문이다. 작품의 생명력에도 이와 같은 것이 적용된다. 감동시키는 힘과 구성의 치밀함을 갖추고 있어도 미적인 언어 표현이 결여되면 그것은 문학의 수풀에 매 떼가 모여드는 것과 같으며, 언어 표현은 화려하나 감동시키는 힘과 치밀한 구성이 결여되면 이는 문학의 동산에 꿩이 도망쳐 들어오는 것이나 마찬가지이다. 외양도 아름다우면서 높이 날 수도 있는 작품이라야 문학에 있어서 봉황이 되는 것이다.

- 『문심조룡(文心雕龍)』, 「풍골(風骨)」편

유협은 그 당시 활동한 문인들을 폭넓게 동원하면서 그들처럼 하면 안 된단 얘기도 했다. 자신부터 저서에 같은 말은 두 번 다시 쓰지 않았다. 유협이 읽은 작품 수가 워낙 많고, 사고가 깊어 아리스토텔레스의 『시학』 같은 동양의 평론서가 나오지 않았나 싶다.

유협은 작품이 이상적인 스타일을 이루기 위해 갖추어야 할 요건으로 다음 세 가지를 요구하고 있다. 첫째, '풍(風)'으로, 작자 개인의 감정과 생명력이 작품에 녹아들어 정취를 이룰 때 작품이 지니게 되는 감동력. 둘째, '골(骨)'로, 작자의 언어 문자의 활용 능력에서 비롯된 어휘 배치의 적절성과 작품 구성의 치밀성. 셋째, '채(采)'로, 미적인 언어 표현을 가리킨다. 유협은 이 세 가지 요건이 구비된 작품이야말로 이상적인 스타일을 이룰 수 있다고 보았다. 이 중에 어느 하나가 결여되어도 완전한 작품의 스타일을 이루어낼 수 없다는 것이다.

그는 사람을 천지만물의 정화며 천지의 핵심으로 보고, 심정을 지닌 인간이야말로 아름다운 광채(文采: 문장의 멋)를 가지고 있다 하였다. 마음에 느낌이 생기면 언어로 확립되고, 언어가 확립되면 빛나는 문장으로 표현되는 것은 자연스러운 이치다.

나는 여기에 더해 꼭 장식하려 하지 않아도 인간답게 살면 그 사람만의 삶의 무늬가 이루어지고, 조화로운 음률을 이뤄 진정성 있는 글을 쓸 수 있게 되리라고 본다. 나이가 들수록 육체의 눈〔肉眼〕은 어두워지나, 마음의 눈〔心眼〕은 밝아진다. 많은 걸 경험하다 보니 '그게 이거였구나….' 하고 깨닫게 된다. 이게 동화작가로 익어가는 것이다.

제대로, 속속들이, 자세히 나의 안목으로 보는 것. 이것은 동심을 회복해야만 가능한 것이다. 예수님도 '어린아이 같아야 천국에 간다'고 했는데, 동심은 다 보는 것이다. 첫 마음을 회복하여 제대로 보는 것이다. 들을 귀 있는 자, 보는 눈을 지닌 자가 되어야 한다.

사실 작법은 없다. 그러나 작법이 없어지기 위해서는, 아니 자기 작법을 갖기 위해서는 그만큼 남모르는 속공부가 바탕이 되어야 한다. 『문심조룡』을 읽다 보면 유협의 독서량과 생각의 깊이에 감탄하게 된다. 가수나 연주자가 악보를 내려놓고 자기 맛을 살려 노래를 부르려면 얼마나 많은 연습을 했겠는가? 마라톤 선수도 자기가 달려가는 게 아니라 자기 몸이 그냥 달려간다고 한다. 이처럼 모든 걸 섭렵한 후에야 자기 작법을 가질 수 있다. '작법은 없다'는 것도 결국 그 경지를 얘기하는 것이다. 완전히 자기화해서 내 것으로 소화했을 때 손은 절로 나간다.

동트기 전 가장 어둡다
- 절망 끝에 오는 희망

희망이란 본래

있다고도 할 수 없고

없다고도 할 수 없다.

그것은 마치 땅 위의 길과 같은 것이다.

본래 땅 위에는 길이 없었다.

걸어가는 사람이 많아지면

그것이 곧 길이 되는 것이다.

- 루쉰, 『고향』

신(神)이 동트기 전 어둠을 주신 것은 인간을 정말 사랑했기 때문이다. 작품을 쓰다 보면 모르는 것만 점점 많아지고, 글쓰기도 점점 어려워져 절망하게 된다. 그 지점이 새벽이다. 그 시험을 이겨내야 한다. 절망의 끝에서 희망이 시작된다. 짙은 어둠 끝에 새벽, 아침이 기다린다.

나는 군 제대하고 고향에 가면 상당히 행복해질 줄 알았다. 고향인 충남에 있으면 몸은 편했다. 많은 유혹과 매력을 느꼈다. 그러나 그것은 도피였다. 항상 불안했다. 자학이 위안이었다. 갈등을 하다 결국 고향을 떠났다. 그때 내 귀에 들렸던 말이 '더 큰 지식을 얻기 위해서 네가 알고 있는 이 땅을 잃어버릴 것, 더 큰 삶을 갖기 위해서 네가 가진 삶을 잃어버릴 것, 더 큰 사랑을 찾아서 네가 사랑하는 친구들을 버릴 것, 고향보다도 더 정답고 이 지구보다도 더 큰 땅을 발견할 것'이라는 토마스 울프의『그대 다시 고향에 가지 못하리』의 맨끝 구절이었다. 더 이상 안주하면 점점 병들고 썩을 것 같은 생각에 결말을 지어야 한다고 생각했다.

그렇게 타향인 수복 지구 철원 땅으로 뛰어들었다. 1960년대 초의 일이다. 그 당시 가진 성경책까지 몽땅 팔아 철원으로 들어가 새날을 시작했다. 그야말로 끝은 새로운 시작이었다. 이쪽 문이 닫히면 저쪽 문이 열리는 법. 철원 생활은 지옥이었다. 그러나 평정을 찾았다. 생활의 미세한 부분들이 살아났다. 헐벗고 배고파도 악몽도 안 꾸고 깊은 잠을 잘 수 있게 되었다. 추위 속에서 내 몸을 움직여 고물상에서 날품을 팔았다. 고물 더미 속에서 어린 동생들이 신을 낡은 신발을 뼘으로 가늠해 찾아 신문지에 둘둘 말았다. 하루 품값 120원으로 노란 좁쌀 한 봉지 사고, 신문지로 싼 신발을 들고 집으로 올 때의 기쁨은 무엇과도 바꿀 수 없었다. 내가 내 생을 오롯이 책임지는 것, 나에 대한 책임을 회피하지 않는 것. 바닥을 치니 새로운 아침이 시작되었다.

끝은 시작이다. 죽음도 끝은 아니다. 새로운 시작이다. 안일로부터 벗어나 태풍의 핵 속으로 그 당시 뛰어들지 않았다면, 거기서 평정심을 되찾고 노임으로 번 돈이 먹거리가 되는 체험을 하지 않았다면 오늘의 내가 없었을 것이다. 태풍의 핵은 무풍지대라 한다. 내려놓았을 때, 내가 노동으로 얻은 노임이 가족의 밥이 될 때, 그것은 희열이었다. 야학으로 할 일을 찾은 것은 하나의 탈출구였다. 그야말로 그 작은 시작이 '오늘'을 가져오게 될 줄이야. 새벽의 암흑은 밝은 새날을 배태한다.

좌절과 열정, 절망과 희망은 동전의 양면이다. 진정한 의미의 작가는 절망해야 한다. 절망하지 않는 사람은 작가가 될 수 없다. 꿈을 가지니까 절망도 하는 것이다. 희망 때문에 절망도 있는 것이다.

『설국』을 쓴 가와바타 야스나리,『누구를 위해 종은 울리나』의 헤밍웨이, 사양족(斜陽族)을 만든『인간실격(人間失格)』의 다자이 오사무는 절망이 극에 달해 스스로 목숨까지 끊는다. 제대로 문학할 수 있는 사람이 절망도 하는 거지 어중간하게, 어지간하게 하면 절망도 없고, 작품도 없다. A를 만나면 A에 홀랑 빠져 A가 되고,

B를 만나면 B에 홀랑 빠져 B가 되는데 내가 있을 수 없다. 제대로
된 문학을 하려면 철저히 절망해야 한다. 매문(賣文)이나 하는 사
람(사실 현대는 매문, 매명을 하는 작가들이 진정한 작가 수보다 훨씬 많
다), 매명(賣名)이나 하는 작가는 결코 절망하지 않는다.

작가에게 고난은 은총이다. 문학하는 행위는 구원에 이르는 길이
다. 자기 자신을 만나러 가는 길이다. 돈이나 명예가 목적이 되어서
는 안 된다. 삶과 구원, 치유의 목적으로 쓰다 보면 자신과의 만남
이 가능해 끊임없이 따라가다 보면 자연히 돈도 들어오게 된다.

즐거워야 즐겁다. 쓰면서 즐겁고, 읽는 이도 즐거운 샘물 같은
동화를 쓸 수 있는 원동력은 내려놓을 때 나온다. 물에서도 그렇
다. 힘을 빼고 물결에 몸을 맡기면 떠다닐 수 있게 된다. 물론, 거
기까지 가는 동안 물도 좀 먹어야 하지만.

나의 동화 수업을 들으러 오는 사람 중에는 아예 욕심만 가지
고 오는 사람도 있다. 그들 중에는 일종의 헛된 꿈을 꾸는 사람들
도 있다. 자기 분수를 모르고 덤벼드는 사람도 있고, 충분히 가능
성은 있는데 허욕을 못 버려서 제대로 된 글을 못 쓰는 사람도 있
다. 두 경우 다 본인은 가능성이 없는데 있는 것처럼 생각할 수 있
고, 가능성이 있는데도 없는 걸로 생각할 수도 있다. 충분히 할 수

있을 것 같은 문학도들도 쉽게 절망하여 포기하는 경우도 있다. 나는 무슨 일이든 엉덩이 무겁게 붙어 최소한 10년은 해야 한다고 생각한다. 그러나 산만한 사람들이 많다. 여기 기웃 저기 기웃하다가 어깨에 힘만 잔뜩 들어간다. 시작도 하기 전에 타성에 빠지기도 한다.

물론, 방향을 결정하기 전에는 심사숙고해야 한다. 그러나 일단 선택하면 선택한 자신에 대해서 책임져야 한다. 유년 시절 할머니랑 쑥을 캐러 가면 할머니는 쭉 둘러보시고, 양지바른 곳에 주저앉아 하나씩 그 자리에서 다듬어 바구니에 담았다. 나는 자꾸 왔다 갔다 했다. 나의 동시 「쑥 캐기」처럼 '여기서 바라보면 / 저기가 많고 // 저기 가 돌아보면 / 여기가 많'아 보였기 때문이다. 할머니는 그런 나를 보고 '낚시질 가서도 왔다 갔다 하면 한 마리도 못 잡는다'고 하시며 충청도 말로 '질지심'을 갖고 한 군데 앉아 진득하게 그 일을 하라 하셨다. 실제로 집으로 돌아올 때 보면 내 바구니는 거의 비어 있고, 할머니 바구니는 가득했다.

설령 자기만 뒤처져 꼴찌가 된 느낌이 들더라도 비교만 하지 않으면 충분히 자신이 앉은 그 자리에서 행복을 찾을 수 있다. 물론, 그러려면 진정한 '자기'가 있어야 한다. 자기가 있으면 비교도 안하게 되고, 스스로 삶의 의미를 찾을 수 있다. 물론 자기 세계를 갖는 게 쉬운 문제는 아니다.

　나무꾼이 어느 날 산으로 나무하러 갔는데, 그루터기를 캐 보니 모양이 기괴해 장작으로 때기는 아까워 사포로 잘 다듬고, 니스 칠도 하니 멋진 모양이 되었다. 그때부터 모양 있는 나무를 찾기 시작해 그걸 모으다 보니 사람들이 눈길 줘서 나눠 주게 되고, 결국은 먹고사는 일까지 해결되더란다. 공부를 많이 해서 똑똑하고 잘사는 게 아니다. 꾸준히 한길 가다 보니 집도 짓고 자기를 갖게 되는 것이다.

　겨자씨 한 알만 한 믿음으로 우직하게 계속하는 사람이 산을 옮긴다. 지금도 충분히 그런 삶이 가능하다. 나무 자라는 것과 똑같다. 작은 씨앗이 꼬투리가 되어 줄기, 이파리, 열매도 맺는다. 그러한 믿음이 잘 나타난 작품이 아래 인용한『다섯 시 반에 멈춘 시계』다.

　"천천히 가그라, 꼴찌두 괜찮여. 서둘다 자빠지면 너만 다쳐. 암만 늦게 가두 네 몫은 거기 있능겨. 앞서 간 애들이 다 골라 간 것 같어두, 남은 네 몫이 의외루 실속 있을 수 있능겨, 잉규야."

　삶의 목적은 삶 자체다. 결국 과정이 삶이고, 그 삶이 곧 문학이다.

과정 자체를 사랑해야 한다. 여행의 목적이 여행 그 자체인 것처럼 살아가는 과정이 인생의 목적인 셈이다. 그러므로 매 순간 잘 살아야 한다. 매일 죽고 매일 거듭나야 한다. 아침에 새롭게 태어나 하루를 제대로 살고, 저녁엔 피곤에 떨어져 죽고, 다시 상쾌한 새 모습으로 태어나라. 매 순간 익힌 것을 살아 내라. 내 삶을 가져야 한다. 남들과 같아지는 것은 철저히 배격하면서 생각도 나대로, 생활도 나대로. 그것이 바로 개성이며, 개성이 없어지면 생명은 끝이나 마찬가지다.

니체는 '나를 죽이지 못하는 고통은 나를 강하게 만들 뿐'이라고 말했다. 날마다 기다림의 시간을 최선을 다해 통과해야 한다. 인생이 가장 어두울 때도 상황이 아무리 칠흑같이 어둡다 할지라도 낙심하지 마라. 어둠이 지나면 새벽이 온다. 새벽 동트기 전이 가장 어둡다. 차가운 겨울 속에 따뜻한 봄이 담겨 있듯 이미 혹독한 겨울 속에는 희망의 봄이 움트고 있다.

지금도 어려운 환경에서 꿈만 먹고 사는 작가 지망생들이 있다면 나는 그들에게 지금이 당신의 새벽이라고 말하고 싶다. 날이 새기 직전, 새벽이 가장 캄캄하다. 더 이상 도저히 할 수 없다는 생각이 들 때 답이 요 앞에 있다. 간절히 염원하면 틀림없이 온다. 1cm만 파면 나오는데 그 직전이 제일 넘기 힘들다. 포기하지 마라.

반대로, 지금 성공에 자만하고 있다면 아침이라 생각해도 금방 저녁, 밤이 온다. 따라서 경거망동해선 안 된다. 인생은 포물선의 반복이다. 나이 먹으면 그걸 알아서 쉽사리 절망하거나 춤추지 않는다. 그리고 인생의 밤이 오면 아침이 오길 기다린다. 그 시간이 쉬는 시간이다. 그것은 신의 은총이다.

모든 게 변한다는 걸 체득하면 고민이 없어진다. 장마가 져도 비는 곧 그친다. 이렇게 느긋해질 필요가 있다. 전부 하늘과 땅이 하는 일이다. 천지자연도 오래 하지 못하는데 하물며 사람이야. 자연은 말로 가르치지 않는다. 그야말로 불언지교(不言之教)다. 말로 할 수 없는 경지, 도와 하나 되는 경지에 이르면 자유롭다.

언제부턴가 이세상에는 눈에 보이지 않는 기류 같은 게 있음을 알게 된다. 몸속에도 소우주가 있다. 우주 속에 또 하나의 우주가 존재한다. 언젠가 울릉도 가는 바다 한가운데 갑판에서 보니 내가 세상의 중심이었다. 한없이 초라하게 느껴질 때도 있지만, 똑같은 거리의 수평선, 아무것도 보이지 않는 망망대해에 서니까 그 중심에 내가 있는 느낌을 받았다. 멍하니 앉아 그런 느낌을 가끔 가져볼 여유도 있어야 한다.

절망의 끝에서 시작되는 희망은 참으로 평범한 진리다. 진리가 언제나 낮은 곳으로 흐르듯, 자연은 신의 현현이다. 신은 안 보이지만, 신이 누구냐 물으면 바로 내 옆에, 내 앞에, 내 안에 있다. 모든 내 이웃과 사물, 작품들이 다 나를 일깨우는 신의 현현이다. 신은 다면이다. 양면이 아니다. 11면 관음보살처럼, 무지개가 빨주노초파남보만 있는 게 아니라 빨강과 주황 사이에도 수만 가지 빛깔이 있듯 자연은 다양한 빛깔로 삶을 뒤흔든다. 자연이 큰 바위 얼굴(얼의 굴)이요, 모든 사람이 큰 바위 얼굴이요, 모든 '작품'이 큰 바위 얼굴(읽어야 할 대상)이다.

제2장
참사람, 작가의 길

마음속 우물에 두레박, 툼벙!

서두르지 말라
그러나 쉬지도 말라

- 괴테

애리조나 사막 지대에 살고 있는 인디언 호피(Hopi)족의 기우제는 비가 내릴 확률이 100%라 한다. 이들은 2년에 한 번씩 기우제를 지내는데, 이를 통해 종족 간의 결속을 다지고 이탈을 방지했다고 한다. 어떻게 이들의 기우제가 성공률 100%를 자랑하게 됐을까? 답은 간단하다. 비가 내릴 때까지 계속 지내는 것. 한때 조롱의 대상이 됐던 호피족의 기우제는 이젠 '긍정과 인내'의 상징이 됐다.

어떤 이는 마음의 가뭄이 심해 동화를 쓰고 싶어도 쓸 말(이야기)이 없다고 한다. 그러나 티끌 하나에도 이야기가 있다. 그러니 동화를 너무 무겁게 생각하지 말라. 일단 기억의 우물에 두레박줄을 내려 생각을 길어 올려야 한다. 바닥 긁는 소리가 난다면 큰일이다. 물이 자연스럽게 차오를 수 있도록 끊임없이 읽고 생각하고, 체험을 통해 수맥을 찾아야 한다. 글을 쓴다는 것은 시작도 없고 끝도 없는 일이다. 자연스럽게, 그러나 평생을 통해서 이루어지는 일이다.

글을 쓰려고 마음먹은 사람은 작은 씨앗 하나를 가슴에 심는 거라고 생각한다. 그동안 살아온 삶들은 작은 씨앗을 심을 텃밭이 되는 것이다. 작더라도 바르고 튼실한 씨앗을 하나 심고 정성껏 돌보는 일이 바로 글쓰기다. 이제 그 씨앗은 내 정성과 보살핌을 받으며 무럭무럭 자라날 것이다. 아주 예쁘고 소담스러운 꽃도 필 것이다. 그 꽃이 지면 열매가 달려 익어갈 터.

글쓰기를 하겠다고 마음을 먹었다면 그것은 하나의 선택을 한 것이다. 그렇다면 그 선택을 위하여 무엇인가를 버려야 할지도 모른다. 편안하게 살던 시간도 버려야 하고, 깊이 생각하지 않고 무심코 지나쳤던 무관심도 버려야 한다. 대신 내 주변의 삶들을 자세히, 치밀하게, 애정을 가지고 살피는 눈을 가져야 한다.

사물은 보려고 준비한 사람에게만 보이며 존재한다. 그렇게 준비된 눈으로 보게 된 것들을 나만의 바구니에 담아 두는 습관이 필요하다. 나는 그것을 '반짇고리'라고 이름 붙였다. 천이나 단추, 바늘

같은 것들이 부족하던 시절엔 반짇고리라는 것이 있었다. 뚫어진 양말을 꿰매려면 뒤적여서 적당한 색의 자투리 천을 고르고 실을 골라서 쓰던 반짇고리는 요술 상자 같았다. 그 안에는 없는 것이 없어 보였다. 자세히 들여다보면 온전한 것은 하나도 없는 것 같지만 제자리를 찾아가면 큰 몫을 하는 물건들이다.

눈에 띄는 자질구레한 것들을 담아 두었다가 꼭 필요한 곳에 쓸 수 있는 반짇고리처럼 내가 보고 느낀 것들을 그때그때 메모하여 담아 두면 작품을 쓸 때 아주 요긴한 자리에 꼭 들어맞는 경우가 종종 있다. 반짇고리에 들어 있는 물건들은 그 안에 들어 있을 때는 아무런 소용이 없다. 글을 쓰는 일도 똑같다. 가슴에 반짇고리를 만들어서 생각들을 담아 두어도 쓰지 않으면 빛을 발하지 못한다.

작가는 이야기를 쓰면서 자기 감정을 해소한다. 작가는 이야기를 통해 자기 세계를 확장해 나가기도 한다. 또 작가는 이야기로 자기 구원을 받기도 한다. 그런 이야기를 어떻게 만날까? 평소 가슴에 생각을 담는 버릇을 길러야 한다. 반짇고리를 하나씩 만들어라.

떠오르지 않는 소재와 주제의 가뭄은 누가 대신 해결해 주지 않는다. 이를 극복하는 것은 결국 각자의 몫이다. 비가 내릴 때까지 기우제를 드리는 호피족처럼 척박한 삶의 가뭄이 언젠가는 작품으로 자라날 수 있을 거라는 믿음과 부단한 노력이 필수다. 뚜벅뚜벅 걸어가다 보면 가슴속의 갈증을 씻어 줄 빗줄기가 지평선 너머 어딘가에서 무지개와 함께 기다리고 있다.

결국 글(창작)이란 자기 생각을 적는 일이다. 자기 생각은 어떤 대상과의 새로운 만남, 곧 체험과 경험에서 파생되므로 실상은 자기의 삶을 기록하는 일이 된다.

새로움, 그것이 창작(글쓰기)의 생명이다. 그리고 그 생명력은 어떤 대상(사물)에 있지 않고, 진지하고 웅숭깊은 나의 삶 속에 있다. 그것을 두레박으로 길어 올려야 한다. 사실 무슨 작법(作法)이 따로 있을 수 없다. 삶의 내용이 절실하면, 물이 물길을 만들듯 형식은 저절로 뒤따라 형성된다.

작품은 빙산의 일각이어야 한다. 요즘 작가들은 공부를 안 한다. 하나 알면 그대로 써먹는다. 충분한 자료 조사와 역사적 고찰, 체험 및 습작 수련이 돼야 작품의 수준이 고르게 유지되고, 더 좋은 작가로 거듭날 수 있다. 작가 지망생으로 작가 되는 일에만 목표를 두다 보면 밑천이 딸린다. 안타깝게도 요즘 작가들은 얼음 조각 하나로 작품을 쓴다. 수면 위로 나온 빙편을 떠받치는 게 그 작가의 사상이다. 뿌리가 없으면 작가도 허약하고, 작품도 함량 미달이 된다.

무서운 것이 작품을 읽으면 독자들은 그게 얼음 조각인지, 빙산의 일각인지 금방 간파한다는 점이다. 낯 뜨겁게 밑천 드러나는 작품을 쓰지 않으려면 부지런히 읽고 쓰고 고전부터 현대 작품까지, 희곡부터 시, 소설, 수필, 기사, 자연과학, 미술, 음악 등 장르를 넘나드는 공부를 해야 한다. 거대한 빙산이 수면 아래에서 작품을 떠받치면, 다의적이면서도 중심이 꽉 잡힌 수작이 탄생할 수 있다.

읽어 내는 것도 마찬가지다. 결국 독자들의 우물이 얼마나 깊은가에 따라 같은 작품을 읽어도 해석의 방향과 깊이가 천양지차가 될 수 있다. 그림(Grimm) 형제의 민화(民話)집 속 짧은 동화 한 편을 읽어 보자.

율모기 이야기

어떤 아이가 대문 앞에 나와 앉아 사발에 담긴 우유와 빵을 땅바닥에 놓고 먹고 있었어요. 그런데 율모기 한 마리가 기어 와 머리를 그릇 속에 넣더니 우유를 마시는 거예요. 율모기는 다음날도 와서 우유를 마셨고, 날마다 그런 일이 계속됐지요. 아이는 율모기가 우유만 마시고 빵은 건드리지 않는 게 마음에 들었어요. 그래서 숟갈로 율모기의 머리를 톡톡 치면서 말했어요.

"얘, 빵도 먹어!"

그때부터 아이는 아주 예쁘고 튼튼하게 자랐어요. 그런데 어느 날 엄마가 이 뒤에 서 있다가 율모기가 기어 오는 것을 보고 때려 죽였어요. 그때부터 아이는 비실비실 말라 가더니, 끝내 죽고 말았답니다.

여러분도 알다시피 이 이야기는 그림형제가 지어 낸 창작동화가 아니다. 독일의 민간 설화로 전승되던 이야기를 당시 독일의 언어학자이자 문헌학자였던 연년생 형제, 야코프 그림(Jacob Grimm:1785~1863)과 빌헬름 그림(Wilhelm Grimm:1786~1859)이 1812년 편집하여 『어린이와 가정을 위한 옛날이야기(Kinder- und Hausmarchen)』란 원제로 낸 민담집에서 발췌한 것이다. 따라서 이것은 설화 문학인데, 당대의 지식인이었던 그림 형제가 잘 옮겨 정리한 것이다.

누구나 처음에 얼핏 읽으면 '이게 무슨 뜻이지?' 생각하게 된다. 도덕적 관점에서 이웃과 나눠 먹으란 뜻일까? 거기까지가 1차적 읽기라 볼 수 있다. 겉으로 드러난 표피만 상식적으로 읽어 내는 것이다. 더 들어가 여기 등장하는 '율모기'란 뱀을 상징으로 보면 진일보한다. 뱀은 보통 두 가지로 볼 수 있는데, 프로이트는 '섹스 심벌, 남성'으로 보기도 하고, 기독교 신앙으로 보면 '뱀같이 지혜롭고, 비둘기처럼 순결하라(마 10:16)'고 말하듯 뱀을 아주 지혜로운 동물로 보기도 한다. 그러나 그것만도 또 아니다. 뱀이 등장해 아이한테 지혜를 줬다? 엄마가 지혜 주는 걸 막았다? 그런 실마리

로 풀다 보면 문득 이런 생각이 든다. '고전을 고전으로 그냥 읽으면 아무 의미가 없구나….'

이를테면 신학 쪽에서 볼 때 2천 년 전 예수님의 말씀을 그대로 읽고 끝난다면 사실은 나와 무관하다. 나의 삶과는 아무 관계가 없는 먼 나라 이야기로, 읽을 필요도 없게 느껴진다. 예수 이야기가 지금까지 회자되는 건 예수가 하느님 보좌에 앉아 '이리 오너라' 부르는 게 아니라, 현실에 개입한다고 믿기 때문이다. 그것도 지금, 여기 있는 나의 삶에 개입한다. 독일 신학자 칼 바르트(Karl,Barth)는 '한 손에 성경을 한 손에는 신문을'이란 이야기를 했다. 성경을 고전의 표상으로, 신문을 오늘날 현실로 바꿔 말하면, 오늘 나의 삶에 2천 년 전의 이야기가 꽂혀 이야기의 의미가 살아난다. 내 삶과 괴리되면 고전이나 경전을 읽을 필요도 없는 것이다. 오늘을 사는 내게 있어서 어떤 메시지로 오는가가 중요하다.

물론, 그림 형제가 또는 그보다 앞서 살았던 많은 민중들이 이이야기를 만든 셈이다. 수천 년 동안 사람들이 살아오면서 자기 삶 속에서 일어나는 일들이 보태지고, 또 덜어지면서 구전되다가 그림 형제 귀에까지 들려 '이건 책으로 내야겠다.'라고 생각해 책으로 묶었다고 볼 때, 그림 형제는 의미 있게 읽어서 책에 담은 것으로 볼 수 있다. 그러나 그림 형제가 책 속에 이 이야기를 담을 때 그들이 생각했던 메시지와 오늘 내가 읽는 의미는 사실은 관계가 없다. 쓴 사람은 쓰는 것으로 끝나지, 나머지는 읽는 사람들 몫이다. 다 죽은 사람들이고, 이러쿵저러쿵 할 수 없다.

지금 이 순간 내가 아는 만큼 읽는 것이다. 신기한 것은 이 이야기를 현대인의 삶에 접목시키면 오늘날 현실을 꿰뚫어 본 것처럼 딱 들어맞는다는 점이다. 1차적으로 보면 오늘날 한국의 부모들은 자기 새끼만 먹이려고 한다. 남의 아이는 관심이 없다. 그런데 2차적으로 보면 여기 나오는 뱀이란 게 이 아이의 본성, 본질이라고 생각하면 살아 있는 생명체로서 육신의 아들이 아니라 그 아이의 영혼, 마음, 정신으로도 해석할 수 있다. 몸뚱이는 마음과 정신을 담는 그릇인데, 엄마가 본 것은 그 그릇만 본 것이다. 엄마가 본 아이는 사실 껍데기일 뿐, 그 아이가 처음엔 혼자 먹다가 뱀 같은 지혜가 들어온다. 그것을 아이가 수용한 것이다. 그러나 엄마 눈에는 아이 음식을 뺏어 먹는 그런 마땅치 못한 뱀으로, 에덴동산에서 인간을 유혹한 악령 혹은 유혹자로서의 뱀으로만 보여 때려 죽여 버린 것이다. 아이의 본성이 생명력을 잃어버리니까 아이는 삐쩍 말라서 죽고 만다.

현대를 사는, 고희를 넘긴 '나'는 그렇게 읽은 것이다. 그러나 나 아닌 다른 사람은 얼마든지 다르게 읽을 수 있다. 그리고 바로 그것이 이 글을 채록한 그림 형제의 의도일 것이다. 그야말로 듣는 자만이 듣고, 읽는 자만이 읽을 수 있는 것이다.

이렇게 읽을 수 있는 '나'가 하나의 우물이다. 그 우물은 지난 75년 동안 나의 우물에 고인 물, 내용이다. 그게 바로 나다. 내 육신은 그릇에 지나지 않고, 이 이야기를 읽고 이렇게 해석하고 읽어 낼 수 있는 나는 내 내면의 우물 속에 담긴 우물물을 통해 그 귀로 들을 때, 그 눈으로 읽을 때 그렇게 들리고 읽히는 것이다.

모든 작가는 30년, 50년, 70년을 살았든 자기가 살아온 만큼의 우물물을 지니는데, 자기 자신은 그걸 모를 수도 있다. 우물물이 깊지 못하면 금방 메말라 쩍쩍 갈라지는 소리가 난다. 호박 구덩이를 깊고 넓게 팔수록 거기 담긴 거름에 비례한 만큼 실한 호박이 열리고, 산에 이파리가 계속 떨어져야 양탄자처럼 두꺼운 부엽토 층이 형성되어 온갖 생명체가 깃들고 나무가 무럭무럭 자랄 수 있는 영양분을 충분히 제공받는다. 그러나 우물물이 깊지 못하거나 호박 구덩이가 좁고 얕거나, 부엽토 층이 얄팍할 때 마치 '율모기 이야기'에서 홀로 남은 아이가 말라 죽듯이 그렇게 말라 죽는다. 글쟁이는 될 수 있지만, 뛰어난 작가는 될 수 없다.

나는 솔직히 교육에 대해서 부정적인 시각을 갖고 있는 편이다.

특히 현대의 교육 방법에 있어서 닦달하는 쪽보다 내버려 두는 쪽을 더 선호한다. 그래야 획일적인 일생을 살지 않고, 작품도 요즘 쏟아지는 것처럼 다 거기서 거기인 작품 일색이 되지 않는다. 악스트(Axt)란 잡지 창간호에서 소설가 천명관도 이런 말을 했다.

"요즘 신인들의 글을 보면 다들 너무 똑똑하다. 이미 문단에 나올 때부터 준비가 되어 있는 느낌이다. 어떻게 써야 등단을 하고 어떻게 써야 문학상을 받는지 영악하게 알고 있다. 나는 작가들의 상상력과 취향이 공장에서 생산된 것처럼 다 비슷하다는 걸 믿을 수 없다. 그리고 한 주머니에 다 담아도 삐져 나오는 송곳 하나 없다는 게 기이할 정도이다."

요즘 나오는 동화들도 마찬가지다. 낭중지추(囊中之錐)란 한자성어가 무색할 지경이다. 천명관의 말처럼 주머니 속에 잔뜩 작품을 담았다 해도 삐져나오는 송곳 하나 발견하기 어렵다. 작가들이 지닌 송곳 자체가 없기 때문이다. 문제성을 지니고, 문제작을 써내는 문제 작가가 없는 것이다. 몇 년 전 가을에 한우리문학상 심사를 하는데 문학 공부를 하나도 한 적이 없는 수학 박사가 쓴 글이 오히려 신선했다. 물론, 세월호 사건과 심청전을 매치시킨 표현력이 깊게 숙성되진 못했지만, 그래도 문창과에서 강의 듣고 자리를 잡고 형태가 갖춰진 작가가 아니다 보니 오히려 비슷비슷한 작품들 속에서 돌출했다. 창작이라고 하는 것은 신선함이 최고다.

특히 신인은 신인다워야 빛난다. 그런 걸 보면 자기 우물이 깊은 사람, 우물물이 가득 들어찬 사람은 우물 안 개구리여도 웅숭깊고 독창적인 작품을 쓸 수 있다. 어쩌면 우물 안 개구리 예찬론도 가능할지 모른다.

결국 지금까지, 오늘이 있기까지 온갖 보물이 가라앉은 것이 바로 나만의 우물이다. 그 우물물을 길어 올리는 것이 바로 창작이다. 따라서 창작 지도가 뭐냐고 묻는다면, 나는 이렇게 말할 것이다. "나는 다만 흔들어 줄 뿐"이라고.

확대경 들고 봐라

- 시(視) · 관(觀) · 견(見)

뭐든지 잘 들여다보세요.

입가에 말라붙은 침 자국, 주방 환풍기에 달라붙은 기름때,

변기 앞에 떨어진 오줌 방울…

세상 모든 의미 없는 것들에게 의미를 되찾아주는 시인은

신이 버려 둔 일을 대신하는 존재예요.

- 이성복 시론, 『무한화서』

화가들은 마음속에 웅숭그리고 있는 절실한 그리움과 기다림 끝에 일반인들이 그냥 지나치는 순간의 빛을 포착하여 한 폭의 그림으로 빚어 낸다. 따라서 화가의 그림 속에는 그 순간 화가의 눈에 비친 바람과 햇살, 사랑과 증오, 동경과 연민, 열정과 신념의 속살까지 고스란히 담겨 있다. 이 때문에 한국화가 전수민은 '그림'이 '그리움'의 다른 말이요, '기다림'의 준말이라 표현하기도 했다. 깊은 그리움과 오랜 기다림, 그 속에 오는 절실함이 화가의 눈을 틔우고, 작가의 눈을 뜨게 한다.

대리석에서 천사의 형상을 본 미켈란젤로처럼 같은 대상도 일반인의 눈으로 보면 보통으로 보이지만, 예술가의 살아 있는 시선으로 보면 기적으로 보인다. 권정생 선생의 『강아지똥』처럼 개똥이 꽃이 되는 평범한 진리, 그것이 곧 기적이다. 아인슈타인도 인생을 살아가는 데는 단 두 가지 방법이 있다고 했다. 하나는 아무것도 기적이 아닌 것처럼, 다른 하나는 모든 것이 기적인 것처럼 살아가는 것이라고. 작가가 되려면 모든 것에 놀랄 준비가 되어 있어야 한다. 그러려면 확대경을 들고 봐라. 시멘트 터진 것이 소나무 가지로 보일 수 있고 잎맥 하나에서 하느님의 놀라운 솜씨를 느낄 수 있다. 대상에게서 신의 존재까지 느끼면 더욱 좋다.

이야기를 쓸 때, 그림을 완벽하게 그려야 잔재미와 묘미가 있는데, 이를 위해선 관찰이 무엇보다 중요하다. 어떤 대상이든 가만히 들여다보면 모두 이야기가 들어 있다. 호수에 바람이 들지 않고 잔잔할 때는 잠자리 한 마리만 지나가도 그 모습이 물에 비친다. 그러나 폭풍이 올 땐 돌멩이를 던져도 파문이 일어나지 않는다. 마음의 평정을 유지하고 깊이 침잠해야 대상이 보인다.

'본다'는 뜻의 한자는 '시(視), 관(觀), 견(見)' 등이 있다. 다 조금씩 그 뜻이 다르다. '볼 시(視)'가 겉으로 그 현상만을 보는 것이라면, '볼 관(觀)'은 관점, 자기 사상, 자기 생각, 자기 철학을 가지고 보는 것을 말한다. 현재 우리가 사용하는 한자는 모두 다이어트나 성형수술을 한 결과물인데, 볼 관(觀)도 본디 황새 관(鸛)에 볼 견(見) 자가 합쳐진 모습인데, 너무 뚱뚱해 새 조(鳥) 자를 살짝 빼내고 지금의 모습만 남았다 한다(정석원 한양대 교수, 중국 문화). 따라서 볼 관(觀)의 본뜻은 '황새가 먹잇감을 노려본다'였는데, 지금은 단순히 '보다'의 뜻으로 쓰인다.

황새가 먹잇감을 뚫어지게 노려보듯 제대로 보아야 한다. 제대로 본다는 것은 남들처럼 보는 게 아니라 자기 눈으로 자기대로 보는 것이다. 남달리 보는 것이 잘 보는 것이다. 나 나름대로 제대로 보아야 오랜 관찰(觀察)이 생명을 얻는다. 다른 사람이 보는 것만큼 보면 진부해진다. 낯설게 하려면 남달리 보고 남달리 표현해야 한다. 남들처럼, 남같이 보는 게 아니라 제대로 보려면 꼼꼼히 봐야 한다. 꼼꼼히 보면 남들이 미처 찾아내지 못한 것을 발견하게 된다. 과학도 미술도 글쓰기도 그런 면에서는 비슷하다.

볼 견(見)은 눈 목(目)에 사람 인(人)의 합자(合字)로, '사람이 눈으로 보다'의 뜻을 지닌다. 이 글자는 '볼 견' 외에 '나타날 현'으로도 읽는다. 사물을 볼 때 앞에서 뒤에서 옆에서 위에서 아래에서 종합적으로 봐야 하는 경우가 있는가 하면, 꿰뚫어 직시(直視), 관통(貫通)해야 하는 경우도 있다. 볼 수 있는 데까지 보고, 대상을 잘 이해해야 쓸 수 있다. 내가 먼저 제대로 알아야 누군가에게 전달할 수 있다. 들여다보기도 중요하다. 깊숙이 안을 보라는 것이다. 삶도 겉으로 드러난 면만 보지 말고, 찬찬히, 세세히 관찰하여 본질까지 꿰뚫고 들어가 그 대상을 온전히 파악할 수 있어야 한다.

사물을 들여다보기 위해서는 지름길로 가지 말고 에둘러 걸어가야 한다. 달리지 말고 천천히 가자. 충분히 보고 생각하고, 생각하면서 또 보고, 대상과 바람직한 관계를 맺으면서 살아가자. 모든 사물은 자세히 들여다보았을 때 지니고 있는 이야기를 찾아낼 수 있다. 이야기는 이미 의미를 내포하고 있다. 프롤로그에서도 언급했듯이 읽는다는 것은 '본다'는 것과 동의어다. 나아가 그 사물과 '관계를 맺다, 만나다'라는 말과도 연결되어 있다. 관심도 없고, 무관하여 관계를 맺지 않으면 그건 없는 것과 마찬가지다. 그러므로 잘 본다는 것은 사물과 관계를 맺는 일이다.

글쓰기를 공부하는 사람들에게 나는 '확대경'을 하나씩 가지라고 이른다. 우선 일차적으로 자세히 보자는 것이다. 민들레가 보도블록 틈을 비집고 올라와 피어나는 모습도 자세히 보고, 아기 귓속도 한번 들여다보고, 잠자리 날개도 요리조리 살펴보고, 사물을 좀 구체적으로 보자. 그래야 알게 되고, 잘 알아야 관계 맺기가 가능해진다. 자세히 보면 쓸 수 있다.

대벌레가 나뭇가지 사이에 가만히 붙어 있으면 거의 분간이 되지 않는다. 간과하면 못 본다. 대충 지나치며 보는 것은 '쟁반 같은 보름달, 계란 노른자 같은 보름달' 이런 표현밖에 안 된다. 황새는 먹잇감을 먹어야 산다. 먹이가 되는 물고기에 낚싯바늘이 끼었거나 독에 중독되었는지 보지(알아차리지) 못하면 황새는 죽는다. 겉으로 보이는 형상만 볼 게 아니라 똑바로 본질까지도 봐야 한다. 대상이 가지는 의미까지도 읽어 내는 것이 보는 것이다. 다시 말하면, 보는 게 읽는 것이고, 읽는 게 아는 것이다.

어찌 보면 책을 읽는 것은 나는 이렇게 봤는데, 남들은 어떻게 봤는가를 살피는 것이다. 이 사람은 이렇게 놀랍게 봤구나. 우리가 독자가 되는 것이다. 그 글을 쓴 사람은 어떻게 보고, 어떻게 느꼈는지 그 사람의 그릇에 담긴 표현을 나대로 해석해서 보는 것이다. 그런 면에서 작품은 독자에게 와서 비로소 완성된다. 작품을 탈고하면 이제 독자들 몫이다. 자기 글을 엮어 전집으로 만들어봐야 허무한 일이 되는 것도 그런 까닭이다. 읽어 주지 않으면 죽은 것이다.

무엇을 어떻게 쓸지 이론은 필요 없다. 예수의 생애를 담은 성경에서처럼 태초에 말(logos)이 있었다. 글은 그 뒤에 생긴 것이다. 우리의 삶을 잘 보고 이해하고 생각하다 보면 그 사람의 스타일, 문체가 나온다. 자기 언어로 말하니까 자기 삶에서 우러난 것이다. 인간의 기본적 문제에서 요모조모 생각해서 우리 삶을 잘 관찰해서 이야기하면 된다.

요즘은 아파트가 우리를 선택한다. 35평에 살면 비슷한 생활 수준, 삶의 습관 등을 가진다. 이렇게 같은 곳에서 일어나 밥 먹고 똥 싸고 아이 키우고 직장 다니고 TV 보며 잠자리에 드는 생활을 하다 보면 그들이 보는 사물도 서로 비슷비슷해진다. 그러다 보니 더 이상 새로운 이야기 소스를 찾지 못해 작품이 거기서 거기인 경우가 많고, 현재 나만의 이야기가 없기에 오래된 신화, 전설, 민담에서 소스를 가져오는 경향이 근래에 많아졌다.

낯설게 하기는 엉뚱한 게 아니라 친숙한 것을 눈 씻고 다시 보게 하는 것이다. 유파의 문제가 아니라 문학의 본질이다. 결국은 관찰, 보는 사람의 시야, 시선이 문제다. 누가 보느냐, 어떻게 보느냐가 문제가 된다. 잘 보아야 한다. 나태주 시인의 시「풀꽃」처럼 자세히 보아야 예쁘고 오래 보아야 사랑스럽다.

작품은 개성이 존중돼야 한다. 절대로 같거나 비슷해선 안 된다. 창조의 세계는 새것을 만들어 내는 일이기 때문이다. 예술가는 나만의 세계, 나의 언어를 가져야 한다. 비슷한 것은 가짜다.

그렇다면 어떻게 고갈된 이야기 소스에서 나만의 이야기를 찾을 수 있을까? 그것은 치열한 관찰에서 온다. 달리 봐야 내 것이 온다. 자전거와 망원경으로 세상을 관찰한 후 글을 쓰는 소설가 김훈의 인터뷰 기사를 소개한다.

나는 구체적 사물이 있어야만 쓸 수 있는 사람이죠.『칼의 노래』를 쓸 때도 이순신 장군의 칼을 직접 보면서 글을 썼어요. 나는 과학적 장비가 전혀 없는 사람입니다. 컴퓨터도 없어요. 주로 책을 읽어 왔죠. 완전히 아날로그 방식입니다. 지금도 연필로 글을 씁니다. 나한테는 중요한 물건이 두 가지 있어요. 자전거와 망원경입니다. 특히 망원경은 중요한 물건이라서 다섯 개나 있어요. 주로 소니와 라이카 제품인데 고가의 망원경도 있습니다. 멀리 있는 경치를 전체적으로 보는 망원경, 멀리 있는 작은 것을 당겨서 보는 망원경 등이 있죠. 새, 별을 보는 망원경도 있습니다. 나는 매일 아침, 배낭에 망원경 다섯 개와 김밥 한 줄을 넣고 바닷가나 강가에 가서 하루 종일 있어요. 나는 혼자서 깨가 쏟아지게 놉니다(웃음). 강 건너로 건너갈 수 없을 때는 망원경을 꺼내 들여다봅니다. 어느 날은 강 건너 밭에서 늙은 부부가 일을 하고 있었어요. 우리나라 부부는 밭에서 같이 일을 할 때 서로 등지고 앉아서 아무 말도 안 합니다. 저녁때가 돼서 할아버지가 용달차를 운전하고, 할머니는 옆에 앉아 가는데도 아무 말이 없어요. 이때 당겨서 보는 망원경으로 보면 부부의 표정이 바로 내 눈앞에 와요. 그 표정들은 정말 심오해서, 서로 말 안 해도 되는 사유가 다 들어 있죠.

『여성중앙』2013년 3월 호

앞서 프롤로그를 『대학(大學)』의 '마음이 없으면 보아도 보이지 않고, 들어도 들리지 않으며, 먹어도 그 맛을 알지 못한다(心不在 焉, 視而不見, 聽而不聞, 食而不知其味)'란 글귀로 열었듯 나는 마음이 없으면 보아도 못 보고 들어도 듣지 못한다고 생각한다. 그렇다면 마음이란 게 도대체 뭔가. 마음은 보통 가슴에 있다 하는데, 무엇이든 보기 전에 본 것이 있어야 볼 수 있고, 듣기 전에 들은 게 있어야 또 들을 수 있다. 전 이해랄지, 앞서서 경험한 것, 앞서서 들은 것, 앞서서 본 것, 앞서서 겪은 것. 그 거울에다 사물이나 현상을 비춰봤을 때 비로소 그게 무엇인지 알게 된다.

어린아이들은 지구별에 태어나서 생전 처음 보는 것이 많아 엄마에게 자주 "저건 뭐야?" 하고 묻는다. 불도 물도 모른다. 그런데 엄마가 아이에게 "저건 불이야. 어둠 속을 환하게 밝혀 줘. 근데 열이 있어서 가까이 가면 손이 뜨거워. 가까이 가지 마. 저 불이 있어야 밥도 해 먹을 수 있는 거야." 가르쳐 줘야 다음부터 아이가 그걸 보면 "저건 불이야. 열이 있는 거야. 뜨거운 열이 있기 때문에 쌀도 익히고, 국도 끓일 수 있어."라고 알게 된다. 알게 됐기 때문에 그게 불이란 걸 인식하는 것이다. 모른다는 건 볼 수도 없고 들을 수도 없는 것이다. 들어도 그게 뭔지 모르고, 봐도 그게 뭔지 모르기 때문이다. 그래서 아기들한테는 칼을 목에 대도 깔깔깔 웃는다. 겪은 적이 없기 때문이다.

그래서 마음이라는 것은 보다 앞서서 마련된 어떤 거울, 현재 보게 되는 사물이나 현상이 처음이 아니기 때문에 그것을 보고 그 대상이 무엇인지를 아는 것이다. 그걸 '견해(見解)'라고 하면 적합할지 모르겠다. 국어사전에서는 '견해'란 뜻을 '어떤 사물이나 현상에 대한 자기의 의견이나 생각'이라고 풀이하고 있다. 여기서 '~에 대한'이 전 이해를 말하는 것 같다. 한 번이나 두 번 또는 수차례 그 사물이나 현상을 눈앞에 대한 적이 있기 때문에 그것이 무엇인지를 알아보게 되는 것이다.

'알아보다'란 말도 재밌다. 알아야 보는 것이다. 그 사람이 나를 알아봤다면, 만난 지 무척 오래됐는데도 기억하고 있었던 것이고, 내가 알아봤다면 내가 알고 있는 것이 재확인된 것이다. 반대로, 나를 몰라봤다면 내가 누군지 몰라서 대상으로 비췄을 뿐 인지하지 못한 것으로 생각할 수 있다. 이처럼 알아야 보고, 아는 만큼 본다.

누구나 아는 안데르센의 『인어공주』를 최근 읽었는데, 줄거리는 사실 간단하다. 사랑하는 왕자를 위해 인어공주가 희생해 물거품이 되는 얘기인데, 나는 '안데르센이 예수 얘기를 썼구나' 하는 생각이 들었다. 예수도 십자가에서 죽는다. 당시 유다로 대표되는 많은 사람들이 희망하기에는 예수가 혁명을 일으켜 정권을 세워

왕이 되길 바랐으나, 예수는 십자가에서 죽는 실패자의 모습을 보인다. 막내 공주도 만약 왕자를 칼로 찔렀으면 어떻게 됐을까. 살아서 수궁으로 돌아가 300년을 더 살았겠지만, 지금처럼 칼을 던지고 물거품이 되는 희생을 선택하지 않았다면 아마 세계 명작 동화로 현재까지 읽히지 않았을 것이다. 또한 물방울이 되어 올라간다는 건 '신의 나라로 돌아간다'는 의미로도 읽혔다. 모든 것은 죽어야 부활할 수 있다. 죽음이 전제되지 않으면 부활은 불가능한 것이다. 그러나 현대 기독교는 부활만 강조하지 고난은 별로 의식하지 않는다. 크리스마스와 부활절 잔치만 하지 사순절 행사는 미미하다. 별로 기억하는 교회도 없다. 죽었기 때문에 살아난 것이고, 졌기 때문에 이긴 것인데도….

영국 빅토리아 여왕 시대의 계관 시인 알프레드 테니슨의 『이노크 아든(Enock Arden)』을 보자.

어느 평화로운 바닷가에 이노크와 필립이란 사내아이 둘과 애니라는 여자아이 하나가 매일 소꿉놀이를 하면서 자란다. 남자는 둘인데, 여자가 하나다 보니 오늘은 이노크 아내 역, 내일은 필립 아내 역을 하면서 성장한다. 두 남자는 커가면서 애니를 진짜 사랑하게 되고, 둘 중 더 외향적이고 건장한 이노크가 애니와 결혼하게 된다. 그러나 두 아이를 낳고 꾸려 가던 단란한 7년의 결혼

생활도 잠시, 이노크는 중국으로 가는 배를 타고 항해를 갔다가 배가 난파되어 무인도에 갇히고 만다. 그 사이 10년이 지났고, 힘 겨워하는 애니 곁에는 항상 그녀를 맘속으로 사랑해 왔던 필립이 아빠 역할을 대신하면서 아이들 학교도 보내 주고 생활비도 대준다. 아이들은 필립을 진짜 아빠처럼 따르고 이노크를 기다리던 애니에게 필립은 10년이 지나도 나타나지 않는 것은 이미 죽었기 때문이라며 청혼을 한다. 애니는 1년을 더 기다리지만, 돌아오지 않자 결국 6개월 후 필립과 결혼하여 단란한 새 가정을 꾸린다.

그 사이 이노크는 무인도에서 비참하게 연명하다가 바람의 영향으로 표류하다 그곳에 물을 찾기 위해 정박한 다른 배의 선원들에게 극적으로 구조되고, 쇠잔해진 몸으로 고향으로 돌아온다. 그러나 이미 애니와 아이들은 필립과 너무나 행복한 가정을 꾸리며 살고 있다. 그 모습을 창문 너머로 몰래 지켜본 이노크는 애니의 행복을 위해 그 자리에서 먹먹하게 돌아선다. 그리고 부두에서 막노동을 하며 생계를 잇고, 죽기 직전 자신이 묵었던 초라한 여인숙 주인에게 자기가 바로 이노크임을 고백하고 조용히 숨을 거둔다. 가슴 아린 이 작품은 그 후 수많은 삼각관계를 다룬 드라마나 연애 소설의 모티프가 되었다.

나는 『인어공주』를 오랜만에 다시 읽고 나서 앞에서 소개한 『이노크 아든』과 마해송의 『바위나리와 아기별』, 셰익스피어의 희곡

『로미오와 줄리엣』, 그리고 우리의 설화 문학『견우와 직녀』도 생각났다. 나는 '견해'에 대해 '어떤 대상이나 현상을 보고 읽어 내고 알아보다'란 의미로 설명했는데, 이처럼 비슷한 유의 작품을 그동안 읽어온 전력이 있기 때문에 인어공주를 다양한 관점에서 나름대로 읽을 수 있었던 것이다.

한 초등학교 선생에게 들은 얘기인데, 정휘창 선생이 쓴『원숭이 꽃신』이란 단편을 초등학교 5학년 아이들에게 읽혔더니 어떤 아이가 "선생님, 그거 미국 얘기죠?"라고 말하더란다. 뜬금없이 튀어나온 것 같지만, 어디선가 그 아이에게 각인된 미국의 이미지가 그런 해석을 가능하게 했을 것이다.

우리나라가 6·25 전쟁이 일어난 직후 모든 것이 파괴되어 주린 배를 움켜잡고 살 때, 미국에선 잉여 농산물이 많아 태평양 가에 버려야 할 정도로 풍족했다. 그걸 선심 쓰듯 우리나라에 보내온 것이다. 당시 박정희 대통령이 그걸 받아 새마을 공사장의 임금으로 쓴다.

그런데 미국 사람들이 밀가루와 옥수수 가루를 한국에 대량으로 무상 지원하다 보니 한국에는 밀가루 천지가 되었다. 당시 밀가루 포대가 광목으로 만들어졌는데, 포대 한중간에 태극기와 성조기가 그려진 팔뚝이 악수하는 그림이 생생하게 기억난다. 그 밀가루 포대로 전국에서 가난한 사람들이 옷을 지어 입고 그랬다. 그 정도로 밀가루를 여러 해 무상 지원받다 보니 우리나라 사람들이 매일 밀가루로 빵 쪄서 먹고, 국수해서 먹게 되었다. 어려서부터 먹었기 때문에 인이 박혀 오늘날 쌀 소비량이 줄어들고, 파리 바게트니 뚜레쥬르니 하는 빵집이 성업을 이루게 되었다. 빵을 주식으로 먹고 사는 사람도 엄청 많아졌다.

아까 5학년 아이가 선생님께 480양곡에 대한 이야기를 알면서 물었는지, 모르면서 물었는지는 모르나, 이 이야기를 꺼낸 것은 앎이 전제되어야 대상이나 현상을 볼 수가 있고, 그렇게 읽어 낼 수 있을 때에만 자기 견해도 가질 수 있다는 것을 강조하기 위해서다.

맨 처음 작가는 쓰는 사람이 아니라 읽는 사람이었고, 말하는 사람이 아니라 듣는 사람이었다. 결국 듣기, 보기, 읽기, 해석하기, 알아보기가 모든 창작의 전제가 된다는 뜻이다. 따라서 좋은 작가가 되려면 호기심 많은 어린이의 눈으로 돌아가 확대경 들고 자세히 봐야 한다. 남달리 섬세한 눈을 갖게 되었을 때 문학의 길은 저절로 열린다.

만물에 이야기가 있다
- 과정에 눈떠라

꽃잎 한 장이나 길 위의 벌레 한 마리가
도서관의 모든 책보다 훨씬 더 많은 것을 가지고 있다

- 헤르만 헤세, 『나르치스와 골드문트』

 이야기는 곧 관계와 과정이다. 그러나 현대는 단절과 결과 위주
의 사회다 보니 모든 관계는 끊어지고, 과정은 겪지 않은 채 그 열
매만 돈으로 사서 쓰는 형편이 되었다.

 아날로그시계는 사람이 손으로 태엽을 감아 줘야 한다. 세종대
왕이 장영실이랑 같이 만들었던 물시계나 해시계 같은 것도 그림
자가 계속 이어서 돌아가고, 물이 흐르면서 시간을 나타낸다. 그
것이 그대로 이어져 발달된 것이 아날로그시계라고 생각한다. 태
엽을 감아 놓으면 그것이 풀리면서 초침이 이어져 돌아간다.

 그러나 디지털시계는 1초에서 2초로 넘어갈 때 바늘이 툭 떨어
져서 건너간다. 끊어지는 초침처럼 단절과 정지의 시대는 결국 소
통의 흐름이 사라진 시대다. 이처럼 단절된 관계, 정지된 과정을
회복하는 것이 인간성 회복이기도 하고, 인간성 회복이야말로

이상적인 문학이 지향하는 목표다.

인간이 살아가는 데 제일 중요한 세 가지가 의식주인데, 첫 번째 옷(衣)만 보더라도 길쌈을 손수 해 입었을 때는 목화를 길러 솜을 얻어 그걸 물레에 돌려서 실을 뽑았다. 그 실을 베틀에 올려 일일이 손으로 짜 천을 만들고, 천을 가지고 바느질을 해서 옷을 지어 입었다. 이렇게 무명옷이 탄생했고, 명주옷도 누에를 키워 명주실을 얻어서 해 입었다.

누에의 한살이는 대략 보름쯤 걸린다. 누에씨를 개미누에로 부화시켜 뽕을 먹여 넉잠을 재운 다음 섶에 올려 고치를 짓게 한다. 그 고치를 뜨거운 물에 넣고 삶으면서 섬유질을 끌어올려 명주실을 만들고, 그 명주실을 베틀에 올려 베를 짜 명주옷을 지어 입었다. 모시옷도 모시 씨앗을 땅에 심고, 삼베의 경우도 삼씨를 땅에 뿌려서 재배했다. 이렇게 모시와 삼을 키워 그 껍질을 벗겨 침 발라 이어 붙여 실을 만들고, 그 실을 베틀에 얹어 얻은 천으로 지어 입는 게 모시옷이고, 삼베옷이었다. 특히 한산모시, 안동포 삼베가 유명한데, 이렇게 정성껏 바느질해서 얻는 게 의복이었다.

음식과 집의 경우도 마찬가지다. 오곡은 전부 씨를 뿌려 재배를 해 거기서 얻어진 열매를 가열해 밥해 먹었다. 탈곡을 마친 짚으로는 초가를 이어 그 집에 살고 자식한테 물려주고 그랬다. 지금은 옷을 자기가 지어 입는 경우가 거의 없다. 어디선가 생산된 목화로 지어진 기성복이 시장에 나오면 노동의 대가로 받은 옷값을 내고 사다 입는다. 그러니까 옷을 만든 사람과는 관계가 없다. 음식물도 누가 농사를 지은 쌀인지, 보린지 알 수가 없다. 농사지은 사람이 그 음식을 먹는 사람하고는 완전히 단절되어 있다. 집을 지은 사람도 누군지 모른다. 집 장사하는 사람들이 아파트 짓고, 단독 주택 지어서 상품으로 내놓으면 그것을 사는 것이다.

예전에는 옷을 짓는 사람이 아내, 집을 짓고 농사를 지은 사람이 아버지일 수도 있고, 이웃 사람일 수도 있고, 모두 그런 관계와 과정 속에서 우리의 삶이 이루어졌는데, 그것이 깨지고 끊어진 것이다. 그것을 회복하는 것이 거의 불가능하다고 볼 수밖에 없는 시대지만, 그럼에도 불구하고 여럿이 함께했던 공동체의 과정을 회복하려고 애쓰는 것이 문학의 의무라고 나는 생각한다.

JTBC 뉴스룸에서 손석희 앵커가 뉴스 말미에 문화 초대석이란 꼭지에서 소설가 황석영을 초청했다. 이런저런 얘기를 나누다가 손석희가 선생님이 참 오랜만에 소설을 쓰셨다고 말하자, 황석영이 28년 만에 「만각 스님」이란 단편을 썼다고 했다. 그 얘기가 귀에 쏙 들어와 이 책을 사 봐야겠다 하고, 그 이튿날부터 일주일 동안 종각역 반디앤루니스, 영풍문고, 광화문 교보문고, 부천역에 있는 교보문고까지 열 번 이상 찾아다녔다. 그런데 열한 번을 방문해도 직원 중 어느 누구도 못 찾다가 겨우 어떤 남자 직원이 자기 핸드폰을 검색해 보더니 어디선가 뜨긴 뜨는데 아직 우리 서점에는 안 왔다는 것이다. 그마저도 겨우 한 사람이 그렇게 얘기해 준 게 진일보한 셈이었다.

그런데, 12번째 영풍문고에 가니까, 어떤 뚱뚱한 아가씨 하나가 내 앞을 지나가기에 황석영의 「만각 스님」이란 작품을 찾아 달라 하니 후딱 컴퓨터를 치기 시작하더니 한참 기다리자 이게 책은 아닌 것 같고요, 어디 잡지에 발표된 것 같아요. 그러더니 창비 50주년 특집호가 나왔는데, 거기 실린 작품인 것 같습니다. 이렇게 말하곤 서둘러 잡지 코너에 가더니 한 권을 뽑아 왔다. 『창작과 비평』 잡지 바로 그 속에 단편으로 들어 있었던 것이다.

나는 그 여사원이 상당히 아름답게 보였다. 내가 서점에 자주 가지만 인터넷을 잘 못해 항상 찾아 달라고 하는데, 어떤 경우는 내가 책 이름만 얘기하면 볼 것도 없이 빼가지고 오는 여직원이 있는가 하면, 아예 못 찾는 경우도 있다. 끊어진 관계와 과정, 그것을 이어 주는 사람이 바로 창비 50주년 기념호를 찾아다 준 여직원이 좋은 예가 아닐까 생각했다. 책을 그렇게 잘 찾아 준 사람은 자기가 하는 일 자체를 즐겼기 때문에 그런 경지까지 이른 건 아닐까. 이런 사람이야말로 스스로 주체가 되는 삶의 태도로 독자와 작가 간의 끊어진 맥을 이어주는 사람이란 생각이 들었다. 그런 소소한 이야기를 쓰는 게 작가이고, 실제로 그런 일을 하는 사람이 제대로 인간답게 사는 사람이 아닌가 생각된다.

황석영 얘기를 조금 더 하겠는데, 요즘은 어떤 작품을 쓰십니까 하고 손석희가 물어보니까, 이제 나이를 먹어서 그런지 지난날 소소하게 내가 겪었던 일들을 다시 되씹어 보는 이야기를 쓰고 있다 하더라. 그 「만각 스님」 이야기가 1983년도 얘긴데, 30년도 더 지난 이야기다. 광주 민주항쟁 그 무렵에 한국일보에 『장길산』을 연재하고 있을 땐데, 장길산의 끄트머리 마무리를 하려고 작심하고 보따리를 싸들고 전라도 호국사라는 조그마한 암자에 들른 황석영은 거기서 만난 그 암자의 주지 스님 이야기를 쓴 것이다. '만각(晩覺)'이란 게, 한자 그대로 늦게 깨달은 스님 이야기다.

줄거리를 대강 정리하면,

젊은 시절 주인공은 6·25 때 공비 토벌대로 일하면서 그땐 잘 모르다가 나이 들어 보니 지난날 자기가 어떻게 살았는지 생각하게 된다. 많은 사람을 쏴 죽이고, 여자도 몇 사람 보고, 지금 그들은 다 떠났지만, 거기서 난 자녀들을 이 사람이 돌본다. 그중 제일 마지막으로 기른 여자아이를 그는 혹독하게 다룬다. 궁금증을 참지 못해 황석영이 왜 그렇게 아이를 때리느냐 물어보니, 그는 젊은 시절 자기 모습이 비쳐 싫다고 말한다. 그 흔적이니까.

스님이 그걸 고백하는 것으로 이야기는 끝난다. 이 소설을 읽으면서 초보 작가 지망생들은 뭔가 그럴듯하고 기발하고 깜짝 놀랄 만한 주제나 소재를 찾아다니지만, 황석영 정도의 원숙한 작가는 그런 걸 탐하지 않고, 그야말로 내려놓고 생활 주변에서 흔히 대할 수 있는 소소한 이야기들을 찾아내 그 속에서 깊이 있는 의미를 발견하는 데 주력하는구나. 누굴 놀라게 하려고 욕심을 부리거나 한 방에 해치우려고 목에 힘을 잔뜩 주거나 주먹을 내두르지 않고 담담히 쓰는구나, 그런 생각을 했다.

그렇게 원숙한 작가는 나이 먹었다고 저절로 되는 것이 아니다. 요절한 작가나 신인 작가 중에도 완성도 높은 작품을 쓴 경우가 있는데, 그것은 남몰래 많은 갈등과 고뇌를 겪고, 대상을 사랑하여 그 작가에게만 들려주는 내밀한 소리를 들었기 때문에 가능한 것이다.

우리가 흔히 '집안 살림살이 다 보인다'는 말을 하는데, 이렇게 익숙한 것, 사소한 것에 초점을 맞춰야 그걸 뛰어넘을 수 있다. 확연히 보이는 그곳에 초점을 맞추다 보면 거기서 시가 돼 버린다.

큰 것은 다른 사람들도 다 보인다. 다른 사람들이 보지 못하는 것, 미미한 것, 쓰레기 같고 보잘것없어도 찬찬히 들여다봐라.

추(醜)를 끝까지 밀고 가면 미(美)로 바뀐다. 위선(僞善)을 죽을 때까지 밀고 가면 위는 떨어지고 선만 남게 된다. 내 이야기 제대로 쓰면 우리 이야기가 된다. 내 얘기가 곧 우리 얘기다. 내 얘기를 제대로 쓰면 보편성을 확보하게 되고, 곧 우리들 얘기가 되는 것이다.

과정에 눈 뜨는 것은 대상에서 신의 존재를 느끼는 것이다. 문제의식을 가지고 대상을 해석하고 의미를 불어 넣어라. 대상을 읽을 수 있는 만큼 내가 성장할 수 있고, 읽기가 곧 쓰기이므로 잘 읽는 사람이 잘 쓴다.

세상에 존재하는 사물은 저마다의 이야기를 가지고 있다. 그런데 그 사물이 하는 이야기를 들을 수 있는 사람이 있는가 하면, 전혀 못 듣는 사람도 있다. 왜 같은 이야기를 누구는 듣고 누구는 못 듣는 걸까? 그것은 어떤 일에 놀랄 준비가 되어 있는 사람과 그렇지 못한 사람의 차이 때문이다.

사물을 대했을 때 놀란다는 것은 그 대상과 얼마만큼의 거리를 가지고 있는가, 그 대상을 어떤 눈길로 바라보는가에 따라 달라진다. 사랑의 마음, 신뢰를 가지고 나만이 가질 수 있는, 나하고만 나눌 수 있는 내밀한 대화를 언어로 표현하면 그것이 바로 작품이 된다. 만약 그것을 상상해서 쓰면 거짓말이 되고, 거짓말은 금방 표가 나서 들키게 된다.

과정에 눈뜨면, 모든 것이 작품이 될 수 있다. 단, 제대로 적었을 때 작품이 된다. 처음에 적은 것은 작품이 되지 못한다. 계속 넣고 빼고 하다 보면 엉뚱한 게 튀어나온다. 뭐가 됐든 그림을 먼저 그려라. 안 쓰면 고칠 게 없어서 더 못 쓰게 된다.

솔직히 창작은 순수한 의미에서 존재하지 않는다. 원래 있었지만 내가 찾아서 알게 된 순간, 창작이 되는 것이다. '찾는다'는 일은 참으로 어렵다. 세상은 넓고, 보고 듣고 경험할 일들이 너무 많으니까. 그러나 '눈이 언제 저걸 다 하냐 하면, 손이 걱정 마라. 내가 금방 할게' 한다고 우리 할머니께서 말씀하셨다. 매일 쓰다 보면 안 늘 수가 없다.

문학은 시, 소설, 아동문학 할 것 없이 진술할 필요가 있다. 삶의 이야기를 꾸밈없이 쓰는 게 문학이다. 그런 의미에서 이오덕 선생의 지론이 들어맞는다. 그전엔 유식한 척 유려한 척, 미려한 문장 써서 남한테 잘 보이려고 화장하고 나갔지만, 가면을 완전히 벗어

버리는 것이 좋은 문학이다.

진솔한 것은 사람이 익을 때 가능한 것이다. 잃을 것, 얻을 것 없
이 자신의 본모습 그대로 살았을 때, 과정을 고스란히 겪었을 때
가능한 것이다.

쓰고 또 써라!

난 뭐가 꼭 되고 싶다, 이루고 싶다는 생각은 별로 없어요.
사회에서 명성을 얻고자 하는 목표나,
독자들이 나를 기억해 줄 만한 작품을 만들고 싶다,
그런 욕심은 진짜 없어요.
나는 그냥 매일매일 단지 살아갈 뿐이고
그날그날 꾸역꾸역 다섯 장을 쓸 수 있냐 없냐
내일 아침에 내 맘에 드는 문장을 쓸 수 있느냐, 없느냐만 고민입니다

- 김훈, 손석희 〈뉴스룸〉 2015.10.8 인터뷰

나는 위에 인용한 김훈의 말처럼 쓰는 자만이 쓸 수 있고, 읽는 자만이 읽을 수 있다고 생각한다. 쓰지 않는 자는 쓸 수 없는 게 당연하다. 중국 구양수의 3다(多)가 그렇게 많이 원용되는 것은 많이 읽고, 많이 생각하고, 많이 쓰는 것이 작가의 기본이기 때문이다.

여러 창작론을 읽어 봐도 그렇다. 스티븐 킹이 쓴『유혹하는 글쓰기』에서는 쓰는 사람만이 쓰고 싶은 유혹을 받는다고 말한다. 안도현도 "가슴으로도 쓰고, 손끝으로도 써라"라고 말하고, 나탈리 골드버그란 미국 작가도 "뼛속까지 내려가서 써라"라고 말한다. 대개 창작론에서 글쓰기에 대해 가르치는 모든 사람들이 이구동성으로 쓰라고 말한다. 이쯤 되면 글쓰기에서 쓰라고 하는 것은 하나 마나 한 얘기 아냐? 이런 생각이 들 수도 있다. 그러나 계속 반복해서 말하는 걸 보면 쓰는 자만이 쓸 수 있다는 자명한 사실은 작가 지망생이 꼭 실천해야 하는 특급 조언 중 하나이기 때문이다. 아까도 말했지만, 읽는 자만이 읽을 수 있고, 생각하는 자만이 생각의 꼬리를 물고 깊이 생각하게 되고, 쓰는 자만이 잘 쓸 수 있기 때문이다. 반대로 말하면, 읽지 않는 자는 읽을 수 없고, 생각하지 않는 사람은 생각할 수 없고, 쓰지 않는 사람은 쓸 수 없다는 얘기다.

평소 천 원짜리 줄치지 않은 노트를 한 권 사라. 전철이건 버스건 화장실이건 아무 때나 생각이 떠오르면 메모할 수 있는 노트를 가지고 다녀라. 요즘은 스마트폰에 메모 기능이 잘 되어 있어 요긴하게 쓸 수 있다. 물론 항상 머릿속에 화두를 가지고 찬찬히 관찰해야 쓸거리도 나온다.

어떤 작가 지망생은 책을 읽기만 하는데, 읽기만 하면 작가는 못

된다. 평론가는 될 수 있다. 눈높이만 높아져 손이 따라가지 못하기 때문이다. 쓰기와 읽기를 병행해야만 작가가 될 수 있다. 읽으면 생각은 뒤따라오니까, 읽기라는 게 곧 생각하는 거니까, 읽고 생각한 후 그대로 두면 잊어버리게 되니까, 곧장 써야 한다.

줄리아 카메론의 『아티스트 웨이(The Artist's Way)』라는 좋은 책이 있다. 거기서도 매일 아침 의식의 흐름을 세 쪽 정도 적어 가는 모닝 페이지를 꾸준히 써 나가라고 말한다. 나는 이를 '100장 읽고, 10장 쓰고, 화두 하나 지니자' 즉, 일십백 운동으로 발전시켜 동화 공부를 처음 시작하러 온 사람들에게 강조한다. 날마다 한 가지 화두를 가지고, 원고지 10장 정도 쓰고, 100장 정도 읽자. 대학 노트 2~3쪽 정도를 쓰면 원고지 10장 정도가 된다. 만일 쓸 내용이 없으면 좋아하는 구절 필사라도 하자. 나는 얼마 전 권정생의 『한티재 하늘』의 가슴 아픈 장면을 울면서 필사하기도 했다.

또한, 저자는 일주일에 한 번 아이로 돌아가 아티스트 데이트를 즐기고, 날마다 오고가는 소소한 생각을 적을 나만의 시간이 있어야 한다고 말한다. 나는 새벽 4, 5시가 좋은 것 같다. 미명(未明)은 신의 시간이다. 기를 받으면서 그걸 그대로 노트에 끄적거리며 적는 것이 큰 도움이 된다. 함께 공부한 학생 중에 최정금이란 학생은 이것을 지켜 지금은 좋은 동화작가가 되었다. 동화 학교에서

MT를 가서 늦게까지 술 먹고 노래 부르다 잠든 후에도 다른 학생들은 코를 골면서 자는데, 그 학생 하나만 새벽에 일어나 엎드려 글을 쓰던 모습이 생생하다.

나의 경우 11시~3시까지의 심야 시간은 꼭 자야 한다고 생각한다. 이렇게 4시간만 죽을 정도로 푹 자면 완전히 내가 없어진다. 낮에 활동 많이 하고 온전히 자면 완전히 깰 수도 있다. 나는 늙었으니까 4, 5시간만 자도 충분하다. 이처럼 예술가의 길을 걸으려면 아침에 일어나서 무작정 써야 한다. 위에서 소개한 줄리아 카메론은 자기가 쓴 거 읽어 볼 필요도 없이 매일 새벽마다 쓰라고 조언한다. 바닥까지 내려가서 한 가지 문제에 대해 매일 골똘히 생각하라고 조언한다. 나는 이를 잊지 않기 위해 인사동 동화 교실 칠판에 '100장 읽고 10장 쓰고 화두 하나 지녀라', '밥이 되든 죽이 되든 한 주에 한 편씩!' 이런 문구를 적어 놓고 있다. 많이 읽어야 제대로 읽게 되고, 많이 생각해야 제대로 생각할 수 있고, 많이 쓰는 사람이 제대로 쓸 수 있기 때문이다.

신기한 것은 계속 쓰다 보면 어느 순간 내가 아니라 글이 나를 끌고 가는 경지에 이르게 된다는 사실이다. 이것은 사람이 쓰는 게 아니다. K팝 스타 심사를 할 때 박진영도 한 얘긴데, 노래를 잘하는 거 하고, 노래를 진짜 영(靈)으로 부르는 거 하고 다르다고 한다. 영혼으로 부르면 자기가 부르는 게 아니라서 금방 다시 불러도 아까 부른 노래와 다르다는 것이다. '귀신 들린다'는 말이 있는데, 미쳐서 불러야 누군가를 감동시킬 수 있다. 미친다는 게 '도달한다'는 뜻도 있다. 글쓰기도 그런 경지가 있다. 영으로 부르는 것, 그 경지를 일러 '시(귀)가 내게로 왔다'라고 말하기도 한다. 나도 경험한 적이 있는데, 첫 손녀딸이 태어난 후 동시가 계속 쏟아져 두 달 만에 100여 편의 동시를 그냥 받아 적었다. 시귀가 와선지 반응이 좋아 그중 좋은 시만 골라『목욕탕에서 선생님을 만났다』라는 동시집이 탄생하기도 했다. 그러니까 쓰는 사람만이 시귀도 만날 수 있는 거다. 그래서 계속 쓰라고 하는 거다.

옛날 박목월 선생님은 감흥이 일 때 쓰라고 하셨다. 책상에 앉아 있다고 써지는 것은 아니란 얘기다. 그것은 박진영식의 생각이고, 전업 작가들, 그 가운데서도 구효서라는 작가는 "커서가 구멍 날 정도로 들여다봐야 된다"라고 말한다. 억지로라도 짜서 써야 한다는 거다. 그건 전업 작가의 비극이다. 지금도 나는 여전히 문학을 성업(聖業)으로 생각하지, 생업(生業)으로는 생각해 본 적이 없다. 영에 의지하는 박진영식이지, 구효서식은 아니라는 얘기다. 그래서 가다가 막힐 수도 있다. 뮤즈가 왔다 나가면 못 쓰게 된다. 그땐 다시 오기를 기다려야 한다. 맹탕 기다리지 말고, 그럴 때는 읽고 산책해라. 산책은 생각의 샘이다. 남의 것 읽다 보면 아이디어가 떠오를 수 있고, 산책하다 슬그머니 뮤즈가 찾아오면 그 자리에서 메모하거나 책상으로 달려올 수도 있다. 나는 그런 경험을 몇 번씩 했다. 나는 35세 부터 지금까지 작가가 된 지 40년이 넘었기 때문에 이런저런 경험을 많이 했다. 시인 타고르도 '어리석은 사람은 서두르고, 영리한 사람은 기다리지만, 현명한 사람은 정원으로 간다'라는 명언을 남기지 않았나.

물론, 장편은 시귀가 계속 함께하기가 어렵다. 나도 『큰소나무』나 『작은 학교 큰 선생님』같은 두세 권짜리 장편 동화를 쓴 적이 있는데, 그것은 노동이다. 1천 매 넘는 것도 있었는데, 그것은 월간에 연재해서 쓴 것이다. 한 달에 한 번 약 50장씩 써야 했다. 그 50장을 하루에 조금씩 쓰는 게 아니라, 미루고 미루다가 그 전날 밤에 다 쓰는 경우가 많았다. 그때까지 귀신이 오기를 기다린 것이다. 구효서 같은 전업 작가는 작업실로 아침 9시에 출근해서 무작정 컴퓨터 앞에 앉아 커서를 뚫어지게 바라본다. 나는 그렇게는 못 쓰겠더라. 어떻게 보면 나는 장편, 단편을 떠나 직업인으로서의 예술가와는 거리가 먼 존재인 듯하다. 그래서 나에게 있어 문학은 생업이 아니고, 성업이라고 하는 것이다.

그러나 지금은 그게 생업이 된 시대다. 생업이 된 시대지만 지금도 예술가처럼 사는 사람이 많다. 귀신이 올 때를 기다리는 사람이 있다. 그런데 『태백산맥』이라든가 『혼불』, 『토지』라든가 그런 걸 쓴 분들의 얘기를 간접적으로 읽거나 전해 들으면 하루 종일 그 짓을 한다. 하루 종일 365일 그렇게 하는 것. 『혼불』은 무려 17년 동안 썼다고 하니 그런 사람들은 귀신이 떠나지 말아야지 싶다. 사실 『혼불』은 거의 자료 정리다. 4권까지만 연애도 하고, 재밌게 진행되다가, 그다음에는 민족문화대계에서 뽑아온 관혼상제, 우리 문화를 정리한 것이다. 특별히 귀신을 불러 내야 되는 작품은 아니었던 것 같다. 아마도 최명희에게 『혼불』은 뼈를 깎는 지독한 고역이자 노동이었을 것이다. 황석영은 예술가다. 예술가로서 충실히 살다 보니까 밥은 저절로 따라온 것이 아닐까. 그 사람은, 술자리에 가 보면 맨날 거기 와 있는 것 같다고 한다. 근데 맨날 거기 나와 있는 게 아니라, 사실은 맨날 작업실에 있었고, 잠깐 동안 숨 쉬러 나온 게 술자리였을 게다.

쓰기의 기본은 우선 기록하는 일이다. 물론 처음부터 잘 쓸 수는 없다. 부지런히 연습하고 개발해야 한다. 먼저 일기 쓰는 습관을 들여라. 오늘 당장 노트를 하나 마련해라. 그리고 내 자리 하나 마련해라. 방이든지, 거실이든지, 부엌이든지 어디라도 좋다. 짬이 나면 앉아서 나를 바라볼 수 있는 곳을 마련하라. 나를 돌아보고, 쉬고, 음악을 듣고, 생각에 잠길 수 있는 그런 자리를 하나 마련하라. 거기가 어디든 노트를 펼쳐 놓을 수 있는 곳이면 된다.

읽은 책 중에서 좋은 구절은 옮겨 써도 좋다. 연필을 칼로 정성껏 깎아서 옮겨 쓰는 것은 글쓰기의 기본 수련 과정이다. 가끔 메모도 하고, 자기 맘에 드는 작가의 작품을 원고지에 직접 옮겨 써 보는 일은 아주 효과가 크다. '자기 키로 한 길을 쓰기 전에는 글을 내놓을 생각을 말라'는 말도 있다. 큰 키로 한 길이면 만 장이 넘는 분량이다.

쓰지 않으면 쓸 수 없다. '많이 씀'을 생각해 보자. 많이 쓰라니, 무엇을 많이 쓸까? 우선 글쓰기의 두려움에서 벗어나기 위해서는 무엇이든 많이 써 보는 것이 제일이다. 그래서 일기를 쓰거나 좋은 글을 필사하는 일 등을 강조하는 것이다. 아침에 일어나 계속 쓰면 더 이상 쓰는 게 두렵지 않게 된다. 펜이 녹슬지 않도록 그냥 쏟아내서 치유하라. 안 하면 안 되고 하면 된다. 줄거리는 소용이 없다. 줄거리를 내가 만들면 만드는 줄거리로 가는 게 아니라 딴 방향으로 간다. 뮤즈대로 간다. 줄거리가 어느 단계 가면 필요 없다. 줄거리가 또 올 때도 있다. 줄거리가 없어도 써질 때가 있고, 줄거리도 영감처럼 자기 방향대로 간다. 일단 써놓고 더 이상 진전이 안 되면 토막토막인 채로 놓아 뒀다가 써지게 되면 그때 다시 쓰면 된다. 병났으니까 내버려 두고 생각나는 걸 있는 그대로 써 봐라. 그 이름 그대로 성격, 식성, 말투 몽땅 다 쏟아 내 나중에 손보면 다 좋은 음식이 된다.

이 세상에 불필요한 것은 아무것도 없다. 그러나 서투른 사람은 불필요한 게 많다. 좋은 목수는 굵은 나무는 굵은 것대로, 굽은 것은 굽은 대로 쓴다. 서툰 목수는 나무 탓만 한다. 모든 게 다 쓰임새가 있다. 우리 동네에 녹슬고 구부러진 못대가리까지 다 주워 모은 할아버지가 있었는데, 가족들에겐 쓸데없는 것을 왜 자꾸 주워 오냐고 핀잔을 들었지만, 나중에 단추가 없어 찾다 보면 할아버지의 만물 상자에 다 들어 있었다 한다. 작가는 바로 그런 연장통이 필요하다.

동화작가 송언은 그걸 '양복점 원단'이라 하는데, 산더미처럼 원단을 쌓아 놔야 해 달라는 대로 툭툭 꺼내 쓸 수 있다는 것이다. 카뮈의 '작가 노트, 창작 노트'처럼 창고에 자꾸 쌓아 놔야 한다. 나는 그것을 '반짇고리'라고 한다.

결국은 모든 예술이 다 이야기다. 기회 있을 때마다 영화도 계속 보고, 불안했던 마음, 소소한 것 다 기록해 놓아라. 몇 년 지나면 까맣게 잊어버리니 구체적으로 적어야 한다. 꼭 적어 놓아야 한다. 놓쳐 버린 물고기가 더 아쉽다. 김동리의『무녀도』는 대학 노트 6권 분량의 자료 조사, 메모 등에서 엑기스만 정리하여 탄생했다. 작가는 얼마나 뒤에서 애들을 쓰는가. 작품 한 편에 사실은 수십 배의 감추어진 노력이 있다. 우리가 읽는 건 빙산의 일각에 불과하다. 작가가 가진 게 백이라면 한 편의 작품은 그것의 10분의 1만 나타난 결과물이다. 우리들은 열을 놓고 하나만 건져야 하는데, 하나 써서 하나 발표하려는 생각을 하다 보니 바닥 긁히는 소리가 난다.

비행기가 이륙할 때 연료의 2분의 1을 소모한다고 한다. 그만큼 이륙이 어렵고 또 중요하다. 새의 시력은 7.0, 몽골 사람의 시력은 4.0이라 한다. 환경에 적응하려고 노력하다 보니 자신만의 장점(무기)을 가지게 된 것이다. 죽이 되든 떡이 되든 최소한 한 달에 한 편은 써 보려고 노력해야 역량이 커진다.

『해와 달이 된 오누이』를 읽다 보면 호랑이가 우물 속에 비친 아이들을 보고 나무 위에 있는 걸 알게 된다. 그런데 과학적으로 해와 달이 없는데 어떻게 우물에 아이들이 비쳤지? 고민하다 보면 아무것도 못 쓴다. 재밌는 고전과 문제작들을 읽고 영감이 왔을 때 써라. 쓸 게 있는데 못 쓰고 지나가면 감흥이 사라진다. 영감이 왔을 때 쓰지 않으면 감흥이 사라져 그때 다시 시도해 봐야 소용없다. 똥 마려울 때 눠야 하듯 쓰고 싶을 때 써야 한다. 나중에 쓰려 하면 쓴 걸 다시 쓰는 것 같아 영감이 안 온다. 한참 열이 올랐을 때 쓰고, 양수가 터졌을 때 아이는 낳아야 한다. 그게 지나가면 안 써진다.

나에게 주어진 고독의 시간에 많이 읽고 쓰고 생각해야 한다. 사람에게 눈과 귀가 두 개 있는 건 두 쪽 다 보고 들으라는 얘기다. 외눈박이나 귀머거리가 되어선 안 된다. 내가 겪은 이야기를 영상으로 보여 주듯, 내가 먹은 맛을 독자가 느낄 수 있도록 전달할 수 있어야 작가다. 줄치지 않은 노트에 무조건 뭐가 됐든 하루 10장씩 써라. 쓸 것이 없으면 작품을 필사하라. 새벽에 일어나 한 시간씩 무조건 써라.

창작은 새우젓
- 전달 방식, 맛있게 숙성시켜야

하찮은 돌이라도
오랜 세월 물에 씻기면
별이 된다

- 문순태, 『생오지 눈사람』

집에서 푹 익은 가양주 맛을 내는 문순태의 소설집 『생오지 눈사람』을 위에서 인용했는데, 이처럼 창작은 새우젓이다. 새우와 소금이 아니다. 새우가 새우로 남아 있고 소금이 소금으로 남아 있으면 새우젓이 될 수 없듯, 소금이 소금이기를 포기하고 새우가 새우이기를 포기했을 때 소금과 새우가 만나 버무려진다. 그것이 오랜 기간 숙성되어 비로소 새우의 독특한 맛을 지닌 새우젓이 되는 것이다. 오케스트라에서도 그렇다. 바이올린 여러 대가 동원되는데, 거기서 내 바이올린 소리를 강하게 내면 오케스트라가 깨져 버린다. 뒤에서 소리를 내는데 역설적으로 소리를 안 내는 거다. 적절한 예인지 모르겠지만, 소재도 썩어 버리고 사상도 썩어 버리고 언어도 썩어 버리고 그것이 거름으로 녹아들어 새롭게 피어난 꽃이 창작, 예술 작품일 것이다.

창작은 열 달 동안 심장부터 하나 둘 생기다가 완성된 소우주를 이룬 아기가 세상에 태어나는 것과 마찬가지다. 직간접적으로 보고 듣고 체험한 것을 숙성시켜 문자로 표현하는 것이 문학인데, 쓰다 보면 초고는 아예 없어진다. 그만큼 풍부한 토양 만들기, 객관화의 시간이 필요하다. 눈사람도 처음부터 완벽하게 만드는 게 아니라 눈 뭉쳐 놓고 이목구비를 다듬어 가듯 이야기라는 흙덩어리를 쇠칼로 다듬어야 작품이 완성된다.

봄비는 보슬보슬 온다. 그러나 여름에는 폭우도 쏟아지고 말랐던 개울에 탁류로 흐른다. 그러다 가을이 되어 기온이 떨어지기 시작하면 강바닥에만 물이 흐르고 얕은 물인데도 잠자리 날개처럼 맑고 투명해져 개울 바닥까지 보인다. 동화는 가을 시냇물처럼 정화된 마음으로 써야 한다.

수학의 특성과 동화의 아름다움은 서로 같다. 단순하고 자연스러우며 구체적이다. 그만큼 동화는 단순 명쾌성이 중요한데, 이것은 오랜 기간 숙성시켜 완전히 어깨에 힘 빼고 모든 걸 내려놓았을 때 가능한 경지다.

한 가지 화두를 가지고 오래 생각하다가 쓴 초고라도 쓴 다음에 고치다 보면 초고는 아예 없어진다. 새우젓도 본래의 새우 모습이 없어지듯 창작은 젓이다. 새우가 아니다. 물론 동화 교실에선 부끄럼 없이 새우라도 가져와서 품평을 듣는 것이 자신의 글을 객관적인 시각으로 발전시키는 데 도움이 된다.

당송(唐宋) 팔대가(八大家) 가운데 한 사람으로 꼽히는 구양수는 시를 쓴 뒤 벽에 붙여 놓고 방을 드나들 때마다 고쳤다고 한다. 얼마나 고쳤던지 어떤 시는 초고 중 단 한 글자도 남아 있지 않았다 한다. 톨스토이는 『부활』이나 『전쟁과 평화』를 써 놓고는 수십 번을 고쳤다고 한다. 헤밍웨이는 『노인과 바다』를 쓰면서 무려 400번 이상을 고쳤다는데, 이처럼 훌륭한 작품은 재능만으로는 안 되고, 얼마나 열정을 가지고 다듬느냐에 달려 있다. 세계적인 문호(文豪)들도 이럴진대, 일반인이 어떻게 처음부터 완벽한 글을 쓰겠는가. 글은 원래 써놓고 다듬는 것이다.

권정생 선생의 『들국화 고갯길』처럼 묘사가 탁월한 단편 동화 한 편 쓰고 싶어도 실제로 쓰려고 하면 잘 안 된다. 투철한 체험과 관찰, 숙성 기간을 거쳐 무르익은 자신의 생각과 끊임없는 퇴고가 없으면 제대로 된 글쓰기가 불가능하다. 비단 문학뿐이 아니라, 붓글씨를 배울 때도 처음엔 한 일(一) 자부터 쓰라고 하는데, 법도를 좇아서 그 획 하나도 제대로 마무리 짓기가 쉽지 않다. 나도 붓글씨를 배우러 가서 오랜 기간을 한일 자 쓰기만 수백 번 연습했던 기억이 난다.

결국 글은 다른 사람에게 자신의 생각과 감정을 전달하기 위해 쓰는 것인데, 자신의 생각을 고스란히 문자로 전달하게 되기까지 수많은 인고와 숙성의 시간이 필요하다. 고통을 막 졸업한 시점에서 그것에 대해 쓰려면 자신의 감정도 정화되지 않은 상태라 독자들을 이해시키려 애써도 전달이 잘 안 되고 소란스럽다. 아무리 짤막한 이야기를 써 놓더라도 자기 마음에 들 때까지 고쳐 쓰고 또 고쳐 쓰는 고뇌의 연속이 글쓰기다. 요즘은 글을 컴퓨터 자판으로 쳐서 쓰는데, 손이 빨라지면 글이 가벼워지기 쉽다. 빨리 치면 생각이 손을 따라온다고 여길는지 모르지만, 그 대신 숙고의 시간이 줄어 작품의 밀도가 떨어지기 쉽다.

그동안 살면서 언젠가는 써야겠다고 벼르고 있는 이야기가 작가 지망생에게는 하나쯤 있을 것이다. 하지만, 지금은 아파서 못 쓰겠다면 그 일이 대상화, 객관화될 때까지 기다리는 것이 좋다. 물론, 무작정 기다리는 게 아니라 살면서 순간순간 다가온 생각을 포착하고, 자기 생각을 문장화하고, 이걸 오래도록 간직하며 숙성시키다 보면 이야기의 씨앗 하나가 나에게 잉태된 셈이다. 그것이 성장하면서 내용도 풍성해지지만, 스스로 성숙한 인격체로 거듭날 수도 있다. 씨앗이 떨어졌는데, 이것이 핵반응을 일으키면 더 좋은 작품이 될 수 있다.

그러려면 많이 보고, 많이 읽어라. 결국은 모방이다. 이야기도 사실은 모방이다. 모방은 떡잎으로 남겨 두고, 나의 이야기를 썼을 때 비로소 모방에서 벗어날 수 있다. 다른 사람의 좋은 작품을 많이 읽고 내 것을 찾아 자기 식대로 자신의 체험 세계를 쓰기 시작하면 나만의 문학 세계가 열린다. 내가 본 대로, 내가 이해한 대로 이야기를 해야 낯선 것, 새로운 것이 된다. 수련을 계속 쌓아야 낯선 것이 된다. 난을 수십 년 보아 왔어도 그리는 사람마다 난의 모습이 달라지는 이유는 수련의 밀도와 시각이 다르기 때문이다.

어떤 작품은 함량이 단편 그릇인데, 장편으로 늘려 쓴 것 같아 함량 미달인 경우가 있다. 예를 들어, 하일지의 『손님』은 기성 문단의 시스템에서 벗어나려는 노력이 돋보이지만, 단편으로 썼다면 전달력이 더 강했을 것이다.

'무엇'을 쓰느냐도 중요하지만, 전달 방식도 중요한데 이동하의 『문 앞에서』, 『과천에는 새가 많다』처럼 거리를 두고 담담하게 수필 쓰듯 삶을 관조하며 작가의 며칠 동안의 이야기를 소소하게 적은 것도 소설이 되는구나, 생각하게 된다. 이동하의 작품은 오영수 작품과는 또 다른데, 오영수 작품은 시스템이라 말할 수 있는 틀이 있다. 한 편의 쏙 빼낸 단편을 만들어 내 갖출 건 다 갖췄으나 평년작인 반면, 이동하는 다양한 작품을 빚어 내는 데 끊임없이 성공하면서 너무 작품을 많이 쓰지 않아서 더욱 좋다.

문학은 다른 사람에게 생각과 사상을 전달하는 것인데, 현길언 작품은 이야기가 묵직하다.『사제와 제물』에선 인간의 속성과 비열한 정치적 모순을 통렬히 비판하고,『껍질과 속살』에서는 현상과 인식 사이의 간극을 드러내며, 이데올로기가 무엇이기에 인간의 삶을 비참하게 만드는가를 한 해녀의 삶을 통해 아프게 드러내고자 한다. 하지만, 문학적 고뇌를 좀 더 곰삭히지 못해 아쉽다. 특히,『껍질과 속살』은 손질 솜씨가 있음에도 작품을 던지듯 뭉텅뭉텅 기사를 인용하고 작품 속에 녹여 내지 못한 점이 읽을 때 걸렸다.

나는 인사동 동화 학교에서 한국 소설도 함께 공부하는데, 힘든 일을 하다 보면 나중에 웬만한 일은 거뜬거뜬 해낼 수 있게 되는 것처럼 복잡한 소설을 읽다 보면 동화를 쓰는 게 쉬워지기 때문이다. 각종 문학상을 받은 작품들은 읽을 걸 골라서 주는 선물이므로 최소한 그해 문학상 받은 작품 정도는 읽어야 시대의 통속도 알 수 있다.

초보자들의 동화는 대개 의도가 다 드러나는 경우가 많다. 전달 방식을 모색하는 과정에서 내 작품을 맛있게 숙성시켜야 재미있게 읽힌다. 화장실도 다녀오고, 밥도 먹고, 맛있는 반찬을 좀 더 넣으면 좋겠다. 처음부터 의미를 드러내면 재미가 없으므로 맛있게 먹을 수 있게 시간을 두고 고민해서 결말이 나지 않아도 잡고 늘어지다 보면 좋은 아이디어가 떠오르고 점점 나은 방향으로 거듭나게 된다. 상상력이나 주제, 구성력도 그 사람이 갖추고 있는 범위 내에서 나오므로 풍부한 토양을 만드는 것이 무엇보다 중요하다.

사람들에게는 모르는 것을 알고 싶어 하는 호기심이 있다. 그런 사람들 중에는 알고 있는 것을 다른 사람에게 이야기하고 싶어 하는 사람들이 있다. 바로 작가. 작가는 두 가지 체험을 한다. 나만이 알고 있는 직접 체험이 있고, 다른 사람들도 이미 알고 있는 일이지만 그래도 이야기해 주고 싶은 충동을 느끼는 간접 체험이 있다. 모든 일을 다 경험해 보면서 사는 것은 불가능하다. 간접 체험을 한 일이라도 자신만의 언어로 말하는 사람의 이야기를 들으면 참 재미있다. 할머니의 옛날이야기를 들으면 다 아는 얘기라도 재밌다. 그것은 삶이 농익은 할머니만의 언어로 재구성해서 들려주기 때문이다.

10년간 20권의 역사 동화를 쓴 한 여성 작가가 작가 특집에 자기 이야기를 써달라고 나에게 원고 청탁을 했다. 내가 아는 거라곤 나의 아내와 이름이 같고, 처음 만나 유쾌한 얘기를 나눴고, 인사동에서 『문심조룡』을 같이 공부한다 정도였다. 내가 나이가 많아 문단에서 어른 대접받고 있으니 부탁했는데 사실 좋지 않게 썼다. '당신이 쓰는 역사 동화는 역사적 사실을 주 내용으로 해서 그 당시 이런 일이 있었다는 사실만 말할 뿐 내 이야기가 없다. 역사 소재를 쓰더라도 내가 하고픈 얘기를 가미해서 써야 좋은 동화가 될 것이다.'란 취지였다.

　사실 동화의 원류는 환상 동화로 봐야 한다. 일본에서 생활 동화가 나오면서 요즘은 현실에서 일어나는 이야기도 동화로 싸잡아 말하고 있지만, 환상 동화와 현실 동화가 확연히 구분된다. 현실에서 일어나는 주된 이야기 현실 동화·사실 동화라면, 환상 동화는 현실에서 일어날 수 없는 이야기다. 동화도 현실에서 일어날 수 없는 이야기다. 따라서 현실에 발을 딛고 있으되, 환상적인 요소를 상상력으로 가미한 순수 창작물이 동화로서 재미도 있고, 의미도 있다. 그러려면 일차원적인 사실 묘사를 벗어나 상상력을 발동시켜 그것이 숙성되어 다차원의 세계를 창조해야 한다. 현실에서 만난 소재를 맛있게 발효시켜 익게 하는 그 치열한 숙고의 시간이 동화작가에게 필요하다.

별은 멀리 있어 아름답다
- 거리, 시점 문제

한 사람이 참으로 보기 드문 인격을 갖고 있는가를 알기 위해서는
여러 해 동안 그의 행동을 관찰할 수 있는 행운을 가져야만 한다.
그 사람의 행동이 온갖 이기주의에서 벗어나 있고,
그 행동을 이끌어 나가는 생각이 더없이 고결하며,
어떤 보상도 바라지 않고,
그런데도 이 세상에 뚜렷한 흔적을 남겼다면
우리는 틀림없이 잊을 수 없는 한 인격을 만났다고 할 수 있다.

- 장 지오노, 『나무를 심은 사람』

단국대 대학원에서 젊은이들을 만날 때 일이다. 한남동 가는 길
에 돋보기를 하나 사려고 길가 안경점에 들렀다.

"오천 원짜리 드릴까요?"

"네"

주인은 서랍을 열고 안경 하나를 내놓았다. 이어서 신문을 건네
주기에 읽었더니,

"아, 조금 높은 도수를 드릴게요"

했다. 그는 내가 신문을 볼 때, 안경과 신문 사이의 '거리'를 보고, '도수'를 알아차렸던 거다. 그 관찰력이라니. 관계란 '거리'를 전제로 한다. 너무 밀접하여 그 속에 빠지면 볼 수조차 없고, 너무 멀어도 그건 '무관'이다.

장 지오노 ≪나무를 심은 사람≫은 1987년 아카데미 단편상을 받은 명작이다. 그 영상물은 화가가 5년에 걸쳐 2만 장을 그려 편집했다고 하는데, 시점이 아주 적확하여 감동을 배가시킨다. 내용은 간단하다. 양치기 노인인 에이자 부피에는 나무를 심고 가꾼다. 수십 년간 끈질긴 노력을 고독하게 쏟는다. 그렇게 황무지에 새로운 숲이 탄생하고, 희망과 생명이 부활한다. 1913년 단 세 명만이 살던 척박한 사막이 1만 명의 사람이 모여 사는 생명의 터전으로 바뀐다. 오직 신만이 할 수 있는 일을 에이자 부피에 단 한 사람이 일궈 놓는다는 이야기다.

이 작품의 화자는 거의 34년간 양치기 노인을 지켜본다. 그 사이 제1, 2차 세계대전이 있었고, 세상은 여전히 '인간이 인간에게 늑대(Homo homini Lupus)'인 광포한 시대였다. 30년 이상 '희망'이란 나무를 심은 에이자 부피에, 그에 관한 첫 원고를 쓴 뒤 약 20년 동안 글을 다듬어 작품을 완성한 장 지오노, 그리고 5년 동안 2

만 장의 그림을 그려 완성한 애니메이션 작가 자알브뤼켄과 미국에서 가장 뛰어난 삽화가 마이클 매커디의 노력이 하나로 응축되어 영화 ≪나무를 심은 사람≫이 탄생한 것이다. 덕분에 이 위대한 영화는 배운 것 없는 늙은 농부 한 사람의 '신념'이 세상을 얼마나 아름답게 만들 수 있는지를 감동적으로 들려준다. 목탄에 파스텔 느낌의 그림도 압권인데, 황량할 때와 샘이 넘쳐흘러 생명이 움틀 때의 차이를 확실히 줬다. 의도가 뚜렷한데도 작품 속에 잘 용해되어 있다. 만일 이 작품이 1인칭 관찰자 시점이 아닌 에이자부피에의 1인칭 주인공 시점이었으면 감동이 훨씬 덜했을 것이다.

『사랑손님과 어머니』의 따뜻한 느낌도 옥희의 1인칭 관찰자 시점에서 나온다. 이범선의 『흰 까마귀의 수기』는 동생이 이북서 피난 와 죽었는데, 형이 노트를 발견해서 그대로 이야기를 펼치듯 쓴다. 모든 소설은 결국 자전적일 수밖에 없기 때문에 이것을 비켜서기 위해서 그렇게 쓴다. 헤르만 헤세도 자기는 비켜선다. 싱클레어 이야기를 데미안과의 관계를 통해 드러내고, 싯다르타도 부처님 이야기인데 자기가 들은 딴 사람 이야기하듯 써서 읽는 사람도 작가와 동일시하지 않게 되고, 작가의 독립성도 유지된다.

곽재구의 시 「사평역에서」를 소설로 각색한 임철우의 『사평역』은 전지적 작가 시점이 이런 거구나, 하는 관점에서 참고하면 좋겠다. 구조가 꽉 짜여서 오히려 덜 자연스럽게도 느껴지는데, 완벽한 옷차림, 인격자를 옆에서 봤을 때 여유가 없어 보이는 도식화된 것 같은 느낌이 들 수도 있다. 70~80년대 민중들이 막차를 기다리듯, 한 시대의 어두운 풍속을 눈 내리는 깜깜한 겨울밤 대합실을 배경으로 보여 주면서 인물 하나하나가 그 시대를 대변한다. 작가가 그의 과거와 현재의 심리 상태까지 속속들이 알면서 시선을 바꿔가며 점차 인물을 구체적으로 형상화하는 서술 방식이 절묘하다. 우리도 1인칭 주인공이나 관찰자 시점으로 쓸 수 없는 작품에는 『사평역』처럼 특별히 중심인물을 설정하지 않고 등장인물들의 회상이 중첩되어 다양한 삶의 속살을 보여 줌으로써 한국 현대사의 상처를 관통하는 서술 방식을 활용해 보는 것도 좋을 것이다.

  숲을 보려면 숲에서 나와야 한다. 숲 안에서는 숲의 모습이 제대로 다 보이지 않는다. 작품은 내 삶에서 가장 절실하게 느끼는 것이 드러나는 것이다. 그 삶을 제대로 보려면 객관화시켜서 보는 눈을 가져야 한다. 어느 정도 거리를 두고 타인의 삶처럼 바라보는 자세가 필요하다. 작가는 울 줄 아는 가슴을 가졌지만 절대로 먼저 울어서는 안 된다.

선택했으면 집중하라
- 생략과 과장을 통한 단순 명쾌성

삼류 소설가들이 손이 따라와 주는 한 최대한의 속도로 지면을 메워 가고 있을 때
시나리오 작가들은 가장 적은 수의 낱말을 가지고 최대한의 것을 표현해 내기 위해
머릿속에서 무자비하게 편집에 편집을 거듭한다.
파스칼이 그랬던 것처럼 시나리오 작가들은
가장 중요한 것은 경제성이며 간결함이야말로 시간을 요하는 것이고
뛰어남이란 곧 참을성을 의미한다는 사실을 배운다.

- 로버트 맥키, 『시나리오 어떻게 쓸 것인가』

내가 맛집을 판단하는 기준은 간단하다. 김치 한 젓가락. 그 집
의 맛은 김치가 좌우한다. 김치가 잡스럽고 텁텁한 맛이 나면 분
명 본 음식도 맛이 없다. 반찬이 배추김치와 깍두기뿐이어도 맛집
은 맛있다. 주 요리의 맛도 깔끔하고 담박하여 잡다한 메뉴 없이
그것 하나만으로도 미각을 충족시키고, 흡족한 포만감으로 식당
문을 나설 수 있다.

내가 아는 종로의 한 복집은 복 한 가지만 한다. 문 열고 들어가면 복 비린내가 확 난다. 복과 미나리, 콩나물만 가지고 맑은 장국 끓이고, 정종, 껍데기 무침만 하고 만다. 콩나물도 머리, 꼬리 따고 미나리도 잎, 뿌리 따고 줄기만 놓는다. 반찬도 없는데 맛있다. 진짜 좋은 식당은 한 가지만 한다. 요리와 창작이 그렇게 겹친다. 단순함이 복잡함을 이긴다. 좋은 작품들을 보면 줄거리는 아주 단순하다. 그러나 그걸 심연까지 내려가 깊이 있게 다룬다.

얼마 전 마이클 윈터바텀 감독의 《에브리데이》란 영화를 봤는데, 5년 동안 왜 감옥살이를 했는지는 나오지 않고, 면회 간 부인이 "당신 또 훔쳤어?" 묻는 부분에서 절도범으로 들어갔다는 짐작만 하게 할 뿐이다. 남편이 감옥에 간 이야기는 거두절미하고, 5년 동안 네 아이를 데리고 면회 가는 모습만 보여 주지만 관객들은 가족이란 뭔가, 부부란 뭔가, 결국 인간의 삶이란 무엇인가까지 생각하게 된다. 영화는 남편이 돌아오기까지 고된 시간을 견디면서 그녀가 신세한탄을 하거나 오열하는 모습도 결코 담지 않는다. 단지 밤마다 베개를 적시는 모습에서 그녀의 막막함과 고단함, 외로움이 투영될 뿐이다. 그녀는 현실 속에서 어린 네 아이들에게 있는 힘껏 사랑을 주고, 묵묵히 그녀에게 주어진 하루하루를 살아간다. 그럼에도 관객들은 그저 조용히 지켜보는 카메라 뒤에서 그녀 마음에 스쳐 지나간 빛과 어둠을 눈치챈다. 순간순간, 찰나에

전해지는 그녀의 심정이 영화의 엔딩에 이르러 뭉클한 감동을 전한다. 많은 설명을 하지 않음으로써 오히려 인물의 내면 깊은 곳까지 들여다볼 수 있는 섬세한 연출이 돋보이는 영화다.

김남중의 동화 『나를 싫어한 진돗개』에서도 아버지가 개 사달라는 아이들에게 왜 다 죽어가는 늙고 병든 개를 갖다 줬는지 이유를 설명하지 않는다. 이야기할 필요가 없는 것이다. 아버지를 원망하며 개를 구박하는 가족들, 어느 날 비가 왔는데 아무도 처마 밑으로 들여놓지 않아 더 많이 아프게 된 개를 보며 아버지는 식구들 모두 비를 맞게 하고 그럴 수 있느냐 나무라는 모습을 보여줌으로써 독자 스스로 반성하게 한다. 잘생기고 젊은 개였다면 너희들 그렇게 놔뒀겠느냐 묻는다. 김남중 단편이 빛나는 것은 그 작품 속에서 작가가 어떤 말을 해야 할지 알고 쓰기 때문이다. 결국 작가는 하고 싶은 말이 있기 때문에 작품을 쓰는 것이다. 형식미와 주제가 어우러졌을 때 작품이 좋다. 형식미는 주제를 돋보이게 하기 위한 장치에 불과하다.

이야기(말)하는 방식은 여러 가지지만, 글쓰기의 목적은 내가 하고자 하는 말을 가장 완벽하게 효과적으로 전달하는 것이다. 무엇을 어떻게 전달할 것인가, 쟁점이 있어야 한다. 욕심을 부리면 초점이 맞춰지지 않는다. 특히, 단편 동화는 단일 사건, 단일 주제,

단일 인물이면서 주제가 하나일 때 가장 뚜렷한 효과를 볼 수 있다.

　사진을 찍어서 인화한 뒤에 보면 어떤 사진은 선명하게 나왔는데 어떤 사진은 흐릿하게 나왔다. 또 분명히 사람을 찍었는데 오히려 배경이 더 선명하게 나오기도 한다. 정말 이상한 사진은 찍을 때 흔들려서 정작 찍으려고 한 것이 안 보이거나 반만 나온 사진이다. 이런 사진은 현상은커녕 버려야 할 사진이다. 글을 쓸 때도 무엇에 대해 어떻게 써야 할지 잘 생각해 보아야 한다. 너무 많은 것을 한 컷에 담으려고 욕심을 내면 오히려 어수선하고 이상한 사진이 되는 것처럼 글의 주제도 무엇을 이야기할 것인지 한 가지에 초점이 맞춰져야 한다. 처음부터 끝까지 이야기하고자 하는 한 가지 주제에서 벗어나지 않는 것이 좋은 작품을 쓸 수 있는 방법이다.

　옛날 초등학교에서 운동회를 하거나 행사가 있는 날이면 교문 앞에 여러 장사꾼들이 모인다. 그중에서 꼭 빠지지 않고 오는 사람이 바로 솜사탕 장수다. 자전거 위에 커다란 양철통을 올려놓고 발로 모터를 밟으면 쩜통 가운데 있는 것이 돌아간다. 조심스럽게 한 숟가락씩 설탕을 넣으면 요술처럼 솜 같은 것이 술술 풀려나온다. 그런데 솜사탕이 저절로 뭉쳐질 수는 없는 법. 나무젓가락이 뼈대가 되어 중심을 잡아 줘야 빙글빙글 돌렸을 때 사탕이 포실포실 달라붙어 커다란 솜사탕이 된다. 이리저리 혓바닥으로 핥아 먹다 보면 어느새 나무젓가락만 남아 있어 아쉬움에 젓가락까지 쪽쪽 빨아 먹었던 경험이 있다. 어떤 이야기를 읽을 때 우리는 핵심을 보지 못하고 겉만 보는 경우가 종종 있다. 솜사탕의 달달한 맛에 취해 그것을 지탱해 주는 나무젓가락을 간과하여 다 먹고 나선 휙 던져 버리는 것처럼.

솜사탕 하나를 만들 때는 하나의 나무젓가락을 쓴다. 하나의 솜사탕에 나무젓가락을 몇 개씩 넣을 필요는 없다. 그리고 나무젓가락은 한가운데 들어 있어 보이지는 않지만 분명히 있다. 왜냐하면 나무젓가락이 없으면 솜사탕이 뭉쳐지지 않으니까.

글을 쓸 때 어떤 방법으로 표현할 것인가도 잘 생각해 봐야 한다. 직접적인 묘사가 필요한가 아니면 간접적으로 표현하는 것이 더 효과적인가. 만약 필요 없다고 생각되는 부분이 있다면 과감히 삭제하거나 간략하게 묘사하고 지나가는 것이 필요하다.

동양화가 서양화와 비교하여 아름답다고 찬사를 받는 부분은 바로 여백이다. 아무것도 없는 빈 곳(호間)이 있음으로 해서 나타내고자 하는 것을 더 뚜렷하고 자연스럽게 나타낼 수 있다. 여백 대신에 중요하다고 생각하는 부분은 강조하여 배경, 대화, 행동, 모습 등을 치밀하게 묘사해야 한다. 흰 점 하나가 돋보이게 하려면 바탕을 검정으로 칠하는 것이 효과적이다. 진하게 칠해야 하는 곳이 어디인가를 생각한 뒤 나머지 부분은 엷게 또는 여백으로 처리하는 것이 돋보이게 하는 방법이다.

문학은 분량이 문제가 아니다. 도입부가 길면 중언부언하게 되고, 묵직한 걸 쓴다는 욕심 때문에 오히려 사족이 많아진다. 단도직입적으로 본 이야기로 들어가야 한다. 내 동화 「엿」의 경우 처음엔 원고지 130장짜리였다. 그러나 35장만 남기고 다 버렸다. 진짜 욕심은 효과를 내는 게 욕심이다. 작가는 허욕에 빠지지 말아야 한다. 결국은 내 의사 전달이다. 내가 인생을 어떻게 보는가를 전달하는 것, 꼭 하고 싶은 얘기만 상대에게 전달하는 것이 읽는 사람에게 훨씬 효과가 크다. 허욕에 눈이 멀면 쪽수 채우느라 작품을 망치게 된다.

생태찌개를 맛있게 먹고 있는 가족을 생각해 보자. 엄마가 저녁에 뭘 해 먹을까 고민을 하며 장에 갔다. 이것저것 둘러보다가 생선가게 앞에 갔더니 오늘따라 유난히 생태가 싱싱해 보인다. 생태를 골라서 한 마리 사고, 그다음에는 옆에 있는 채소 가게로 간다. 무를 사고 매운 풋고추, 미나리도 산다. 집에 돌아온 엄마는 생태를 깨끗이 씻어 바구니에 담아 물기를 살짝 빼놓는다. 무를 너무 얇지 않게 나박나박 썰어서 물이 팔팔 끓고 있는 냄비에 넣는다.

무가 어느 정도 익었을 때 씻어 놓은 생태를 넣고 마늘을 서너 쪽 콩콩 찧어 넣는다. 생태가 알맞게 익었을 때 매운 풋고추 두세 개를 송송 썰고 미나리를 적당한 길이로 잘라 위에 얹은 후 소금으로 간을 맞춘다. 뚜껑을 닫아 한소끔 끓인 후 상에 올린다.

식구들이 상에 둘러앉아 따끈하고 개운한 생태찌개를 먹으며 한 마디씩 한다. 정말 맛있고 시원하다고. 그런 말을 들으면 장을 보고 와서 끓여 낼 때까지 힘들었던 엄마 마음이 흐뭇해진다. 생태찌개를 맛있게 먹을 수 있는 것은 엄마가 장에 가서 싱싱한 생태를 잘 골라 샀기 때문이다. 거기다가 꼭 필요한 재료만 넣어서 알맞게 간을 맞췄기 때문이다. 만약 엄마가 욕심을 내어 생태를 너무 많이 넣거나 몸에 좋다고 욕심을 내서 버섯이나 다른 해물을 더 넣고 끓였다면 개운하고 깔끔한 생태찌개를 먹을 수 없었을 것이다. 버섯은 잘 두었다가 버섯찌개를 끓이면 된다. 실제 있는 사실을 가지고 글을 쓰더라도 있는 것을 모두 넣을 필요는 없다. 내가 쓰고자 하는 주제에 꼭 맞는 것들만 골라 쓰고 나머지는 버리거나 남겨 놓는 지혜가 필요하다.

나 혼자만 간직하기 아까운 이야기를 연인에게, 남편이나 아내에게 들려주는 게 창작이다. 창작은 있었던 일을 그대로 전달하는 것이 아니다. 여기서 느낀 걸 전달하기 위해 앞뒤 생긴 일을 다

알릴 필요는 없다. 가감해야 한다. 원인과 결과에 적합한, 거기서 무엇 하나 빼놓으면 손상을 입는 그런 부분만 남기고, 어떤 부분은 삭제하고, 어떤 부분은 강조해야 한다. 있는 그대로는 창작이 아니다. 다 전달하려면 오히려 더 전달할 수 없다. 전후 사실을 잘 관찰해 불필요한 부분은 생략하고 남아 있는 걸 부각하다 보면 과장이 되기도 한다. 남아 있는 것은 그 사람의 해석, 사상, 평소의 삶, 가치관, 도덕률… 이런 것들이 알게 모르게 받쳐 준다.

작가가 대상을 본다는 건 해석하는 것, 의미를 찾는 것이다. 현실이 복잡할수록 단순 명쾌하게 이야기해야 독자 또한 다양하게 해석할 수 있다. 하나 깊이 뿌리내리면 그 뿌리로 가지 몇 개가 살아날 수 있다. 외길을 가는 사람은 외롭지 않다.

설명 말고 그려라
- 장면화

점심시간이 지나고 오후가 되면
식당은 너무너무 고요해졌다.
위잉위잉 냉장고의 심장 소리
바람이 문을 두드리고 도망가며 다라락 웃는 소리
연탄난로 안에서 불꽃들이 둘러앉아 딱딱 고스톱 치는 소리
수도꼭지가 깜빡 졸다가 침 흘리는 소리만 간간히 들리는 그 세계에서
우리는 나란히 앉아 낡은 문 너머의 바깥세상을 구경했다.
할머니의 시간은 아주 느리게 흘러갔다.
나는 할머니보다 앞서갔다가
제자리에 쪼그려 앉아
할머니의 시간이 어서 오기를 기다렸다.

- 최진영, 『당신 옆을 스쳐간 그 소녀의 이름은』

우리가 누군가의 뒷모습을 통해 많은 것을 배우듯 말로 설명하는 것보다 그의 평상시 모습과 일상적 이미지를 떠올리다 보면 저절로 깨달아지는 것이 있다. 작품도 마찬가지다. 설명하면 부딪쳐

오는 게 없다. 설명하는 문장은 재미도 없고, 상상의 문을 닫는다. 조미료 치지 말고 장면화하여 보여 주는 문장은 재미도 있고, 그림도 생생하여 상상하며 읽을 수 있다.

서툰 작가는 독자가 알아듣지 못할까 봐 자꾸 설명하려 든다. 좋은 작가는 냉정하게 설명 없이 독자가 읽어 나가면서 알아차리게 한다. 그러기 위해선 사족(蛇足)을 완전히 제거할 수 없는지 항상 고민해야 한다. 설명투를 일체 배제한 카프카의『변신』, 카뮈의『이방인』처럼 소재 잡히면 조미료 치지 말고 앞뒤 잘라서 한 편 빚어 내는 욕심을 가졌으면 좋겠다.

특별한 이야기, 특별한 사건이 없더라도 어떤 대상을 꼼꼼히 살펴 의미가 발견되면 동화가 될 수 있다. 유은실의 단편『손님』처럼 자기 방안을 집중적으로 묘사하며 손님 맞을 준비를 하는 소녀의 모습 한 토막만 집어 내도 한 편의 이야기가 될 수 있다. 들려주면 이내 잊히지만, 그림이 그려질 수 있도록 보여 주면 각인된다.

만일, 겨울에 대관령에 갔다가 폭설이 내려 너무 아름다운 풍경을 만나 지워지지 않는다면, 사진 찍듯 그 장면을 그려 보여 주는 것이 작가다. 문순태의『생오지 눈사람』이나 최상희의『델문도』처럼 매 작품마다 한두 장면 정도가 기억 속에 남는다면 그건 좋은 작품집이다. 만일, 함께 가지 못했지만 너무나 아름다운 장면을 여행 중에 만나 그것을 보여 주고 싶은 이에게 내가 겪은 일만 쓰는 게 아니라 친구에게 들은 일, 본 일까지 다양한 것을 가미하여 그릴 수 있다면 더욱 구체성이 생긴다.

"음식이 참 맛있다"라고 말하는 것보다 "멸치 육수로 끓인 된장찌개 국물이 구수하다. 두부의 야들야들함이 입에서 살살 녹네. 애호박은 아삭하고 감자의 부드러움에 밥 두 공기를 후딱 해치웠네."라고 말하면 듣는 사람의 입에는 어느새 침이 고이게 된다.

특히, 글 속에서 주인공은 피가 돌아야 한다. 읽는 사람이 글 속에 빨려 들어가서 주인공과 함께 생각하고 느끼며 살아 움직이도록 만드는 글을 써야 한다. 구체성이 내 마음을 움직이는 것이지, 줄거리만으로는 움직이지 않는다. 사람을 움직이는 것은 뼈대가 아니라 살과 지느러미와 번쩍이는 비늘과 아가미다. 그것은 묘사에서 나오고, 결국 묘사는 관찰의 힘에서 나온다. 관찰은 실제 가서 현장에서 보면 더욱 좋지만 그게 어렵다면 조사, 연구, 인터뷰를 통해 내 것으로 만들어야 한다.

강소천의 『꽃신』, 이창래의 『생존자』 첫 장처럼 설명이 아닌 장면으로 보여 주기가 제대로 되어야 한다. 스토리가 있어도 구체적

묘사가 없으면 그려지지 않는다. 설명조면 부딪혀 오는 게 없으므로 어떤 장면에 대해 자세히 알고 꼼꼼히 조사해 최소한 자기가 쓰는 부분에 대해서는 전문가 이상 알아야 한다. 『혼불』의 작가 최명희는 주인공의 사주까지 본다. 생년월일, 말투, 잠버릇, 성향 그런 걸 다 알 수밖에 없는데, 작품엔 안 나타나도 작가는 알고 있어야 한다. 인물에 대해 뭐라 물었을 때 속속들이 아는 식구처럼 대꾸할 수 있어야 한다.

작품을 억지로 만드는 사람은 소나 말처럼 작품을 앞에서 끌고 간다. 제대로 된 작가는 살아 있는 인물 뒤를 따라가지 절대로 앞에서 끌고 가지 않는다. 아들, 딸을 부모 맘대로 못 하듯, 작품 속 인물도 그들의 길로 자연스럽게 걸어가게 해야 한다. 그래야 공감을 얻을 수 있고, 새로운 캐릭터를 창조할 수 있다.

문화대혁명 이후 중국 사회를 아프게 꼬집는 위화의 수필집 『사람의 목소리는 빛보다 멀리 간다』에서는 가난한 시골 동네 발치원에서 주사기를 아껴 쓰다 보니 끝이 이미 휘어진 바늘로 주사 놓는 이야기를 리얼하게 묘사한다. 고통을 당하는 자보다 고통당하는 자를 지켜보는 사람이 더 불편하다는 사실을 생동감 있게 전달한다. 작가가 시대의 풍속과 인물들의 모습을 제대로 소화해서 자기 것으로 이야기하기 때문에 사건이 완벽하게 전달된다. 자연스럽게 당시 중국 인민의 열악한 현실이 가슴 깊이 와닿는다.

어떤 작품에서 아버지의 부재나 그리움을 진하게 그리면 아버지는 상징성으로 바뀌기도 한다. 심도 있게 다루면 그 이상의 의미를 지니게 된다. 이를 위해선 예사롭게 보지 않는 훈련이 요구된다. 다 그렇게 할 순 없지만, 관심 있는 부분으로 오히려 범위를 좁혀 자세히, 제대로, 각도를 달리해 입체적으로 보면 누구도 탓잡을 수 없게 된다. 작가는 생명 없는 대상에 생명을 불어넣는 외과 전문의가 되어야 하고, 작품은 피돌기가 잘 이루어져야 한다.

동화 한 편이 사람을 살리기도 하고 죽이기도 한다. 권정생의 『강아지똥』에서 개똥도 꽃이 될 수 있다는 발견을 통해 많은 이들에게 감동을 주었듯 작가는 옛날부터 있어온 걸 발견하여 가벼운 일도 가볍지 않은 일로 다룰 수 있어야 한다.

특히, 작품에서 묘사될 부분은 꼭 큰 것을 다룰 필요가 없다. 미미한 것을 세세하게 전달하는 것이 좋고, 거대 담론을 다룰 때도 나무를 그림으로써 숲이 보이도록 하면 좋다. 누구도 인생을 다 그릴 순 없다. 어떤 한 부분을 그려 전체를 보여 주면 되는데, 뛰어난 작가는 단편 한 편 속에도 내밀한 삶의 이면과 시대상을 형상화한다. 황석영이 『삼포 가는 길』을 통해 70년대 산업화로 인한 고향 상실을 '삼포'라는 가상적 공간으로 상징해 냈듯, 지명·사건·플롯·인물의 역학관계 등을 통해 씨줄과 날줄을 직조하여 장면화를 통해 보여 주면 선명하게 주제가 부각되면서 시대상을 관통할 수 있다.

치부를 드러내라

- 피가 도는 캐릭터

작가란 결국 자신의 강박관념에 대해 쓰게 되어 있다.
자주 출몰해서 괴롭히는 것, 절대 잊을 수 없는 것,
자신의 육체가 풀려나기를 기다리고 있는 것을 이야기로 엮는다.
당신을 가장 괴롭히는 강박증에는 힘이 있다.
당신이 글을 쓸 때마다 언제나 같은 곳으로 돌아가게 되는 이유가 바로 이 때문이다.
바로 이 강박증의 변두리에서
우리는 완전히 새로운 이야기들을 창조해 낼 수도 있다는 점을 기억하라.
그리고 이번에는 당신을 괴롭히던 강박증에 일부러 에너지를 쏟아부어 보라.
이제 우리는 강박증이 자신을 위해 봉사하도록 만들어야 한다.

- 나탈리 골드버그, 『뼛속까지 내려가서 써라』

글은 자신의 생각과 감정을 드러내고자 하는 충동 때문에 쓰지만, 나 잘났다고 자랑하는 식으로 드러내면 독자들은 냉소적으로 반응한다. 반대로, 치부를 드러내면 확 달려든다. 제대로 읽히려면 치부를 드러내라.

우리가 상처받은 사람을 위로할 때 나에게도 비슷한 환부가 있음을 보여 주면 가장 큰 위안을 받는 것처럼, 치부를 드러낼 때 독자들은 주인공과 자신을 동일시하고 집중해서 읽게 된다. 나의 비리를 가장 잘 아는 것은 바로 나이므로 내가 가지고 있는 집요함, 강박증, 고정관념, 성격적 단점, 결벽증, 완벽주의, 계산적이고 이중적인 생각, 부끄러움, 콤플렉스, 이기심 등을 차례로 적고 그것들 중 하나에 얽매어 허우적거리는 인물상을 창조해 내면 독자는 개성 있고 매력적인 캐릭터에 자신도 모르게 빠져들게 된다.

보통 자서전은 자랑이 태반이라 하는데, 문학 작품은 그러면 읽다가 던져 버린다. 작가가 작품 속에서 자기 자랑하면 독자들은 '그래, 너 잘났다. 네 팔뚝 굵다' 냉소하고 다 도망간다. 코미디언이 바보 흉내 내면 좋아하는 것처럼, 독자들은 칭찬보다 뒷담화에, 완벽한 사람보다 빈틈 많고 좌충우돌하는 인물에 더 끌린다. 그런 인물을 과하지도 모자라지도 않게 적절한 심리적 거리를 유지하면서 할 얘기 다 했다면, 그건 성공한 작품이다. 여기서 중요한 건 균형을 잃지 않는 객관화된 지켜봄이다.

모르는 것을 알아가는 것이 글 읽기의 재미이므로, 형상화와 장면화를 통해 서서히 밝혀지는 비밀로 갈등을 이끌어 주인공을 외골수로 몰아가면 사건의 묘미가 극대화된다. 이때 지나치게 욕심을 부리면 중언부언하게 되고, 작품을 망칠 수 있다. 강풀의 『바보』,『마녀』처럼 모자란 인물, 주변에 끊임없이 사건을 불러일으키는 문제적 인간을 지켜보면서 꼭 필요한 말만 던지면서 작가가 중심을 딱 잡고 가면 독자가 빨려 들게 되어 있다. 글쓰기는 궁극적으로 전달 효과를 극대화하는 것인데, 설명해야 소용없다. 난 그래서 이렇게 썼다, 얘기할 필요 없다. 쓰면 그걸로 끝나는 것이므로, 몇 마디만 써도 잘 전달될 수 있도록 달력 뒷장에 볼펜, 연필로 화살표 해가면서 맨 마지막에 어떻게 끝낼지까지 생각해 봐야 한다. 중요한 대화도 대략 적어놓고, 중요 인물의 성격, 나이, 습관, 얼굴까지 그려서 꼼꼼히 여러 번 생각한 후 글을 쓰면 흔들리지 않고 주제를 향해 나아갈 수 있다.

누구의 삶이 완벽하게 똑떨어지는 작품이 되기는 어렵다. 대개의 경우는 이곳저곳에서 갖다 붙이는데 어설프게 붙이면 이상해진다. 한 사람처럼 피가 돌고 팽팽한 근육과 힘줄로 군더더기 없이 살이 붙어야 하는데, 그러려면 평소 주변 사람을 잘 살펴보고 관찰하고 겪어 봐야 그에 맞는 인간 군상을 그릴 수 있다. 결국 글은 재구성인데, 모델이 있더라도 어디까지나 관찰의 대상에서 벗어나 재해석한 인물이지, 그 인물은 아니므로 작가가 창조하는 인물은 주제에 부합하는 또 다른 인물이 되어야 한다.

앞에서도 언급했듯 작가가 주인공의 목을 묶어 이야기를 끌고 가면 구조가 튼튼해도 개연성이 떨어진다. 반대로, 작가가 주인공을 뒤쫓아 가면 엉뚱한 길로 가서 어설픈 글이 될 위험이 있다. 신은 인간을 종으로 부리지 않는다. 갑을 관계가 아니라, 등장인물에게 자유 의지를 줬다. 인물이 자기 스스로의 창조성을 가지고 움직일 수 있어야 개성이 드러난다.

　『창비 어린이』 편집자가 말하기를, 과거 100년을 통틀어 어린이 동화 속에서 개성 있는 인물을 찾아보니 '몽실언니', 『만년샤스』의 '창남이', 『나쁜 어린이표』의 '건우' 등 몇 명 되지 않았다 한다. 특별한 인물로 이들밖에 못 건졌다 하는데, 이처럼 개성 있고 남다른 점이 있어야 진짜 인물이다.

　작가는 신의 창조에 버금가는 창작을 한다. 그런 의미에서 신의 영역을 엿보는 존재다. 인물 창작이란 외모를 뜻하는 게 아니라 성격을 의미한다. 지금까지 없었던 인물의 성격을 창조할 의무가 작가에게는 있다. 『카르마조프가의 형제들』의 조시마 장로, 돈키호테, 몽테크리스토 백작, 『바람과 함께 사라지다』의 스칼렛 오하라, 본부인보다 훨씬 매력적인 『닥터 지바고』의 라라 같은 인물을 그려 내는 것이다. 권정생의 『강아지똥』, 『빼떼기』, 『엄마 까투리』, 『점득이』란 인물도 모두 작가에 의해 창조된 인물들이다.

성격이 다른 사람과 구분될 때 그 사람이 살아 움직이는 것이다. 황선미가 창조한 '마당을 나온 암탉'처럼 닭장을 벗어나, 좁은 마당을 나와 스스로 행위 주체가 되는 개성 있는 캐릭터가 되어야 한다. 그러나 그런 작품을 찾기 어렵다.

자신이 잘 알고 있는 매력적인 인물을 그려 놓으면 캐릭터가 살아날 가능성이 훨씬 더 커진다. '굽은 나무가 선산 지킨다'는 말이 있는데, 우리 고향 마을에는 날품 팔아 동생들 학교 보내고 농사 지은 것 싸서 보내고, 지금도 품팔이하는 사람이 있다. 그러나 그 덕분에 잘 배운 동생들은 부모 다 팽개치고 도시에서 자기 살기 바쁜데, 못 배운 큰아들이 부모 자식 다 챙기고, 할아버지 할머니 노년에 똥 받아 냈다. 가장 훌륭하게 큰 것이다. 사실 우리가 학교에서 배우는 것은 별거 아니다. 바로 이 사람 얘기를 쓴 게 장편 동화 『큰소나무』다. 잘 아는 것을 써라.

지금은 폐간되었지만, 『뿌리 깊은 나무』 편집장이었던 윤구병도 충북대 철학과 정교수 자리를 때려치우고 헌 트럭 타고 돌아다니다 큰 정자나무가 있는 변산반도에 터를 잡았다. 사람들이 버리고 간 항아리, 질그릇 깨진 것 모두 다 주워 공동체 마을을 짓는다. 거기서 농사지어 먹고살면서 대안학교를 연다. 거기엔 돈 단지 하나 있는데, 노트에 적기만 하면 누구나 얼마든지 꺼내 쓸 수 있다.

낮에 일하고 저녁에 토론하고 '보리' 출판사를 지금 잘 운영하고 있다. 그의 아들은 장의사를 지망한다. 이처럼 거꾸로 가는 인물, 시대에서 돌출하는 인물을 작가들은 살펴보고 쓸 필요가 있다.

인간은 부족함 투성이이기에 누구나 다 드러내고 싶지 않은 부끄러운 부분이 있다. 진정한 삶에 다가가 내면의 치부까지도 투명하게 보여 줄 수 있을 만큼 솔직해질 때, 독자의 마음은 꿈틀거린다.

몸에 붙은 대로 써라
- 문학의 맛 문체, 육화된 자신의 문장 찾기

<유식학(唯識學)>에서
우리의 눈빛이 별빛과 햇빛과 달빛을 만든다고 했는데,
나는 그 말에 전적으로 동의한다.
사랑하는 아들딸들아,
너희 자신만의 독특한 슬픈 눈빛을 지니도록 하여라.
그 눈빛으로 너희들만의 풍경을 창조하도록 하여라.

- 한승원 산문집, 『꽃을 꺾어 집으로 돌아오다』

프랑스의 박물학자인 뷔퐁(Georges-Louis Leclerc, Comte de Buffon)은 '문체는 곧 그 사람'이란 말을 했다. 자신만의 독특한 문체를 만들고 개성적이며 짧고 강렬한 문장을 써야 한다는 것이다. 그러려면 욕심을 내려놓고 몸에 붙은 대로 써야 한다. 문장과 사람은 절대로 유리될 수 없기에 내공 바탕에 따라 문장이 달라지고, 평소 습작 연습을 많이 하면 자기도 모르게 손이 먼저 나간다. 잔뜩 끌어 쥐려 하면 풀리지도 써지지도 않는다.

억지로 짜서 만들려고 허욕 부리지 말고, 욕심을 내려놓고 쓰면 몸에 붙은 대로 몸이 가는 대로 자연스럽게 써진다. 복싱 선수도 연습을 많이 하면 링 위에서 자기도 모르게 손이 저절로 나간다고 한다. 야구 투수도 힘 빼고 던져야 다양한 코스로 제구를 해도 공 끝이 살아 있고, 안정적인 투구로 폭투가 나오지 않는다 한다. 그러나 은퇴할 때쯤 돼야 비로소 어떠한 상황에도 힘 빼고 컨트롤할 안정감과 여유가 생긴다니, 참 어려운 경지다. 작가도 이렇게 힘 빼고, 욕심 내려놓고 작품을 쓰다 보면 더러 좋은 작품을 건지기도 한다.

더욱이 아동문학은 문체가 단순해야 아름답다. '꽃이 피었다. 향기가 없다'처럼 짧은 문장이 좋다. 고학년을 대상으로 한다면 약간 복잡해도 괜찮지만, 그때도 운율을 생각해야 한다. 우리가 매 순간 숨을 쉬듯 문장에도 운율이 내재해 있다. 좋은 문장을 자꾸만 읽고 따라 써서 똑같은 단어도 어떻게 조합할 때 생경하고 신비로우며 아름답게 빛나는지 체화해 나가야 한다.

대학 은사였던 김동리 선생은 학생들이 가져온 작품을 받아들고 원고의 첫 장부터 문장이 안 되면 그 자리에서 던져 버렸다. 울면서 바닥에 흩어진 원고를 한 장 한 장 허리 굽혀 줍던 여학생의 상심한 표정이 지금도 생생하다. 좀 심했다 싶지만, 그 정도로 문장력은 창작의 기본이라는 얘기다. 물론 주제도 중요하지만, 어떻게 쓰느냐도 중요하다. 문장력 없이 무엇을 써 봐야 전달이 제대로 안 돼 마음에 와닿지 않아 허공을 치는 글이 되기 때문이다.

빛나는 문장은 작가 수첩에서 나오는 경우가 많다. 평소 생활 속에서 만나는 좋은 장면이나 대화를 수첩에 적어 놓으면 작품을 쓸 때 딱 그 자리에 맞는 장면을 찾아 쓸 수 있다. 평범한 추어탕을 진하게 살리는 산초처럼, 냉면 맛을 대번에 승격시키는 식초나 겨자처럼 궁합이 잘 맞는다면 좋은 소스가 된다. 그런 요소들이 일상 속 여기저기에 산재해 있는데, 그런 무엇과 만나면 엄청난 시너지 효과를 불러일으킨다. 사람에게도 궁합이 있고 시절 인연이 있듯, 같은 상황, 같은 장면, 같은 대화도 적재적소에 배치되면 감칠맛 나는 참 소스가 될 수 있다.

몸에 붙은 대로, 손이 가는 대로 쓰려면 그만큼 습작기가 필요하다. 작품이 되건 안 되건 계속 써 나가는 게 중요하다. 문학에 대한 열정을 잃지 않으면 점점 키가 자란다. 토막토막의 시간이 무서운 것이다. 점차 자신에게 눈뜨는 것이 중요하다. '내가 이런 면이 있었어?' 자기가 지니고 있는 것을 발견해 나가는 과정을 통해 우리는 나다운 글을 쓸 수 있다. 나는 수업을 통해 뭔가를 주려 하지 않는다. '제발 당신은 당신이 되시오'라고 강조한다. 나를 좇아 나처럼 되는 게 아니라 너는 너답게 되는 것이다.

시간을 귀하게 여겨 꾸준히 열정을 가지고 쓰다 보면 해마다 성장해 가는 것이 보인다. 시간이 그렇게 선물을 남겨 주는 것이다. 남의 글을 열심히 봐 주는 것도 중요하다. '여긴 왜 이렇게 썼을까? 나라면 이렇게 썼을 텐데…' 내가 나의 신, 뮤즈를 훈련시키는 것이다. 원하는 마음이 있다면 신은 저절로 오는 것이다. 너무 당연한 이치다. 그사이 건방지거나 오만해지면 안 된다. 무당들도 건방지다 보면 자기 팔자는 못 고치는 것이다.

평범한 삶 속에서 나오는 문학은 위대한 것이다. 홍성 풀무학교는 '위대한 평민'을 지향한다고 한다. 그만큼 보통사람 되기가 쉽지 않다. 상식대로만 살 수 있으면 위대한 인간이라지만, 잘 사는 사람은 글을 안 쓰고, 글 쓰는 사람은 잘 못 사는 경우가 많다. 어찌 보면 신은 공평하다.

다행히 사람은 평생을 살면서 참 여러 번 변한다. 나도 많이 변해 왔다. 80년 가까이 살아 왔지만, 앞으로 한 번쯤은 또 변하지 않겠나 싶다. 우리도 탈피할 계기가 있다면 껍질을 벗어 보자. 그 껍질은 크느라고 벗는 것이다. 어제는 완전히 죽고, 오늘 새롭게 태어나는 것, 탈피의 과정을 수도 없이 겪는 게 인생이다. 탈피는 반복이 아니라 매번 새로운 탄생이다. 나도 눈을 번쩍 뜨는 가을을 맞았으면 좋겠다.

글쓰기는 자신의 공부, 경험, 체험이 없으면 영감으로 떠오르는 게 없다. 무의식 속에 잠재된 지식이 명상으로 가느다란 생각이라도 연결돼서 떨어지는 것이다. 뿌리가 있기 때문에 줄기를 뻗는 것이다. 그것을 받쳐 주는 게 있기 때문에 영감, 상상력, 깨우침으로 온다. 없는 데서 나오는 건 불가능하다. 자기다운 뭘 갖고 있기 때문에 갈등도 겪는 것이다. 누구나 자신이 가지고 있는 바탕의 범위 안에서 눈뜨는 것이다. 만일, 20세에 낸 책이 충분히 좋다면 그 사람은 이미 제대로 한 번 탈피한 것이다.

문학을 하는 데 가장 기초가 되는 것은 무엇일까? 바로, 문장이다. 구성을 잘해야 하고 삽화를 잘 선택하여 적절한 곳에 배치하는 것도 중요하지만, 그 모든 것을 제대로 하려면 우선, 문장의 기초가 되어 있어야 한다.

운동을 할 때 미리 준비 운동을 한다. 별로 힘이 드는 것도 아니고 본 운동과는 관계가 없어 보이는 준비 운동을 할 때 어떤 사람들은 불평을 한다. 빨리 본 운동을 하고 싶어 한다. 그 운동이 수영이라면 물 밖에서 팔다리를 흔들면서 운동하는 것이 재미있겠나. 물속에 풍덩 뛰어들어 시원하게 수영을 하고 싶을 것이다. 수영을 잘하는 사람이라면 그런 마음이 더욱 강하다. 하지만 별것 아닌 준비 운동을 소홀하게 해서 심장마비가 와 쓰러지거나 다치는 사람들이 종종 있다. 또 심하지는 않아도 팔다리에 쥐가 나서 고통스러워하기도 한다. 문장을 중요하게 생각하는 것도 그런 이유에서다. 아무리 멋진 글도 결국 한 문장 한 문장 이어져서 완성된다.

신입사원 면접 때 다양한 사람을 많이 겪어 본 인사 팀장은 그 사람의 인상이나 질문을 통해 답하는 모습을 보면 대략 그의 성격이나 능력을 파악할 수 있다 한다.

작품도 마찬가지다. 처음 한 장 읽다가 문장이 갖춰져 있으면 더 읽어 봐야겠다는 생각이 들고, 그렇지 않으면 아예 덮어 버리기도 한다. 장편도 마찬가지다. 작품을 심사할 때 앞 3~4장 읽어 보고 줄거리를 보면 거의 간파가 된다. 특히 첫 문장이 간판이다. 미식가들이 굳이 큰 식당을 찾지 않아도 오래된 간판이나 아주머니 행색이나 음식 만드는 동작을 보면 그 집의 맛이 대략 가늠되듯이 심사하는 사람들도 습작기를 오래 거쳐 산전수전 다 겪어 봤기 때문에 역량이 모자란 응모작은 거의 다 첫 문장에서 들킨다. 어떤 이는 표지에다 아예 '중요한 부분은 뒤에 있으니 끝까지 읽어주세요!' 이렇게 붙이는 사람도 있다. 그럴 경우 그냥 웃는다. 첫 장도 전체의 한 부분이다. 그러므로 첫 장만 좋은 걸 갖다 붙일 순 없다. 종합 검진을 가면 피 조금 뺀다. 약간의 피로 그 사람의 건강을 읽는 것이다. 첫 문장이 그렇다.

간장, 고추장, 된장을 친정어머니, 시어머니가 같은 재료로 담가도 맛이 다르듯 글쓰기도 자기 손맛을 낼 수 있어야 한다. 이문구나 김훈의 글은 한 장만 찢어진 페이지를 읽어도 누가 쓴 것인지 금세 알 수 있다. 이렇게 자기만의 문체를 개발해야 한다. 몸에 붙은 대로 자기 개성대로 써 나가서 자연스럽게 문장의 호흡과 내용이 하나가 되면 좋은 작품이 된다. 예술가는 철저히 나다워져서 내 스타일대로 날아가고 싶은 데로 날아갈 때 가장 빛나는 작품을 쓸 수 있다.

창작 세계엔 우연 없다

- 플롯, 개연성

"이카로스는 꿈을 꾸는 사람과 꿈을 이룬 사람의 모습을 다 보여 주고 있는 것 같아.
날아오르려는 꿈을 꿀 때는 그의 몸도 깃털처럼 가벼웠을 거야.
이카로스가 바다에 떨어져 죽은 건 태양 때문에 날개의 밀랍이 녹아서가 아니라,
꿈을 이룬 그의 몸이 더 높은 곳으로 날고 싶은 욕심으로 무거워졌기 때문일 거야."

- 이금이, 『유진과 유진』

데이먼 나이트의 『단편 소설 쓰기의 모든 것』을 보면 플롯에 대한 재밌는 예시가 나온다.

연립 주택에 사는 어떤 사람이 밤중에 신발을 벗으며 하나씩 바닥에 떨어뜨리는 습관이 있었다. 생각을 하며 벗느라 신발 두 짝을 떨어뜨리는 사이에 약간의 시간 간격이 있었다. 아래층에 사는 사람은 소음에 대해 수차례나 항의를 했다. 어느 날 밤, 무심코 한쪽 신발을 떨어뜨린 그 사람은 불현듯 아래층의 항의를 떠올리고는 다른 쪽 신발을 살그머니 바닥에 내려놓았다. 20분 후 아래층 사람은 괴롭다는 듯 울부짖으며 말했다.

"젠장, 나머지 신발은 대체 언제 떨어뜨릴 거야!"

힘 있는 플롯은 나머지 신발이 언제 떨어질지 모르는 심정으로 독자를 몰고 간다. 이는 책을 끝까지 읽게 하는 추동력이 된다.

중국 국경 지방에 한 노인이 살고 있었다. 어느 날 노인이 기르던 말이 국경을 넘어 오랑캐 땅으로 도망쳤다. 이웃 주민들이 위로의 말을 전하자 노인은 "이 일이 복이 될지 누가 압니까?" 하며 태연자약했다. 몇 달이 지난 어느 날, 도망쳤던 말이 암말 한 필과 함께 돌아왔다. 주민들은 "노인께서 말씀하신 그대로입니다." 하며 축하해 주었다. 그러나 노인은 "이게 화가 될지 누가 압니까?" 하며 기쁜 내색을 하지 않았다. 며칠 후 노인의 아들이 그 말을 타다가 낙마하여 그만 다리가 부러지고 말았다. 마을 사람들이 다시 위로를 하자 노인은 역시 "이게 복이 될지도 모르는 일이오." 하며 표정을 바꾸지 않았다. 얼마 지나지 않아 북방 오랑캐가 침략해 왔다. 나라에서는 징집령을 내려 젊은이들이 모두 전장에 나가야 했지만, 노인의 아들은 다리가 부러진 까닭에 전장에 나가지 않았다.

이는 우리가 자주 쓰는 새옹지마(塞翁之馬)란 고사의 유례다. 이 고사성어에 얽힌 변방에 사는 한 노인의 이야기가 좋은 플롯의 예가 된다. 우리가 노자의 『도덕경』이나 『장자』를 읽으면 시야가 상당히 넓고 멀다는 것에 놀라게 되는데, 좁은 시야로 보면 모든 일들이 우연으로 여겨져 원망하는 마음이 생기지만, 크게 보면 필연이다. 이런 이치로 세상을 보면 상대방을 폄하하거나 원망할 수 없다.

깊이 보고, 넓게 보면 자연스럽게 개연성이 생긴다. 남 탓도 줄어들고 작품 속에서도 단선적인 인물이 아닌 다충적이고 입체적인 인물, 경계가 모호한 선악을 체험하며 성장하는 인물을 창조할 수 있다.

삶은 오묘한 원리에 의해 돌아간다. 내가 야학을 할 때다. 돈이 떨어져 굶고 있을 땐 어김없이 문 앞에 누군가가 쌀자루를 놓고 가는 경험을 했다. 만일 수중에 백만 원이 들어왔다면, 얼마 전 나 갔던 돈이 들어오거나, 얘기치 못한 일로 앞으로 나갈 돈이 들어 온 경우도 있었다. 이런 삶의 원리를 깨닫게 되면 일희일비하지 않게 된다. 침묵하며 관찰하고, 아름답게 느끼며, 끌어안아 곰삭 히면 좋은 플롯의 소재로 활용할 수 있다. 깊이 있는 사건이나 웅 숭깊은 인물 창조로까지 나아갈 동력을 얻을 수도 있다.

모든 결과에는 원인이 있다. 똥도 그렇다. 지금은 비데로 씻어 내려 버리지만, 거름이 되면 맛있는 배로 열린다. 동시에도 쓴 적 이 있는데, 할아버지가 배나무 밑에 똥거름 듬뿍 줬는데 이듬해 얻은 배의 단맛은 어디서 왔을까? 똥이 꽃도 피우고, 그 꽃꿀을 먹 으러 벌·나비가 날아와 열매도 맺게 된다. 조금만 깊게 보면 다 필연이다. 비가 내려오는 것은 수증기가 올라갔기 때문이다. 그러 나 비만 보면 내려오기만 하는 것 같다. 그러나 바다, 땅, 산에서 수증기들이 올라가 비도 되고, 눈도 되고, 우박도 되어 내리는 것 이다.

인간의 삶도 주니까 받는 것이다. 욕심부리고, 나만 생각하면 고사(枯死)하게 된다. 나라와 나라 사이도 마찬가지다. 북한이 불안해하는 그 뒤에 중국과 미국의 패권주의가 있다. 뒤엔 사람이 있다. 사람이 하는 것은 전부 거짓이다(人爲之僞). 이는 노자 사상과도 통한다. 사람 인(人)에 할 위(爲)가 붙으면 거짓 위(僞) 자가 된다.

필연, 그 자연스러움에 대하여 논하려다가 인위적인 것까지 흘러갔는데, 우리가 흔히 환상 동화를 쓸 때 아무런 개연성 없이 환상 세계로 빠지는 경우가 많다. 하늘을 나는 연처럼 분방한 이야기라도 그 끈은 땅에 발을 딛고 서 있는 아이의 손에 들린 얼레와 연결되어 있어야 한다. 특히, 환상 세계로 들어가려면 이쪽에서 저쪽 세계로 들어가야 하는 이유, 즉 당위성이 독자들에게 이해되어야 한다. 왜 그렇게 해야 하느냐, 무슨 얘기 하려고 하느냐, 거기서 다루는 주제에 따라 그 이유의 밀도가 정해진다.

환상 세계가 현실 세계에 걸맞지 않으면 껄끄러운데, 환상은 거짓말이지만, 사리에서 크게 벗어나지 않도록 자연스럽게 써야 한다. 보통, 주인공이 현실 문제가 심각할 때 환상 속으로 들어가게 되는데, 환상 세계에서 나왔을 때는 그 누구 때문이 아닌, 내가 성장해서 문제가 해결된다. 내면의 변화가 곧 치유의 방향으로 연결

되면 좋은 플롯이 형성된다. 현실의 결핍에 간절한 소망을 담아 구체적으로 염원하면 환상 세계에서 성취되고, 다시 현실로 돌아왔을 때 상황은 변하지 않았지만 나 자신이 성숙해져 결핍을 극복하고 성장하게 되는 것이다. 터널을 빠져나오면 이미 터널에 진입하기 전 내가 아니다. 사실, 동화에서 판타지는 필수가 아니라 선택이다. 생선은 구울 수도 있고, 날로 먹을 수도 있고, 찌개로 끓일 수도 있다. 무엇을 어떻게 전달할까 하는 선택의 문제다.

유아 동화에서는 이환제의 『흥, 썩은 감자잖아!』처럼 에피소드는 많아야 두세 개 정도가 적당하고, 단순해서 줄거리가 선명하게 떠오르면 오히려 해석할 수 있는 의미 영역도 넓어지고 좋은 작품이 된다. 단건으로 보면 현실 세계에서는 우연이 빈발하는 듯하지만, 작품 속 현실에서는 우연이 많을수록 개연성이 떨어지고, 그만큼 설득력은 약해질 수밖에 없다.

작품 구성은 실에다 구슬을 꿰는 것과 비슷하다. 우선 구슬을 구하고 순서를 잘 맞춰서 어떤 걸 먼저 꿰고 어떤 걸 나중에 꿸지 정해야 한다. 제일 큰 것을 가운데 꿰고, 양쪽에 순차적으로 작아지는 구슬로 마무리해야 균형 있고 가슴 위로 도드라지게 올라오는 아름다운 모양의 목걸이가 된다.

작가가 의심 없이 중심을 갖고 가면 독자는 빨려들게 되어 있다. 그 중심을 지탱하는 힘이 무엇인지는 작품을 읽으면서 깨닫는 것이 좋다. 『한 달 전 동물병원』, 『한밤중 톰의 정원에서』, 『스노우맨』 같은 동화도 좋고, 에쿠니 가오리의 소설 『나의 작은 새』처럼 곧바로 환상 세계로 들어가도 전혀 어색하지 않은 작품을 참고하면 도움이 될 것이다.

성공한 작품은 절실한 부분에 가장 공을 많이 들이는데, 쓰나마나한 부분을 자세히 쓰고, 가장 자세히 써야 할 부분을 건너뛰거나, 기승전결을 25%씩 전부 자세하게 써도 재미가 없다.

장문식의 『돈 항아리』란 동화를 보면, 안다리라는 농부가 어느 날 '고된 일 안 하고도 잘살 수 있지 않을까' 생각해 논밭 다 팔아 복권을 산다. 아내는 화병이 나서 자리에 눕고, 서너 번 추첨이 지나도 소식이 없다. 사람들은 모두 안다리를 비난한다. 그러던 어느 날 경찰이 이 마을에 와서 오토바이를 타고 가다 당시로서는 큰돈, 천만 원을 잃어버린 사람이 있어 조사하러 왔다고 한다. 하지만 마을에는 범인이 없다. 그 후 농부들이 농사를 짓고 있을 때 안다리 아저씨네에서 갑자기 함성이 들려온다. 이유를 물으니 복권에 당첨되었다고 한다. 앓아누웠던 아내도 정말 좋아했다. 그날 저녁, 안다리 아저씨는 자기 집 마당을 파 항아리를 꺼내 안방으로 간다. 그러고는 아내에게 보여 주면서 연다. 그런데 쥐 한 마리가 뛰쳐나오고, 안에는 찢어진 돈 가루들밖에 없다. 안다리 아저씨는 절망하여 펑펑 운다. 사실 이 돈은 오토바이 탄 사람이 잃어버린 돈이었는데, 안다리 아저씨가 돈뭉치를 주워 숨겨 두고 복권에 당첨된 것처럼 꾸민 것이다.

이것이 플롯이다. 그냥 시간 순서대로 얘기하면, 거액 분실 사건 → 안다리 아저씨가 주워 신고해야 하나 갈등하다 감춤 → 논밭 팔아 복권 삼 → 어느 날 복권 당첨 소식 → 꺼내 보니 쥐가 쏠아 못쓰게 됨. 이렇게 시간 순서대로 얘기하는 것은 재미가 없다. 나중에 알고 보니 이렇더라 하는 것이 재미가 쏠쏠하다. 우리의 인생이 답을 찾아가는 과정, 즉 플롯과 닮아 있기 때문이다. 삶은 문제의 연속이고, 그것에 대한 답을 찾아가는 과정을 통해 우리는 깨달음도 얻고, 인생을 통찰하는 지혜를 체득하게 된다. 이야기도 이미 답이 정해진 것보다 답을 찾아가는 과정이 흥미로운 것이다.

황석영의 자서전『수인』도 인생의 순서를 뒤흔들어 놓았다. 감옥 얘기에서 툭 끊고, 민중 문화 운동으로 넘어갔다가 다시 감옥 이야기에서 이혼 이야기, 방북과 투옥 이야기에서 유년 시절 이야기로 넘어갔다가 베트남전 참전 이야기에서 다시 감옥 이야기로 이어지는 식이다. 자신의 삶을 단순히 시간 순으로 썼으면 재미가 덜했을 텐데, 다른 얘기하다 우회해서 그 이야기로 들어가다 보니 소설처럼 재미있어 한번 펼치면 놓을 수 없고, 아무 데를 열어도 흥미진진하다.

가장 극적인 플롯은 『사람의 아들』 같은 소설이다. 미국의 수사 드라마 CSI 시리즈처럼 먼저 죽은 시체가 등장하고, 그 사람이 왜 죽었는지를 추적하는 과정에서 비밀이 하나둘 밝혀지는 것이다.

스토리가 단순히 시간 순서대로 진행되며 이야기 뼈대를 세우는 것이라면, 플롯은 인과관계를 통해 호기심을 촉발할 수 있도록 끊임없이 "왜?"라고 묻는 것이다. 원인과 결과가 있는 스토리가 바로 플롯이다. 이러한 플롯이 탐정 소설에서는 극적으로 활용되면서 긴장감을 고조시키는 원동력이 된다.

물론, 플롯이 없어도 진솔한 이야기는 사람을 감동시킬 수 있다. 강석경 소설 『숲속의 방』을 보면, 사건이 일어나지 않는다. 플롯은커녕 줄거리가 거의 없다. 그러나 분위기, 문장이 사람을 끌어당기는 힘이 강하다. 자전적 이야기로, 해방 후 잘살던 가부장적 집안이 점점 무너지는 과정을 잔인한 장면도 흥분하지 않고 침착하게 그려 나간다. 다 읽고 나면 묵직한 슬픔이 느껴진다.

동화도 작품 전체가 풍기는 향기, 혹은 악취 때문에 뚜렷한 플롯이 없어도 놓지 못하게 할 수 있다. 2017년 한국일보 신춘문예 당선작 최수연의 「가정 방문」은 주인공이 좋아하는 지역 아동 센터 황샘이 찾아오기 전까지 술 먹고 문밖에 널브러진 아빠를 안방 이불 속에 감추고, 청소를 하면서 더러운 걸레는 부엌 대야 밑에 감추고, 선생님께 끓여드릴 라면을 담을 양은 냄비는 더 깨끗이 설거지하는 등 손님 맞을 준비를 하다가 골목 밖으로 마중 나가 저 멀리 선생님 그림자를 보고 달려가면서 끝이 난다. 특별한 사건 없이 치밀한 행동 묘사만으로도 결손 가정 아이의 사려 깊은 배려에 가슴이 아프고, 주인공의 고립된 상황에 충분히 몰입할 수 있게 한다.

작품의 구조와 우리의 인생은 하루 등산 과정과 거의 비슷하다. 아침에 일어나 옷 간단히 차려입고 커피, 물과 오이, 도시락 등을 가볍게 싸서 산에 가면 11~12시쯤 깔딱 고개에 닿고 숨이 턱까지 찬다. 그 고비만 넘어서면 산꼭대기 평평한 곳에 다다른다. 정상은 뾰족하지 않다. 경사가 진다고 해도 걸어갈 만하다. 이렇게 3~4시간 산에 오르다 보면 발이 절로 알아서 간다. 정상에 오르면 점심 도시락 까먹고, 커피 마시고, 오이 먹고, 담배도 피우고, 눈앞에 펼쳐진 운해를 보면 아름다워서 더 있고 싶다. 그러나 2시쯤은 하산 준비를 해서 5시쯤 집에 도착해야 발 닦고 밥 먹고 TV 보다 잘 수 있다. 하산 시간이 4시를 넘기면 도중에 힘 풀려 실족하여 다리 부러지기 쉽다. 글도 마찬가지다. 욕심부리면 후반부에서 끝을 못 내고 지지부진해지며, 작품을 망치게 된다.

동화를 쓸 때는 도입부부터 맥을 잡아야 한다. 처음부터 어떻게 쓸까 플롯을 늘 염두에 두고 외줄기로 쭉 이야기하면서도 생략과 과장을 통해 재해석과 재구성을 해야 한다. 해 아래 새것 없기 때문에 이미 있던 것이 후에 다시 있을 수 있고, 이미 한 일을 후에 다시 할 수도 있다. 따라서 하고 싶은 말이 무엇인지 놓치지 말고 필요한 부분은 살리고 필요 없이 불쑥 튀어나오는 인물들은 과감히 삭제하라. 초보자일수록 버리지 못한다. 다 제압하고 정작 하고 싶은 얘기 하나만 선택해야 한다. 언제든 주제는 하나여야 한다.

진정한 글쓰기는 퇴고 과정에서 이루어지는데, 초고에는 쓰고 싶은 것을 다 쏟아놓고 하나씩 지워 가서 기승전결 뼈대만 남긴 후, 가지만 남은 그곳에 묘사를 통해 정말 필요한 만큼의 잎과 꽃, 열매를 달아야 한다. 일단 몽땅 쏟아 놓고, 한 편 속에 주제가 두 개라면 하나를 약화시키고 하나를 강화하든지, 아니면 전혀 다른 두 편으로 쓰는 게 좋다. 작품은 단순화시키는 것이 좋다. 흥미로운 플롯도 중요하지만, 무엇보다 자연스러워야 한다. 표가 나면 안 된다.

동화는 훨씬 더 명쾌해야 한다. 어린아이들이 알아듣는 언어로 힘 빼고 써야 한다. 그래서 아동문학이 어렵다. 한 차원 정화된 감정으로 내려놓고 쓰면서 그 속에 재미와 의미를 담아야 한다. 그야말로 말년의 톨스토이처럼 농익었을 때 써야 하는 고급 문학인 것이다.

재미, 의미, 수미

시작과 끝, 그리고 사이를 잇는 매혹적인 과정이 없는 이야기는 서사 예술이 아니다

- 방현석, 『서사 패턴 959』

겨울철에 많이 먹는 과일로 귤을 들 수 있다. 한 개의 귤을 까 보면 그 안에는 작은 귤 조각이 여러 개 들어 있다. 우리는 다른 사람에게 귤을 주면서 "귤 먹어라."라고 말하지 "비타민C 먹어라." 하지 않는다. 귤을 작품이라고 본다면 속에 들어 있는 한 조각 한 조각은 이야기를 구성하는 크고 작은 삽화라고 말할 수 있다. 귤 조각이 하나하나 제대로 영글면 맛있는 귤이 되는 것처럼 삽화 하나하나가 핵심적인 의미를 구체화하며 꼼꼼하게 써질 때 좋은 글이 나온다.

귤을 먹는 것은 귤 속에 들어 있는 비타민을 섭취하여 우리 몸을 건강하게 만들기 위해서다. 그렇다면 귤을 맛있게 먹으면 결국 우리는 몸에 좋은 영양분을 얻게 되는 것이다. 아무리 귤이 몸에 좋은 영양분을 가지고 있다고 해도 너무 시거나 덜 익어 쓰고 맛이

없다면 먹을 수 없다. 글도 마찬가지다. 아무리 좋은 내용을 담았다 하더라도 흥미, 즉 재미가 없다면 읽을 수 없다. 우선 재미가 있어야 독자의 시선을 끝까지 붙들 수 있고, 재미있게 읽다 보니 결국 감동과 의미까지 얻을 수 있어야 한다. 이때 중요한 것은 재미와 의미가 피차 균등한 조화를 이루어야 한다. 재미가 승하면 상품(대중 문학)이 되고, 의미가 승하면 목적(구호) 문학이 되기 쉽다.

'이야기'의 어원이 '이약'이었다는 설이 있는데, 요새는 이가 아프면 치과에 가거나 진통제를 사 먹지만, 옛날에는 병원도 약국도 없었으니 아파도 참거나 억지로 빼낼 수밖에 없는 병통이 바로 치통이었다. 이럴 때 재미있는 이야기를 듣다 보면 극심한 치통을 잊어버릴 정도로 빠져든다 하여 '이약'이 연음되어 '이야기'가 되었다는 것인데, 그럴듯한 설이다. 치통을 잊어버릴 정도로 이야기는 재미있어야 한다. 여기에 감동과 적절한 메시지를 품고 있으면서 그 안에 인간이 추구하는 이상과 꿈을 담은 작품이라면 사람들의 마음에 울림을 줄 수 있다. 사람 냄새, 인간 냄새가 나는 글을 써야 한다.

안데르센 작품은 인간의 생각을 끊임없이 유도한다. 단편들은 굉장히 다의적이다. 그러나 요즘 문학 작품은 그런 것이 없다. 말에 의미가 없는 허언(虛言)이 많다.

결국 문제의식이 없다. 문제의식이 없으니 해석할 주체도 내용의 의미도 없는 것이다. 물론, 실제 존재하는 나무, 물, 꽃, 올챙이 등이 100점이지 그것을 옮겨 놓은 작품은 100점이 될 수 없다. 그러나 문제의식을 가지고 어울리는 그릇에 담아 재미와 의미, 수미(首尾)를 갖춘 완숙 지점에 도달하려고 끊임없이 분투 노력해야 한다. 보고 읽는 일에 자기 나름대로 해석하는 일이 이어지면 삶을 이해하고 세계를 이해하게 되고, 연애관 → 가정관 → 인생관 → 세계관 등의 자기 생각, 자기 철학이 자리를 잡게 된다. 그럴 때 비로소 해야 할 말이 생기게 되고, 그것을 적는 것이 글이다.

흐르는 시간은 시작도 끝도 없다. 삶은 지지부진하기 짝이 없지만, 소설이나 동화는 시작과 끝이 있어야 한다. 즉, 처음과 끝, 수미가 있어야 한다. 앞서 인용한 『서사 패턴 959』에서 방현석은 말한다. '독자에게 첫 장면은 소설의 시작이지만, 작가에게 첫 장면이란 소설 쓰기의 준비가 모두 완료된 다음'이라고. 처음과 끝, 그 속에 내가 할 이야기를 담아야 하는데 있는 그대로의 현실에서 소재와 인물을 가져와 요리를 하는 것, 이것이 체질화된 사람은 요령이 있어 힘이 안 들지만 초짜는 힘이 들고 엉뚱한 요리를 한다. 문인화를 그릴 때, 어느 정도까지 숙달되어야 쓱쓱 그려도 난의 이파리가 살아 있다. 처음 붓으로 그리면 막대기밖에 안 되는데, 수련을 통해 어느 부분까지 쌓이면 그때부터 작품이냐 아니냐, 작가냐 아니냐를 논할 수 있다. 예술적 상상력은 논리를 뛰어넘는 것이다. 소설이나 동화를 보더라도 좋은 글은 아귀가 딱 들어맞아 빈틈이 없다.

작품이 갖춰야 할 몸체는 곤충처럼 머리, 가슴, 배가 있어야 한다. 머리는 '이성과 이상'이라면, 가슴은 '감성과 감상'이다. 배는 '지금, 여기'라는 현실이다. 작품의 몸체가 튼실하면 제대로 깊이 읽기를 하여 독자 나름대로 해석할 여지를 남기고, 작품은 독자에게 가서야 비로소 완성된다.

재미, 의미, 수미 이렇게 3미가 갖춰지면 좋은 작품이지만, 요즘은 형식 파괴로 수미까지 따지기가 어렵다면 일반적인 아래의 요소로 나누어 작품의 요건을 따져도 좋다.

- 내용 - 재미(맛)
  - 의미(영양가)
- 형식 - 그릇

크게 내용과 형식으로 나누고, 내용은 재미와 의미가 있어야 한다. 음식으로 따지자면 재미는 맛이요, 의미는 영양가가 될 것이다. 그리고 형식은 그 음식을 담는 그릇이다. 일반적으로 내용과 형식이 잘 어울리면 보기만 해도 군침이 도는 맛있는 작품이 탄생한다.

201

인기 웹툰 작가 강풀은 스토리텔링의 세 가지 조건을 구성, 인물, 주제로 본다. 이 세 요소가 삼위일체가 되어야 좋은 작품이 나온다고 한다. 그는 짤막하게 2~3분 정도 분량으로 간추려서 남한테 소개할 정도로 짜여야 좋은 이야기라고 말한다. 줄거리가 안 잡히면 장편의 물이 오르지 못한 것이라고 본다. 다음으로 캐릭터가 아주 개성적이고 뚜렷해야 하며, 치밀한 구성에 리얼한 묘사가 더해져야 꽉 짜인 이야기가 만들어진다고 한다. 이렇게 삼위일체가 되려면 조사와 관찰, 독서를 통해 노동을 투여하여 한 문제에 집중해서 써야 한다.

중요한 것은 문학 청년이 초기에 가슴이 뜨거워 설사처럼 소화가 채 안 된 상태로 쓴 작품이라도 부끄러워하지 말고 계속 쓰면서 노력을 멈추지 말아야 한다는 것이다. 진솔한 삶의 이야기를 앓는 소리 하듯 시름시름 쓰다 보면 삶과 작품이 한결같아지고 이런 작품은 호불호를 떠나서 많은 이들에게 감동을 줄 수 있다. 초기 작품은 서툴러도 점점 세련되어 가면서 강풀도 되고, 권정생도 되고, 문순태도 되는 것이다. 성실은 가장 힘센 재능이다. 뜨겁게 잘 살다 보면 좋은 작품은 절로 나온다.

202

리얼리티에 재미가, 진정성에 감동이

좋은 글이란
벌써 내가 알고 있는 것입니다.
보는 순간 알아볼 수 있을 만큼
이미 낯익은 것이기 때문에
만나면 그렇게 반가운 것입니다.
말할 수 없는 것을 말하는 작가의 재주에 경탄하지만
우리를 정말 기쁘게 하는 것은
우리의 생각이 표현을 얻었기 때문입니다.
살며 느끼고 이해한 것만큼만
우리는 알아낼 수 있습니다.

- 구본형, 『나에게서 구하라』

누구나 개인의 경험은 특수한 것이지만, 그걸 보편적인 코드로 옮기는 게 작가다. 자기 경험을 가지고 쓰지 않고는 견딜 수 없어서 쓴 소설은 평론가들이 집어 낸다. 진정성이 있기 때문이다. 리얼리즘이 육체와 정신을 가지고 있고, 육체가 이야기 구조의 치밀함이나 묘사의 생생함 같은 것이라면, 정신은 바로 이런 진정성일 것이다. 어떤 이야깃거리는 가만히 놔둬도 우리 인생에서 자발적으로 막 튀어나온다. 사람은 누구나 제 몫의 나르시시즘과 리얼리즘을 갖고 산다. 그러니까 지위가 높건 낮건, 돈이 많건 적건, 어느 인생에나 판타지가 있다.

작가의 꾸며 내는 말은 창조인 동시에 모방이다. 그 사이에 개연성이 존재한다. 문학은 무책임하고 무의미한 허구가 아니라, 의미 있는 허구이다. 독자가 실제로 그 이야기가 진짜라고 믿을 수 있어야 한다. 그런 의미에서 글은 자기 얘기다. 남의 이야기를 써서 감동시킬 수 없다. 글 한 편 쓰기 위해 작가들은 거기에 완전히 빠져들어 디테일하게 묘사할수록 재미가 는다. 진짜처럼 새로운 일이 일어나면 눈, 귀를 기울이듯 리얼하게 사실적으로 그릴 필요가 있다. 감동은 진정성에서 온다.

우리들은 기복이 심하고 뭔가 예술적인 기승전결이 뚜렷한 작품을 쓰려고 너무 애쓰지 않나 생각하게 된다. 삶의 섬세한 장면을 자연스럽게 풀어 쓴 작품이 어떨까. 우직하더라도 진솔함이 힘이 된다. 얄팍한 것은 통하지 않는다. 틱낫한은 '무상(無常)'이라 했는데, 모든 생명은 항상 같지 않다. 변한다. 머물지 않는다. 이걸 수용하고 그 변화를 통해 체득한 깨달음을 글에 담아야 한다.

작가는 말하는 사람으로, 할 말이 있는 사람, 할 말을 쓰는 사람인데, 이런 할 말이 들어 있는 작품만 고른, 창비에서 나온 아동문고 대표동화 세트를 읽고 전범으로 삼는 것도 좋다. 요즘 써지는 아동문학 작품들은 할 말이 너무 없기에 할 말 있는 작품만 고를 필요성을 느껴 묶지 않았나 생각한다. 역사학자는 사실을 기록하지만 승자 편에 서기 쉽고 문학은 허구적 이야기로 말하지만 그 말은 진실이다. 허구지만 결국은 진실인 작품은 독자에게 가서 완성되는데 독자는 아는 만큼 읽으며, 작가는 아는 만큼 쓴다.

『시사IN』이라는 잡지를 보다가 무위당 장일순 선생의 일화 한 토막을 읽게 됐다. 생명 사상가인 선생 이웃에 한 할머니가 살았다. 장사하는 그 할머니가 기차 타고 오다가 원주역에서 소매치기를 당했다. 할머니로서는 큰돈이었다. 할머니는 선생에게 와 울며불며 하소연을 했다. 보기 딱했다. 그렇다고 선생은 어찌할 수가 없었다. 고민하다 못해 원주역으로 나갔다. 그리고 거기 그냥 앉아 있었다. 일주일 동안을 매일 출근했다. 매일 아침 출근해서 저녁때까지 거기 그냥 앉아 있었다. 아는 사람들이 까닭을 물어보기도 하고, 그래서 소문이 났다. 작은 동네니까 가능한 일이다. 일주일째 되는 날 드디어 그 소매치기가 선생 앞에 와 무릎을 꿇었다.

"제가 잘못했습니다. 쓰고 남은 돈이 여기 있습니다. 나중에 벌어서 꼭 갚겠습니다."

다음날 선생은 역전에 나와 그 소매치기를 소줏집에 데려갔다.

"내가 자네 영업을 방해했지? 용서하게."

동화 같은 이야기다. 오려서 스크랩하였다. '동화 같은' 게 아니라 동화였기 때문이다. 삶의 마당보다 더 진한 이론이 어디 있단말인가. 나는 이렇게 늘 책과 노닐며 삶을 읽고 모방한다. 이것이나의 동화 작법이라면 작법이다.

밭에서 방금 뽑아 올린 파는 싱싱하기는 하지만 상품은 아니다.그러나 너무 깨끗하게 다듬고 씻어서 팔면 의심이 간다. 농약을많이 뿌린 것은 아닐까? 씻는 물에 오래도록 변하지 말라고 무언가 약을 탄 것은 아닐까? 무엇이든지 너무 세련되게 보이려고 잘못 다듬으면 자칫 진정성이 떨어질 수도 있다. 포장을 어떻게 하느냐에 따라서 상품이 달라 보이는 것처럼 글을 쓸 때에도 어떻게쓰는 것이 더 효과적인지 생각해 보자.

큰 걸로 얘기하지 말고 김훈처럼 3,000원과 8,000원으로 이원화된 짬뽕 값으로 빈부격차를 보여 주듯 구체적인 것, 작은 것으로얘기해야 한다. 평소 소소한 것, 작은 것들을 주의 깊게 관찰하는눈을 가지면 만물에 관심과 시선이 간다. 큰 것은 누구의 눈에나

다 보이니 별 소용이 없다. 칸영화제 황금종려상을 수상한 ≪체리 향기≫의 압바스 키아로스타미 감독이 76세에 위장암으로 별세하기까지 평생 주의 깊게 살핀 것 역시 작은 것이었다. 작은 것 속에 큰 의미를 담았기에 그의 영화는 더욱 진정성 있게 다가온다.

집에서 아이들 건강하게 자라라고 멸치 좋은 것 사다 반찬 만들고, 피부에 탈나지 않도록 연식 있는 옷 입히는 것, 이렇게 살고 이렇게 써야 한다. 일상이 중요하다. 시골이라도 햇빛과 공기가 잘 통하는 집에 살아야 하고, 소소한 것들에 공들이고 관심 기울이며 사는 삶이 안정적이며 바람직하다. 그러나 지금은 큰 것 가지고 한몫 벌려 하고, 복권 집에 줄을 서서 산다. 그러니 늘 불안하다. 사람을 위해 돈을 '사용'하는 것이 아니라, 돈을 위해 사람을 '이용' 하다 보니 착하게 살았어도 지하도에서 노숙자로 죽어갈 수밖에 없는 인생도 생기는 것이다.

예전에 교육인적자원부가 있었는데, 어떤 목사는 "도대체 인간을 자원으로 아는 나라가 어딨나! 그것도 교육부에서." 이렇게 통탄한 적이 있다. 국가에서도 사람을 물건 취급하고, 사람들은 허욕에 빠져 너무 큰 걸 다루려고 과한 욕심을 부리다 보니 아무것도 아닌 얘기가 비일비재하다. 이런 현실을 꼬집고 리얼리티와 진정성을 담은 시 한 편을 소개하며 이 꼭지를 마무리한다.

서울역 지하도에 사는 거지가 영하로 내려간 새벽에 피를 토하고 엎어져 죽었다. 신고를 받고 달려온 경찰은 소지품을 찾았다. 동전 한 푼 없었다. 확인할 만한 신분증도 없었다. 뒤엉켜 끈적이는 턱수염은 길게 자랐고 몇 겹을 껴입은 찌든 옷과 몸에선 썩어 가는 냄새가 났다. 평생을 함께 산 동반자처럼 가슴에 꺼안고 있었던 것은 때에 절은 두터운 성경책이었다.

창세기부터 요한계시록까지 모서리가 닳아빠진 성경 말씀 중 단 한 곳(시편 백삼십일 편, 일이 절)에 빨간 줄이 그어져 있었을 뿐, 단서라고는 표지 다음 면에 기록된 '一九五七년 四월 十一일 노중섭 결혼을 축하함, 밑돌장로교회 김일훈 목사 증'이 전부였다. 전국 장로교회 교단의 네트워크를 다 뒤져도 그런 교회도 목사도 존재하지 않았다. 그리고 노중섭이라는 이름도.

현대문학 2009년 1월 호에 게재된 허의행 시인의 「시편 제 백삼십일 편」이다. 나는 성경(공동번역)을 펴보았다. 다윗은 다음과 같이 노래하고 있다.

야훼여, 내 마음은 교만하지 않으며
내 눈은 높은 데를 보지 않사옵니다.
나 거창한 길을 좇지 아니하고
주제넘게 놀라운 일을 꿈꾸지도 않사옵니다.
차라리 내 마음 차분히 가라앉혀
젖 떨어진 어린 아기, 어미 품에 안긴 듯이 내 마음 평온합니다.

참말 같은 거짓말, 소설
거짓말 같은 참말, 동화

한 알의 모래알에서 세상을 보고
한 송이 들꽃에서 천국을 보라

그대의 손 안에 무한을 쥐고
순간 속에서 영원을 간직하라

- 윌리엄 블레이크, 「순수의 전조」

소설은 이야기다. 그냥 이야기가 아니고 '참말 같은 거짓말', 현실에서 있을 수 있는 이야기라는 말이다. 여기에 비해 동화는 '거짓말 같은 참말'이다. 현실에서 일어날 수 없는 얘기인데, 거기 진실(참말)이 담긴다.

소설이 솔거의 노송도라면 동화는 박수근, 이중섭 화백의 그림 같은 것, 소설이 감나무를 푸른 감에 이파리까지 잔뜩 사실적으로 그린 것이라면, 동화는 까치밥 대여섯 개에 이파리 몇 개만 그린 것이다. 소설이 '이러하다'를 쓴다면, 동화는 '이랬으면'을 쓴다. 소설에선 김애란, 황정은, 서영은처럼 섬세한 내면적 심리묘사가 장점이라면, 아동문학에선 솔직·담백하게 그린 크레파스 그림 같아야 잘 읽힌다.

레오 리오니처럼 짧게 의인화하거나 담백한 비유를 통해 친숙하게 말할수록 어린이들이 마음으로 읽어 내고 책이 담고 있는 깊은 의미까지 찾아보려 노력한다. 예수님도 '나는 비유로 말한다'고 했다. 자기 진실을 효과적으로 나타내는 방법으로 사용한 것이다. 레오 리오니의 동화는 대부분 의인화된 동물들을 콜라주 기법으로 단순화하여 보여 주는데, 「코넬리우스」에서는 혁명, 배움, 새로운 인식의 출발을 태어날 때부터 직립 보행하며 걷기 시작한 악어가 기존 세계를 답습하는 악어들을 자극하고 변화시키는 과정을 통해 쉽게 풀어 낸다. 「내꺼야!」는 소유물이 '나'에서 '우리' 것으로 바뀔 때 진정한 평화가 온다는 사실을 개구리 삼 남매의 다툼과 화해를 통해 보여 준다. 이들을 일깨워 주는 두꺼비가 나중에 폭풍우에서 이들을 든든하게 지탱해 주는 섬이었다는 반전도 재미있다. 「물고기는 물고기야!」는 나답게 살 때 가장 편안하고 자유롭다는 것을, 개구리를 부러워하다 물 밖에 나가 죽을 뻔한 물고기의 깨달음을 통해 흥미롭게 그려 낸다.

소설은 리얼하여 많은 것을 알려 주지만, 오히려 동화는 글이 적어 행간을 읽도록 해야 효과적이다. 그만큼 독자의 몫이 커진다. 어른이 되면 쉽게 쓰기가 더 어렵다. 동심으로부터 멀리 떨어져 있기 때문이다. 그것을 회복하는 일이 동화 공부다. 그래서 동화 공부는 인간으로 가는 지름길이다. 욕심을 내려놓을 때 나를 발견하고, 내 안에서도 완전한 행복을 느낄 수 있다.

지금은 종영되었지만, 내가 즐겨본 '케이팝 스타6'에서 노래는 잘하는데, 자기 색깔이 없다고 계속 혹평 받은 이서진 양에게 박진영 심사위원이 처음으로 자기 소리를 찾은 기쁨을 이렇게 표현한다.

"참 노래하는 게 어렵죠? 맞아요. 우아 우아아 막 했는데, 사람들이 "치!" 이래 버리면 도대체 어떡하냔 말이죠. 바꿔 말하면 쉽게 안 해서 어려운 거예요. 말은 쉽게 하잖아요. 자기 목소리로 말하는 게 어려운가요? 누구나 자기 목소리로 말해요. 억지로 바꾸지 않는 한 자기 목소리로 말하잖아요. 두 번째, 자기 말투로 말하는 게 어려운가요? 굳이 바꾸지 않으면 자기 말투로 말하잖아요. 노래할 때도 자기 목소리로 노래하고 자기 말투로 노래하면 되는 거예요. 자기 목소리로 노래하고, 자기 말투로 노래하는 게 어려운 이유는 자기 원래 말투와 목소리에서 많이 벗어나 있기 때문에 돌아오는 게 어려운 거지. 그래서 생전 처음 노래해 본 친구들 시킬 때 우리가 원하는 게 나와요. 특히 이 방송에서 원하는 게. 그래서 맨날 래퍼들 노래 시켜 보면, 아 좋다, 변형이 안 돼 있는 거예요. 결론적으로 말하면 돌아오면 되는 거예요. 저는 오늘 처음부터 끝까지 서진 양 목소리를 들었어요. 아주 좋았어요. 아주 오랜 시간 걸린 것 같아요."

나는 모든 예술의 맨 위에 음악이 있다고 생각한다. 그다음이 시다. 동화는 산문시에 필적한다. 문명 발달과 더불어 더욱 밑으로 내려온 예술이 바로 소설이다. 눈물이 말이 태어나기 전 어머니가 쓰신 모국어라면, 듣기만 해도 눈물을 쏟을 수 있는 것이 음악이고, 그다음이 시고, 시를 가장 닮은 것이 동화다.

동화도 심도 있게 다루면 다의성과 상징성을 지닌다. 무거울수록 가볍게 풀면서 의미 너머 의미를 찾을 수 있어야 한다. 그러려면 배경 지식을 넓고 깊게 구축할수록 좋다. 제목을 지을 때도 핵심 내용은 감추면서 주제를 상징적으로 보여 줄 수 있는 것이 좋다. 특히, 동화의 제목은 주제나 소재가 작을수록 크게, 클수록 작게 지으면 그 묘미가 살아난다.

언제나 진실은 사실을 뛰어넘는다. 문학은 허구지만, 그 속에 진실이 숨어 있기 때문에 가치 있는 것이다. 그 허구 속에 숨겨진 진실이 삶에서 길어 낸 지혜와 성찰로 빛난다면 좋은 작품이다. 작가는 자기가 하고 싶은 이야기를 위해, 즉 진실을 효과적으로 전달하기 위해 이야기를 꾸민다. 그런데 픽션이기 때문에 더 공을 들여야 한다. 자기가 하고 싶은 이야기를 하기 위해서는 꿈을 꿔라. 현실인 것처럼 착각이 들 때까지 생각해야 한다. 그래서 작가 스스로 거짓이 아니라는 믿음이 들 때, 비로소 독자들로부터 공감을 얻어 낼 수 있다.

내가 쓴 소년소설 『다섯 시 반에 멈춘 시계』의 경우, 변기에 시계를 빠뜨린 앞부분은 사실이므로 리얼하게 적기만 해도 읽는 사람이 곧이들을 수 있으나, 뒷부분 아버지가 똥통에 빠진 시계를 건져 준 것은 픽션이다. 허구이기 때문에 더 치밀하게 써야 했고, 그렇기 때문에 생각을 많이 했다. 치밀함이란 절대 생거짓말이 아니다. 평소에 목수가 연장통을 가지고 다니듯이 작가는 늘 무엇이든 다 보아 두어야 한다. 목수가 모아 두었던 것을 꺼내 접착제로 붙여 요긴한 것을 만들듯 평소에 잘 봐 두고 메모를 해 두어야 나중에 요긴하게 쓸 수 있다. 내 작품도 전반부의 시계를 변소에 빠뜨린 부분만으로는 이야기가 될 수 없다. 아들의 누명을 벗겨 주기 위해 아버지가 똥을 퍼내는 이야기(허구)를 덧붙임으로써 잃어버린 시계를 되찾는 이야기는 우리가 잃어가는 가족 사랑과 휴머니티라는 '의미'를 지니게 된다.

우리가 김칫독을 묻을 때 지름 30cm 폭의 독을 묻기 위해서는 거의 3배 정도의 너비를 잡아서 판다. 그래야 파기 쉽다. 언뜻 생각하면 여분의 분량은 불필요한 부분이라고 생각할 수도 있지만, 그 불필요한 부분이 바로 필요한 부분을 만드는 것이다. 글쓰기라는 세상살이에 있어, 그 여분의 분량이야말로 무엇보다 필요한 자양분이다. 그 자양분이 없으면 옹색한 글밖에는 쓸 수 없다. 주변 학문에 대한 많은 소양이 필요한 것도 그 때문이다. 하나를 알아 하나를 만드는 것과, 수백 개를 아는 사람이 하나를 만드는 경우를 비교해 보면 같은 하나라 할지라도 질적으로는 많은 차이가 있다. 인생에 대한 이해와 깊이를 더할수록 글 또한 깊이가 생기는 것이다. 무엇보다 독자들에게 생각거리를 주는 동화를 써야 하는데, 우리는 동화를 만들려고 하는 게 문제다. 그건 작품이 아니라 상품일 뿐이다.

'아기를 낳는다'는 틀린 말이다. '아기가 나온다'가 맞는 말이다. 아기는 달이 차면 나온다. 낳는 게 아니라 나오는 거다. 시도, 동화도, 소설도 마찬가지다. 엄마가 밭이고, 거기에 씨가 떨어져야 열 달 후 나온다. 어떤 밭이어야 하느냐. 그 씨앗이 어떤 것이어야 하느냐. 글이 곧 그 사람이라는 말은 아주 무서운 말이다.

내가 어떤 문제에 의구심을 가지면 지독하게 파고들어야 한다. 스님도 화두 하나 가지고 몸부림친다. 마지막에 손가락을 깨물어 반야심경을 쓴다. 손가락을 촛불에 태우기도 한다. 모두 화두

214

가지고 씨름하는 일이다.

우선, 내가 누구인가를 아는 문제가 중요하다. 내가 나를 모르면 써도 소용없다. 무가치한 것이다. 민영 시인의 인터뷰 내용을 소개하면서 이 꼭지를 마친다.

"실험시나 해체시를 좋게 보면, 신선한 충격이나 자극으로 받아들일 수도 있겠지만, 모든 기존의 질서와 시 쓰기 방식을 부정하는 것은 문제가 있다고 보네. 물론 시가 기존의 방식과 인식에 사로잡혀 상투성에 빠지는 것은 경계해야겠지. 그런데 요즘의 시들은 너무 도발적이고, 공격적이고, 파괴적이어서 공감이 안 가. 결국 시는 시인과 독자가 시를 통해 공감하는 것인데, 무슨 말을 하는지는 알아먹어야 할 거 아닌가. 가장 고약한 것은 이처럼 해독 불가능의 시야. 이러다 시 쓰는 사람만 남고, 시 읽는 사람은 영영 사라지는 것은 아닌지 모르겠어. 삶에 대한 진실이 시의 진정성으로 나타나는 시, 그리고 시인 자신에게든, 독자에게든 정직한 시가 '좋은 시'라고 보네. 그렇지 않은가?"

- ≪경남작가≫, 2006년 여름 제10호

읽는 사람을 고통스럽게 만들어라

- 이웃의 상처를 내 것으로 환치시키는 피부 조직

지구는 한쪽으로만 돌아서 인간을 미치게 했는지 모른다.

정신 장애자가 아닌 인간은 이젠 이 지구상엔 찾아볼 수 없을 것이다.

다 미쳐 버렸는데 누가 누구를 가르치고 누구에게 배운단 말인가?

내가 쓰는 동화는 그냥 '이야기'라 했으면 싶다.

서러운 사람에겐 남이 들려주는 서러운 이야기를 들으면 한결 위안이 된다.

그것은 조그만 희망으로까지 이끌어 줄 수 있기 때문이다.

나는 판단을 잘못하고 있는지는 모르지만, 서러운 사람들은 우리 주위에 너무나 많다.

아이, 어른, 남자, 여자 할 것 없이 고달프고 원통한 것들뿐이다.

장애물을 하나 넘고 나면 더 큰 장애물이 우리를 가로막는다.

나는 왜 동화를 쓰게 되었는지 나 자신도 모른다.

언제 무엇이 계기가 되었는지 그런 걸 생각해 보지 않았다.

누구나 가슴에 맺힌 이야기가 있으면 누구에겐가 들려주고 싶듯이

그렇게 동화를 썼는지도 모른다.

- 권정생, 『오물덩이처럼 딩굴면서』, 1986

프랑스 갈리마르 출판사의 편집장이 지금은 고인이 된 이윤기 선생에게 좋은 한국문학을 소개하고 싶다는 제안을 했다. 이윤기 선생이 "어떤 것이 좋은 작품이냐?"라고 묻자 그는 "독자를 불편하게 하는 것이 좋은 문학"이라 말했다 한다. 나는 이 말에 적극 공감한다.

『25시』를 쓴 게오르규는 시인은 '잠수함의 토끼'라는 말을 했다. 독일 잠수함의 승무원이었던 게오르규는 물샐틈없이 막혀 있는 밀폐된 공간에서 생존에 필요한 공기의 양을 가늠하기 위해 기계장치가 개발되기 전, 공기에 민감한 토끼를 잠수함의 밑부분에 승선시켰다고 한다. 잠수함에 공기가 줄어들면 보통 사람들은 알아차리지 못하지만 토끼는 예민해서 알아차리고, 두 귀가 축 늘어지며 눈이 더욱 빨개진다는 것이다. 잠수함의 토끼처럼 정말 작은 징후도 놓치지 말아야 한다. 섬세한 어린아이의 시선으로 돌아가 이 시대의 아픔을 느껴야 하는 사람이 바로 작가다. 상처에 눈 감지 않고 외면하지 않는 사람이 되어 남들은 예사롭게 지나치는 일도 자기 일처럼 받아들여 글로 승화시켜야 한다. 그렇다고 질질 짜는 것도 물론 꼴불견이다.

그런데 글을 잘 써서 유명해지면 배가 불러서인지 그런 것이 안 보인다. 상처를 잘 받지 않고 각질이나 껍질을 뒤집어쓴 것처럼 잘 느끼지 못한다. 예술가가 등 따시고 배부르면 끝이다. 훨씬 진한 고통이 있는데도 모르고 지나간다. 무심, 무감각해지는 무통분만의 시대에 동조자가 되는 것이다.

문학 작품에서는 이웃의 상처를 내 상처처럼 환치시키는 피부 조직이 필요하다. 얼마든지 강조해도 지나치지 않다. 글감은 메모하면서 각인된다. 생각이 스칠 때 꼭 적어야 한다. 다시 노트를 펴면, 상황에 따라 아무것도 아닌 일이 상처가 될 수도 있다는 걸 깨닫게 된다. 작가는 수시로 그런 상처를 받는 게 좋다. 안 그러면 이야깃거리가 없다. 감각을 순수하게 닦아야 상처를 잘 받는다. 갓난이의 피부가 연해 금세 빨개지고 작은 것에도 쉽게 상처 입듯 작가의 감각은 아기 피부 같아야 한다. 작가는 그때그때 깊이 느끼고 상처가 되어서 말의 꼬투리가 열리는 사람이다. 잊어버리고 스쳐 지나가고 만 것들을 다시 상기하게 만드는 일을 하는 사람이 작가다. 다른 사람처럼 술 먹고 찔찔거리며 둔감하게 살면 작가가 될 수 없다. 자신에게 지워진 고단한 슬픔을 식물처럼 견디며 인간다운 길을 정직하게 걸어간 한 남자의 진솔한 일대기를 그린 존 윌리엄스의 장편소설 『스토너』나, 군사 정권의 폭압을 온몸으로 관통하며 쓰러진 민초의 삶이 얼마나 원통했는지 상기시켜 준 영화 ≪변호인≫처럼 잊혀진 진실과 마주하여 인간적 고뇌와 역사의식에 눈뜨게 하는 것이 작가의 책무다.

예수는 가장 작은 자에게 잘하는 것이 자신에게 잘하는 것이라 하였는데, 작가 정신과도 일치한다. 마크 허만 감독의 영화 ≪줄무늬 파자마를 입은 소년≫을 보면 1940년 2차 세계대전 당시 나치 광풍으로 무수한 유대인이 학살될 때 나치 장교를 아버지로 둔 8세 소년이 주인공이다. 소년의 이름은 브루노. 아버지는 히틀러에게 충성하여 진급을 하면서 도시에서 시골의 유대인 격리 구역인 게토의 관리자로 발령 나게 된다. 브루노는 이사를 앞두고 매일 저녁 화려한 승진 파티가 열리는데도 친구들과 헤어지는 게 싫고 우울하기만 하다. 그래도 어쩔 수 없이 아버지를 따라 시골로 이사를 가게 되고, 근처에는 친구가 하나도 없다. 너무 심심하여 뒷산을 가로질러 탐험을 떠났다가 하늘 높이 솟아 있는 철조망과 맞닥뜨리게 된다.

철조망 안쪽에는 줄무늬 파자마를 입은 유대인 소년 슈무얼이 힘없이 앉아 있다. 아무것도 모르는 두 아이는 철조망을 사이에 두고 친구가 된다. 둘은 체스 놀이도 하고, 브루노가 가져온 장난감과 음식을 나눠 먹으며 점점 더 친해진다. 마침 장교의 집으로 슈무얼이 그릇을 닦으러 오고, 브루노는 항상 배고파하는 슈무얼에게 빵을 준다. 그 빵을 훔친 것으로 오해한 관리 병사는 브루노에게 네가 줬냐고 묻지만 두려움이 앞선 브루노는 고개를 내젓는다. 결국 슈무얼은 병사에게 흠씬 두들겨 맞는다. 커다란 죄책감을 안게 된 브루노는 다시 금지된 게토 구역의 철조망으로 가고, 그곳에서 슈무얼의 아버지가 사라졌다는 말을 듣게 된다. 브루노는 같이 아버지를 찾아보자며 땅굴을 파고 자신의 옷을 벗어 줄무늬 파자마로 갈아입은 뒤 철조망 안으로 들어간다. 그러나 아무리 찾아도 친구의 아버지는 보이지 않는다. 다른 유대인들과 같이 가스실로 떠밀려간 두 소년은 영문도 모른 채 죽어간다. 뒤늦게 아이가 없어진 사실을 안 가족들은 온 산을 뒤지지만, 결국 브루노의 죽음을 막지 못하고, 소나기가 쏟아지는 철조망 밖에서 그곳에 벗어 놓은 아들 옷을 안고 오열하면서 끝이 난다.

우리나라에는 DVD로만 출시되어 극장에선 상영되지 않았지만, 실제 영화의 엔딩 크레딧에는 '관객들은 브루노의 죽음만 슬퍼하고, 더 많은 유대인이 죽은 것은 슬퍼하지 않는다'는 취지의 자막이 올라간다고 한다. 권력을 가진 어른들 맘대로 전쟁을 벌여 놓고 아무렇게나 생명을 다루고, 어린아이까지 전쟁의 비극에 떠밀려 희생되는 모습을 보면 할 말을 잃게 된다. 그리고 가슴속에 지금의 세상에는 게토가 없는가. 지금의 세상은 따돌림과 차별과 약한 자에 대한 폭력이 없는가. 순수한 아이들의 우정과 동심을 지켜줄 수 있는가. 의문을 품게 된다.

2006년 출판된 존 보인의 동명 소설을 원작으로 한 이 영화는 원작 못지않게 영화도 장면 장면이 갈등과 복선, 반전을 품고 있어 섬세한 연출이 돋보인다. 이 영화를 보면 꼭 같은 또래의 아이가 등장해 나치의 유대인 말살 정책을 풍자한 로베르토 베니니 감독의 ≪인생은 아름다워≫도 떠오르고, 홀로코스트의 참상을 사실적으로 그린 폴란스키 감독의 ≪피아니스트≫도 생각난다. 그리고 제1차 세계대전 당시 열아홉 꽃다운 나이의 청년이 죽었건만, 그날 사령부 보고서에는 '서부 전선 이상 없음'이라고만 적혀 전쟁의 무심한 폭력성에 진저리 치게 하는 레마르크의 ≪서부 전선 이상 없다≫도 떠오른다.

이처럼 억울하게 죽어간 영혼들이나 역사적, 제도적, 사회적, 경제적으로 소외된 사람들의 이야기를 대변하는 사람이 작가다. 그러려면 작가에게는 용기가 필요하다. 요즘은 모든 것이 거꾸로 되어 본질을 가리고 있지만, 작가는 그러한 사회 문제를 꿰뚫어 보고 이해해야 설 수 있는 자리다. 과부, 고아, 가난한 사람 등 약자 편에, 예수 편에 서서 그 자리에서 진실의 빛을 밝히는 사람이 작가다. 단편소설의 대가 오 헨리도 예술의 목적은 '인간애 구현'이라 생각해 「마지막 잎새」에선 평생을 무명으로 살던 노인 화가가 죽어가는 소녀를 살리기 위해 자신을 불살라 폭풍우 속에서 그려낸 담쟁이 잎 하나를 '베어만 할아버지의 걸작'이라 표현한다.

구스타프 융은 문학을 '집단의 꿈'이라고 했다. 광포한 세계를 살아가는 사람들이 그 속에서 겪고 있는 방황과 갈등 문제를 해결하고자 표현한 말이 바로 문학이다. 미래의 불안과 불확실성을 대신할 무언가가 필요한 사람들에게 문학이 필요한 것이다. 이는 이야기의 고전이라 할 수 있는 「아기 장수 우투리」와 같은 설화 문학에도 잘 드러난다. 지배자에게 핍박받고 꿈이 좌절되는 민초의 아들로 태어나 고통을 겪는 영웅의 삶을 통해 당시 백성들의 애환과 권력자에 대한 투쟁 의식을 엿볼 수 있다. 어찌 보면 우투리 설화는 예수 탄생 설화와도 맥이 통한다. 서정오의 『옛 이야기 보따리』 같은 설화집을 읽으며 재음미하면 얼마든지 현대 이웃들의 삶을 대변하는 새로운 이야기 소스들을 만날 수 있다.

잉그마르 베르히만(Ingmar Bergman) 감독의 1957년 영화 ≪산딸기≫에서는 성공한 의사로 명예박사 학위를 받기 위해 며느리와 차를 타고 가는 78세 노인 '이삭'의 하루 동안의 일을 로드 무비 형식으로 다룬다. 동화 『크리스마스 캐럴』처럼 시상식장에 가는 길에 예전에 살던 집도 들르고 곳곳에서 과거 자신의 삶과 조우한다. 그 사이 남 탓인 줄만 알았던 첫사랑을 동생에게 뺏긴 일, 부인의 외도와 정신병, 자식들과의 소원함 모두가 사실은 자기 탓이었음을 깨닫게 된다. 자신은 그저 평범하고 성실하며 이성적인 의사로 존경받으며 살았다고 믿어 왔으나, 그건 착각일 뿐 가족들에겐 차갑고 무관심하며, 이기적이어서 타인에 대한 관심과 사랑이 없는 냉혈한으로 살아온 것이다. 이 때문에 첫사랑과 부인, 자식마저 멀어진 사실을 깨닫고 깊은 회한에 빠진다. 또한 의사로서도 그동안 기능적 의술만 베풀고 환자에 대한 사랑이 없었음을 깨닫게 된다.

이 영화에서는 단순히 착실하게 이성적으로 사는 것은 잘 사는 게 아니며, '타인을 사랑하지 않는 것이 악'이란 생각으로까지 의식을 확장시킨다. 보통은 나에게만 머물러 있는 관심과 사랑을 가족 → 이웃 → 민족 → 인류애로 동심원을 점점 더 크게 그려 타인을 사랑하면 선이요, 반대로 자신만 알고, 자기 할 일만 해온 사람은 속죄가 필요한 이기적인 인간이라는 깨달음을 준다.

작가도 석가나 예수, 성인들처럼 시각이 나에게만 머물지 않고 이웃 → 백성 → 인류애로 나아가야 한다. 예술가는 창작 행위 자체가 선을 행하고 있어 종교인과 같아야 하지 않을까. 나는 지난 일생을 나 자신을 위해서만 살아 온 죄인이 아닐까 고민해 봐야 한다. 예수나 석가모니가 실천한 이웃 사랑, 인류애는 우리가 흔히 말하는 자기 구원을 한 차원 뛰어넘어 사회 구원, 인류 구원으로까지 나아간 것이다.

예술은 슬픔, 고통을 밑바탕에 깔고, 모든 쓴맛, 단맛, 신맛을 내는 음식을 차려 놓고 그것을 맛보게 하는 것이다. 다 읽고 나면 눈물이 날 수밖에 없는 작품도 인류를 구원한 것이라고 생각한다. 특히 아동문학에선 훌륭한 인격을 갖추고, 고루고루 먹을 수 있는 밥상을 차려 주는 것이 중요하다. 자비를 베풀고 인류에 공헌하는 작품을 쓰면 톨스토이처럼 좋은 작가가 될 수 있다. 영화 ≪산딸기≫의 주인공처럼 다 늙은 다음 깨닫는 것보다 지금 깨닫고 실천해보자.

동서양을 막론하고 고지대에 올라가면 같은 식물이 자라듯 서로 통하는 작품들이 있다. 『꽃들에게 희망을』, 『프레드릭』, 박완서 『7년 동안의 잠』…. 어디에 살 건 같은 생각을 하고 그것을 표현해낸다. 사실 우리가 다 알고 생각했던 이야기를 공감할 수 있는 언어로 써 내는 사람이 작가다. 우리가 생각 안 한 이야기는 재미가 없다. 결국 책 읽기는 확인하는 건지도 모른다. 언젠가 한 잡지에서 도정일 교수의 대담을 읽고 깊이 공감한 적이 있다. 타인의 아픔과 슬픔에 눈 감지 않고 글로써 인류애를 실천하는 작가로 나아가길 바라며, 그 내용을 소개한다.

도정일: (중략) 하늘이 무너져도 문학이 대응하기를 포기할 수 없는 일은 없겠는가? 있지요. 사람들의 가슴에 난 '상처'에 민감하게 대응하는 것은 문학이 절대

로 포기할 수 없는 태생적 과제의 하나입니다. 상처에 대응한다는 것은 아픔에 반응하고 고통에 반응하는 일입니다. 나는 인간의, 우리들 자신을 포함한 타자의 '헐벗은 얼굴'(이건 레비나스의 용어인데)에 대해 연민의 능력을 확장하는 것이 문학의 할 일이라고 생각합니다. 인간이기를 정지당한 자. 혹은 스스로 정지한 자의 얼굴이 헐벗은 얼굴입니다. 그 얼굴을 향한 연민의 시선은 키르케의 시선과는 정반대의 것이죠. 키르케의 시선이 사람을 돼지로 바꿔 놓는다면(자꾸 돼지, 돼지 해서 돼지들에게 정말로 미안한데) 연민의 시선은 거꾸로 그 돼지에게서 인간이기를 정지당한 자의 헐벗은 얼굴을 발견하고 그의 고통과 상처를 향해 가슴을 열게 하는 시선입니다. 이 시대에 누가 돼지냐고요? 우선 나를 보세요. 나는 딩딩하게 살 오른 돼지의 면상을 하고 있지만 사실 그 면상의 속내는 헐벗은 얼굴입니다.

이성천: 인간도 인간이지만 돼지를 바라볼 때의 시선의 교란, 혹은 시선의 반전이 발생할 수 있겠는데요? 돼지를 보면서 아, 저 녀석은 한때 인간이었을지 모른다, 이런 생각이 들면 돼지를 잡아먹을 수 있을까요?

도정일: 바로 그 점, 그 연민의 확장에 문학의 실천적 힘이 있습니다. 지금 우리는 사람들 가슴의 상처에 눈 감고 타자의 고통에 철저히 '둔감'해질 것을 강조하는 시대에 살고 있습니다. 교육조차도 그러합니다. 그러지 않으면 살아남지 못한다는 공포가 사람들을 짓누르고 있어요. 이런 시대에 맞서고 대응하지 않는다면 문학의 할 일이 무엇일까요? 요즘 공감이니 '정서 이입'(empathy)이니 하는 말들이 많이 사용되더군요. '엠파씨'는 타자에 대한 이해와 존중으로 삶의 조건속에 공존과 상생의 가능성을 넓히는 인간의 능력입니다. 이건 머리로 되는 일이

아닙니다. 무엇보다 소중한 것이 가슴의 능력입니다. 그런 능력을 잠들지 않게 하는 데 절대적으로 필요한 것이 문학이고 문학 교육입니다. 사회도 사회지만, 지금 우리 교육을 보면 중등 교육에서 고등 교육에 이르기까지 문학 교육은 거의 완전히 주변화되거나 천시의 대상이 되어 있습니다. 학교 폭력을 줄일 최선의 방도는 아이들에게 타자의 고통에 반응하고 상처의 아픔을 상상하는 능력을 길러 주는 일이죠. 중·고등학교 교육에 문학 교육을 되살리고 강화하는 일이 시급합니다.

- 『대산문화』 2012년 가을호, 문학은 '헐벗은 얼굴'에 대한 연민을 확장하는 것

안정을 깨고 비상하라
- 구성, 표현, 문체 등 실험 정신

대가나 장인도 처음에는 남의 것을 흉내 내거나 모사하면서 출발했을 것이다.

그러니 눈을 감고 상상해 보라.

그들이 자기 길로 접어들기 위해 얼마나 오래 걸은 뒤에

비로소 길 없는 길을 길보다 더 자연스럽게 가게 된 것일까.

- 박상우, 『작가』

내가 심사하는 한 문학상에서 본선에 진출한 어린이 문학 18편 원고가 왔는데, 이렇다 할 이야기가 없었다. 그래서 아침밥 먹으면서 그 얘길 했더니, 아내가 "요새 엄마들은 삶이 없어서 그래요."라고 하는 것이다. 삶이란 곧 인간관계인데, 나와 너, 그와 그녀와의 관계가 단절되고 모두 비슷비슷한 일상을 비슷비슷한 아파트에 살며 겪다 보니 특별하고 그럴듯한 이야기가 없는 것이다.

나는 ≪시와 동화≫라는 계간지를 1997년부터 발행하고 있는데, 우리 잡지는 크게 세 개의 중심 꼭지로 이루어져 있다. '동화, 동시, 이야기를 찾아서'가 그것이다. 특히, '이야기를 찾아서'는

이야기가 사라져 가는 시대, 이야기가 생기지 않는 시대에 이야기를 찾아야 하지 않나 하는 취지에서 만든 꼭지다. 작가라면 무릇 새로운 구성과 내용으로 새로운 이야기를 써나가야 하는데, 자꾸만 이야기가 사라져 간다. 종횡의 관계가 깨지고, 어른도 아이도 이웃도 없는 시대에 이야기의 종말은 어쩌면 당연한 귀결이다. 이야기는 너와 나와의 관계에서 시작되고, 어제와 오늘의 과정에서 생긴다. 그것이 소멸되어 가는 시대에 우리는 모래처럼 서걱대는 관계 속에서 각자 외딴 섬처럼 산다. 소설도 거의 사소설 쪽으로 작은 이야기를 섬세한 내면 심리로 그리는 유만 남은 느낌이다. 서사가 없어진 것이다. 서사는 과정과 관계에서 나온다. 그걸 되살리는 것이 작가의 일이다.

창작 동화는 특히, 매끄럽게 잘 썼는데 끝이 뻔한 것보다 서투르지만 새로운 것이 좋다. 신인이 아니더라도 창작은 새로운 것이어야 한다. 새롭다는 것은 헤르만 헤세의 『데미안』에서 알을 깨고 나오는 새처럼 한 세계를 파괴해야 가능한 소득이다. 현재 내가 있는 이 세계에서 탈출해야 새로운 세상과 만날 수 있다. 늘 여기 있으면 거기가 거기다. 뛰쳐나가야 새로운 사물과의 관계가 가능하고, 창작도 가능하다. 우리가 새로운 지방, 새로운 학교로 전학 갔을 때 화장실이 어디 있는지, 선생님이 누군지 모를 때 새로운 이야기가 발아하듯이.

카프카도 『변신』 작가의 말에서 '책이란 무릇, 우리 안에 있는 꽁꽁 얼어 버린 바다를 깨뜨리는 도끼가 아니면 안 된다'고 말했다. 참 신기로운 것이 한자 새로울 신(新)도 파자해 보면, 설립(立)에 나무 목(木), 도끼 근(斤)이 만나 '서 있는 나무를 도끼로 찍어 낸다'는 의미니, 연관이 없을 것 같은 동서양에서 새로움에 대한 통찰이 일맥상통한다는 것을 발견했을 때 나는 깜짝 놀랐다.

만일 안정을 추구하면서 새롭기를 바란다면, 무엇보다 내가 변해야 한다. 독서나 직간접적인 경험을 통해 오래 들여다보고 새로운 관점으로 접근해야 대상도 새롭게 보인다. 그러려면 어제의 내가 아닌 오늘의 나로 다시 태어나 변화해야 한다. 살아 있다는 것, 생명이 있는 것은 계속 변하고 성장하는 것이 자연의 이치다. 어제와 똑같은 것은 게으름에 대한 변명일 뿐이다.

요즘은 여기저기서 추천 도서를 권장하는데, 서울대 추천 도서 100권은 학생들이 읽기에 무리가 있는 작품이 많다. 그 유명한 셰익스피어 작품도 다시 읽으면 전혀 다른 내용으로 다가온다. 그만큼 체험 세계가 농익으면 새로운 해석이 가능해진다.

만일 자신이 흥미로운 소스를 발견했다면 그것에 대해 보고, 듣고, 느끼고, 조사하고, 연구하고 충분한 관찰과 통찰이 이루어지면 그것들의 에너지가 결국 문장을 만든다. 시각이 남다르다면 줄거리가 그다지 중요하지 않다. 조사만으로도 충분히 글을 만들 수 있는 경지에 이를 수 있기 때문이다.

이 사람, 저 사람 글이 같을 수밖에 없는 세상인데, 어떻게 남다를 수 있나? 결국 구양수 선생 말처럼 많이 읽고, 보고, 쓰고, 생각하는 바탕 위에 세상을 어떻게 살지가 가장 중요한 문제가 된다. 여기서 주의할 점은 문학을 위한 문학이 아닌, 삶을 위한 문학이 되어야 한다는 것이다. 예전에 농사일 할 때 논에 든 사람 3분의 2, 사물 패거리 3분의1이 함께 하며 모심으면서도 허리 한 번 펴고 노래하고, 일과 놀이가 결속되어 있었던 것처럼, 일과 글이 한 덩어리일 때 삶이 응축된 좋은 글이 나온다. 그러나 70년대 산업화 이후 일과 놀이가 노동과 레저로 분리되어 우리 삶의 형태가 바뀌면서 인간소외 문제가 대두된다. 모두 기성복 입고, 똑같은 아파트 살고, 정보도 다 공유하게 되었다. 비극이다.

그러다 보니 다 같은 상황에서 어떻게 다른 예술 작품 창작이 가능한가. 여러 복잡한 문제가 대두되었다. 다 일반화한 이때 어떻게 남달라질까? 그럴수록 노력과 관찰로 극복이 가능하다. 미문(美文)이 없어진 지도 오래됐다. 60년대까지만 해도 화려하게 꾸민 문체가 각광받았으나 지금은 담백하게 수식어 다 빼고 쓴다.

예전엔 신문도 몇 개 없었고, 그것도 4페이지뿐. 4면 문화면 좁은 지면에도 달마다 작품 평이 실렸는데, '문제작'이란 말이 흔히 쓰였다. 지금은 '문제작'이 없어졌다. 송미경의 『돌 씹어 먹는 아이』 같은 작품이 문제작이 된다. 문제작이 없는 게 문제다. 남다른 작품이 문제작인데 우리의 생활은 똑같다. 똑같은 삶을 살면서 어떻게 남다른 글을 쓸 것인가. 지금은 이야기가 없는 시대, 문제작이 탄생할 수 없는 것이 문제다.

이런 때일수록 치열하게 써야 한다. 『칼의 노래』의 첫 문장, '버려진 섬마다 꽃이 피었다'에서 '꽃이'와 '꽃은' 사이에서 조사 하나로 김훈이 치열한 고민을 했다는 이야기는 유명하다. 그래서인지 그의 작품은 어휘 골라 쓰기가 너무 적절하여 평이한 이야기인데도 읽다가 깜짝깜짝 놀란다. 그는 『칼의 노래』를 쓰기 전에 이순신의 기운을 받기 위해 그의 사당에 가서 3개월간 살았다 한다. 이 정도로 노력하다 보면 꿈까지 꾸게 된다. 자다가 영혼과 만나는 것이다. 그렇게 되면 죽은 자라도 넋이 되살아나 '시가 내게로 왔다'는 경지에 이르게 된다. 물론, 노력만으론 안 되고, 뮤즈가 오기까지 기다림도 필요하다. 그렇다고 너무 오랫동안 칼날을 벼려 갈기만 하면 날이 말려 못쓰게 된다.

나는 수업 시작 전 한 주간 한 일을 곧잘 묻는다. 내가 원하고 바라는 것은 이야기 나누다 보면 꼬투리를 발견하게 된다. 자기도 "어! 어거 쓰면 되겠네." 듣는 사람도 "그거 쓰면 되겠다!" 이렇게 좋은 소재를 찾는 계기가 된다.

외국 사서들이 연수를 와서 나에게 강연을 부탁했는데, 나는 미리 책을 만들어 번역해서 나눠 주었다. 1908년부터 지난 100년간 아동문학사. 그중 100만 부 이상 팔린 『나쁜 어린이표』, 『마당을 나온 암탉』, 『까막눈 삼디기』 등을 다뤘는데, 사실 우리 문학의 원류는 설화 문학에서 시작되었다. 남녀노소 불문하고 모두가 아는 얘기가 바로 『해와 달이 된 오누이』다.

권정생의 『곰이와 오푼돌이 아저씨』에서는 이 설화 문학이 독창적으로 변주되어 이념으로 남북을 갈라 놓는 외세를 앞뒷문 호랑이로 형상화한다. 우리나라는 대륙 세력과 해양 세력이 부딪치는 접점에 위치한 지정학적 문제 때문에 수도 없는 외세의 침입을 받았다. 이러한 우리나라의 특수성과 분단의 아픔, 민초들의 한을 잘 형상화해 문학사의 맥을 잇는 작품이 근래에는 없다는 것이 안타깝다. 후손들이 살아갈 세상도 지금처럼 바쁘게 여유 없이 살다 보니 웅숭깊게 사는 모습을 다루지 못할까 두렵다.

안정되면 돋보이지 않는다. 구성, 표현, 문체에도 실험 정신이 필요하다. 저항 정신이 들어 있어야 한다. 하나 마나 한 이야기는 말, 글이 아니다. 헌 말이 아닌 새 말을 해야 한다. 시각이 새로우면 언어도 새로워진다. 작품에 안정감이 있을 때 여기서 멈추면 대성하기 어렵다. 한 단계 더 나아가야 비상이 가능하다.

설익은 느낌의 작품은 재미가 없다. 농익은 맛이 나야 작품으로 대접받는다. 형식 면에서도 새로운 실험이 필요한데, 우리나라 아동문학은 기존 틀을 벗어나지 못해 답답하다. 오히려 퇴보하고 있다. 내용도 허술하기 짝이 없다. 이런 실망감이 또 다른 형식을 모색하게 만든다. "그래, 이런 것도 있구나!" 용기 있게 벗어난 사람들을 통해 배워야 한다.

예술가는 새로운 문장을 쓰려고 노력해야 한다. 체질, 문체를 확보한 것이 있더라도 또 다른 문장을 시도해 보는 게 좋다. 어미를 달리한다든지 한번 빽 소리를 질러봐야 한다. 나는 인사동 동화 모임에서도 글을 잘 써서 자기 마당은 이미 확보돼 있는 작가에게도 곁길도 가 보고 진창으로 빠져 볼 것을 권한다. 젊은 작가들은 앞으로 50년은 충분히 쓸 수 있으니 생명이 붙어 있는 한 살아 있는 작가 정신으로 새로운 문장, 멋진 구성으로 새로운 영역을 개척해 가다 보면 신경 쓴 만큼 좋아진다고 생각한다. 그러려면 실험 정신이 필요하다.

'새로움'은 내용은 물론 전달 형식까지 포함된다. 말만 하고 실천이 따르지 않는다면 빈말이 된다. 내가 먼저 본이 되고자 노력하고 있다. 그 예로 나의 장편 동화 『큰소나무』에서는 극본, 방송 대본, 시 형식을 혼용하였고, 『토끼의 눈』에서도 마찬가지였다. 『새가 날아든다』와 『동행』에서는 판소리 형식을 도입하였고, 『대장의 개』도 마찬가지 경우이다.

김려령의 『완득이』에서 새로운 문체를 실험한 후 청소년 소설의 전범이 되어 많은 아류작들이 생산되었지만, 새로운 것이 각광을 받았더라도 나의 것은 달라야 한다. 같은 내용과 이미 있는 재료로도 어떻게 요리하느냐에 따라 맛이 달라진다. 어떻게 요리할까? 창작은 요리다. 단, 공들인 요리다. 이문구처럼 씹는 맛, 읽는 맛이 있어 재료 자체의 맛을 지니는 것도 중요하다.

작품마다 작법이 따로 있다. 결국 전달이 문제다. 될 수 있으면 더 멋지게 전달해야 한다. 같은 내용이어도 그걸 어디다 푸느냐에 따라 달라 보인다. 큰 접시에 생화 하나 꽂듯 진짜 작품이어야 한다. 문장 하나, 단어 하나하나 고민해서 뛰어난 독자를 염두에 두고 써야 한다. 그러려면 작품마다 다른 방법론으로 접근해야 한다.

서순희 장편소설 『순비기꽃 언덕에서』는 앉은뱅이 장애를 가진

한 생명이 잔디처럼 살아가는 이야기 속에 현대 문명의 단면을 잘 보여 준다. 신은 공평하여 내가 한 가지 일에 몰두하고 정진하면 아무도 못 하고 나만 할 수 있는 것이 생긴다. 움직이기 불편한 주인공이 수를 잘 놓게 된 것도 그렇다. 자연스럽게 묘사가 되어 있는데 사심 하나도 없이 몰두하다 보니 자기 수가 눈에 띄고, 수예점에 내놓으면 팔리기까지 한다. 풀꽃처럼 가녀린 생명이 꽃까지 피우는 것을 보며 '사람은 아름다운 존재다. 생명은 성스러운 것이고, 사람뿐 아니라 동물도 마찬가지로 아름답다'는 깨달음을 준다.

장쓰안의 『평상심』을 보면, 바다에 사는 수많은 물고기 가운데 유독 상어만 부레가 없다고 한다. 부레가 없으면 물고기는 가라앉기 때문에 잠시라도 멈추면 죽게 된다. 그래서 상어는 태어나면서부터 쉬지 않고 움직여야만 했고, 그 결과 몇 년 뒤에는 바다 동물 중 가장 힘이 세졌다고 한다. 부족한 조건이 오히려 멈출 수 없는 이유가 되고, 그 멈출 수 없는 이유가 나만의 재능과 장점을 만든 것이다. 그것을 발현하고, 그 길을 찾고, 그 과정에서 얻은 즐거움을 나만의 방식으로 적었다면 당신은 이미 좋은 작가다.

'창조적 발상이란 이미 알고 있는 것을 낯설게 만드는 것'이라고 이어령 교수는 말했다. 사람마다 자신만의 체험에서 길어 낸 안목과 직관으로 자기 세계를 보며 산다. 그 시각이 누가 보아도 미숙아 상태에 머물러 있다면 좋은 작가가 되기 어렵다.

내 집 얘기를 곡진하게 쓰면 우리 집 이야기가 된다. 우리 집 얘기를 제대로 리얼하게 그렸을 때 다른 사람들은 새롭게, 낯설게 본다. 내 것을 내 눈으로 보고, 내 언어로 썼을 때 세상 사람들에겐 그게 낯선 것이다. 만일, 자신의 느낌을 언어로 표현할 방법이 없을 땐 꾸밈없이 진술하게 쓰는 것이 최고다. 이성복 시인은 '앞모습은 속일 수 있으나, 뒷모습은 속일 수 없다'고 말했다. 말이나 글이 유창하나, 알맹이가 없으면 독자는 믿지 않는다. 어눌할지언정 진술하게 이야기하라.

더 나아가 신념을 가지고 타인과 세계와의 관계를 회복해 치열하게 살고 쓰면서 스스로의 서사를 구성해 나가야 한다. 안개가 짙어도 해는 뜬다. 매의 눈으로 자신만의 안목을 갖고 집중과 몰입을 통해 얻어진 신세계는 안정을 깨고 비상할 날개를 달아 줄 것이다.

산삼이 돼라

늘 스스로에게 '나에게는 시간이 있다' 하고 다짐하며 살아라.

시간은 과거 현재 미래로 짜여 있다.

시간은 미래가 없는 존재들을 파괴한다.

시간은 자기를 완성시키려 하는 자,

자기의 영원한 미래를 창조하려 하는 자의 것이다.

인간은 유한한 존재이지만

자기의 눈으로 영원의 빛을 창안해 내는 묘법을 터득한 존재이다.

시인 소설가는 천기, 혹은 신의 뜻과 우주의 비밀 작법을 읽어 내는 존재여야 한다.

시인 소설가는 천기(신의 뜻, 우주의 비밀 작법, 혹은 율동) 누설자,

영원의 빛을 읽어 내서, 그것을 미처 알지 못하는 독자에게 누설(발설)하는 자이다.

영원의 빛은 진리 그 자체이다.

사랑하는 아들딸들아, 너희의 눈이 가지고 있는 빛으로 인해

비로소 해와 달과 별의 빛이 의미를 가지게 되는 것이란 점을 명심하여라.

그러려면 너희의 눈은 어떤 빛을 가져야 하는가를 생각하여라.

그것은 성인들이 말한 자비이고 사랑이고 어짊이고 도이고 그윽함이다.

- 한승원, 계간지 ≪문학들≫ 특별기고 '병을 미끼로 시(詩)와 신(神)을 낚는다'

도정일 교수는 '지금까지 발표된 모든 작품을 부정하는 데서부터 창작은 시작된다'고 말했다. 그러나 우리의 획일적 교육은 똑같은 교과서로 비슷비슷한 내용을, 튀는 걸 싫어하는 학교에서 수년간 공부시켜 왔다. 고만고만한 삶 속에서 줄 세우기에 급급하다 보니 개성 없이 평범한 정신에 물들어 버리고 말았다. 한날한시에 심은 삼밭의 인삼은 키도, 간격도, 나이도 같다. 2년생은 2년생대로, 3년생은 3년생대로 똑같이 자라다가 4~6년이 지나면 밭에서 캐어져 약재로 쓰인다. 같은 해에 심어져 고만고만하게 자란 인삼들처럼 전통적으로 내려오는 방법을 답습해서는 산삼이 될 수 없다.

그래서 박연철 인권 변호사는 "인삼밭에 삼이 되지 말고 산삼이 돼라"고 말했다. 지금 시대에 필요한 작가는 자기 소신대로 인간의 길을 찾아 거꾸로 가는 작가다. 그러려면 산삼 같은 자기 시각, 자기 철학이 있어야 한다. 이는 지식이 아닌 체험을 통해 깨달은 지혜가 준 통찰력에서 온다. 이상, 뉴턴, 아인슈타인 등 한 시대를 풍미한 작가나 과학자는 당연한 것도 예사롭게 보지 않았다. 언제나 진리는 발아래 있다. 모든 것이 땅으로 떨어지지만, 그것도 달리 보면 만유인력의 법칙이 된다. 심사위원들은 인삼밭의 인삼이 아니라 산삼을 찾아 헤맨다. 지금까지와는 다른 작품을 찾지만, 대부분 신인답지 못하고 그동안 읽어 온 이야기와 다를 게 없다.

작가는 현실의 긴 잠을 깨고 살아 일어나는 정신을 가져야 한다. 그러려면 무엇보다 혼자 있는 법을 익혀야 한다. 현대 사회는 잠시도 홀로 있게 놔 두지 않지만 훌훌 털어내고 혼자 떠나라. 나는 지금 생각을 하며 살아가고 있는가? 불안에 떨지 않고 불평하지 않고 흔들리지 않는 중심을 지니고 나의 길을 가고 있는가? 지금, 여기, 나로서 깨어 있는가? 살펴볼 필요가 있다. 자신을 한번 돌아봐라. 죽어 있으면 아무것도 볼 수 없다.

자신과 대면하여 제대로 살아 있기 위해선 휴대폰도 컴퓨터도 없는 절대 고독 속에서 홀로 깨어 있을 수 있어야 한다. 세상에 휩쓸려 살면 홍수가 졌을 때 떠내려 가는 나무토막과 같다. 눈을 뜨고 다녀라. 눈을 뜬다는 건 살아있다는 것이다. 우리가 무엇인가 읽지 못하고, 세속에 빠져서 건둥건둥 달려가는 것은 극단적으로 말하면 죽은 것과 마찬가지다. 세속에 빠져 남들과 같이 생각 없이 사는 것을 경계해야 한다. 날마다 그 누구도 아닌 내 방식대로 치열하게 살다 보면 세상이 달리 보일 것이다.

나훈아와 너훈아가 노래 실력은 비슷한데 서로 다른 대우를 받는 것은 자기 노래를 부르느냐 남의 노래를 흉내 내느냐의 차이란 칼럼을 읽은 적이 있다. 가수가 자기 노래를 불러야 하듯 작가는 자기 글을 써야 가치가 있다. 자기 글이란 글쓴이의 진솔한 생각과 삶이 묻어 있는 글을 말한다.

모든 사람들이 욕망의 대상을 향해 뛰어갈 때, 멀뚱히 지켜보며 그건 아니라며 손 흔들고 다른 길을 갈 수 있어야 한다. 한 사람 한 사람이 산삼이 될 때, 마더 테레사 수녀 같은 사람도 나오는 것이다. 그녀는 자신을 '하느님의 몽당연필.'이라 생각하며 그분의 뜻에 따라 가장 낮은 곳에서 불치병 환자들의 임종을 지키며 묵묵히 살다 갔다. 산삼 같은 삶은 자발적 행동으로 사람이든 사물이든 차별하지 않고 분별을 넘어 일체 만물을 한결같은 마음으로 대하는 것이다.

　　그러나 막상 우리의 삶은 작은 자리 양보조차 어렵다. 내가 사는 부천에서 지하철을 탔는데 '노약자석'이라 써진 곳에 젊은 아주머니가 입술을 새빨갛게 칠하고 멋 내고 앉아서 쿨쿨 잔다. 신도림역에 와서 문이 열리니 후닥닥 내린다. 앞에 70 넘은 노인이 선 것을 봐도 안 일어난다. '이 사람은 문맹이구나.' 반면, 인사동 수업을 가는데, 종각역 벽에 '좀 늦더라도 제대로 고치겠습니다.' 이런 문구가 붙어 있다. 눈에 확 들어와 반가웠다.

　　어떤 글이 눈에 띄는 것은 자기 생각을 가지고 있기 때문이다. 자기 생각이 없으면 존재감은 사라진다. 나도 생각을 해 봤다. 나는 자기가 있나? 자기가 존재인데, 자기가 없으면 존재도 없는 것이다. 나는 어렴풋하나마 있는 것 같다. 주제가 뚜렷하고, 거칠고,

사설 없고, 수식어 없고, 그런 나만의 특징을 갖고 있다. 그걸 사람들이 본 것 같다. 그래서 내가 40년이 넘는 세월 동안 작가로 살아 있는 게 아닌가 생각한다. 그러나 그 이상은 안 되는 것 또한 나다. 내가 원하는 것이 100이라면, 지금 내 생각은 79~81, 그 정도인 것 같다. 좋은 작가들은 다 자기 것을 가지고 있다. 90 이상인 작가들도 많다. 부러울 뿐이다.

작가는 자기 작법을 찾아 길을 떠나는 자이다. 그 길을 찾기 위해서 끊임없이 공부해야 한다. 억지로 하지 않고 재밌고 즐겁게 하는 자는 작법의 광맥을 찾아가는 길이 수월하다. 특히 먼저 걸은 자, 작품마다 다르지만 먼저 내 작법을 가진 자를 찾았다면 그 사람의 생애, 책, 논문 다 읽어 가며 연애를 해야 한다. 물론, 다른 여러 사람에게 좋았다고 나에게도 좋을 순 없다. 10개 중 1개가 좋을 수 있는데, 내가 관심을 갖고 봐야 내 눈에 들어온다. 주간 잡지 ≪시사 IN≫에 책 소개 코너가 있는데, 거의 빠짐없이 읽고 싶은 책이 눈에 들어온다. 온몸에 촉수 같은 안테나를 세우고 거기에 걸리는 걸 잡아라. 이렇게 우연히 자기가 좋아하는 책을 만났다면 그걸 읽어 보고 사물 읽기, 인생 읽기의 아주 중요한 공부를 하는 것도 좋다.

꼭 작가가 되지 않더라도 자신의 삶을 계속 성장시키는 사람은 눈에 띈다. 내가 아는 한 노인은 20대부터 지리산에서 중국 고서와 한의서를 계속 읽고 공부했다. 한의사 자격증은 없지만, 면허증 가진 젊은 의사가 운영하는 한의원에서 환자들의 얼굴과 사주, 진맥만으로도 그 사람의 인생 전반을 알아보는 신통한 능력을 가졌다. 눈빛이 형형하고 자태가 현묘한 그가 항상 옆에 끼고 아껴 읽던 책, 『주역』은 네 귀가 닳고 닳아 한번은 내가 그 노인에게 물어보았다. "그렇게 오랜 세월 읽었어도 또 읽을 것이 있나요?" 노인은 이렇게 답했다. "이 책은 볼 때마다 새 책일세." 나는 그 말을 듣고 '이분은 죽을 때까지 성장하고 있구나.' 생각했다. 날마다 성장하고 익어 가기에 같은 책도 날마다 다른 의미로 다가오는 것이다.

한길사에서 나온 『간디 자서전』을 보면 자신의 흉허물을 여과 없이 보여 주고, 그러한 인간적 면모를 바탕으로 참사람의 위대함을 실현한 간디를 만날 수 있다. 성서가 어둠과 빛을 다 담은 역사의 과정을 기록한 이야기이기에 위대하듯, 간디도 자신의 실수를 실수로 끝내지 않고 끊임없는 진리파지로 날마다 자신을 돌아보고 새롭게 태어나 진리를 사랑(비폭력)으로 실천하여 사회 변혁을 이끌며 성인의 경지에 이른 사람이다.

인간은 누구나 잘못하고 실수하나, 그것을 회개하는 자와 회개하지 않는 자로 나뉜다는 말을 들은 적이 있다. 자신의 생각이 펼

처지는 관계의 거리만큼 종교는 자신의 인성에 기여한다.

수많은 진리 실험을 통해 간디는 생활 종교를 갖게 되고. 삶을 잇는 행동의 방향성을 갖게 됐다. 그는 뿌리에 묶인 자가 아니라 뿌리를 내릴 줄 아는 자, 더 깊은 생명과 인권을 품을 수 있는 자로 거듭났다. 매일 새롭게 태어나듯 작은 일, 감정을 하나도 놓치지 않으면서 자기 발전의 자양으로 삼은 것이다. 이처럼 산삼 같은 자기 철학에서 길어낸 오롯한 삶만이 산삼 같은 글을 잉태한다.

물이 물길을 만든다
- 삶의 내용 절실하면 형식은 절로 따라와

인간의 삶에서 가장 중요한 두 날짜는
자신이 태어난 날과,
자신이 왜 태어났는지 알게 되는 날이다.

- 마크 트웨인

천체 물리학자 스티븐 호킹이 옥스퍼드 대학교의 졸업반이었을 때, 계단에서 굴러떨어지는 어이없는 사고를 겪기 시작한다. 이런 사고는 케임브리지에 와서 더 심해졌다. 그의 어머니는 의사의 진료를 권했고, 의사는 호킹이 흔히 루게릭병이라고 불리는 근위축성측색경화증(ALS)이라는 희귀병을 앓고 있다고 진단했다. 이때 그의 나이 겨우 21세. 의사는 그가 앞으로 2년 정도의 시한부 삶을 살 것이라고 예견했다. 그렇지만 그는 좌절하지 않고 삶에 더 적극적이었다. 그는 이때를 다음과 같이 회고한다.

그 당시 내 꿈은 혼란스럽기만 했다. 내 상태에 대한 진단이 내려지기 전까지 나는 삶에 대해 지겨워하고 있었다. 가치 있는 어떤 것도 할 일이 없어 보였다.

그렇지만 내가 병원에서 나오자마자, 나는 내가 처형당하는 꿈을 꿨다. 갑자기 나는 내 사형 집행이 연기된다면 내가 할 일이 너무 많으리라는 것을 인식하게 되었다. 나는 스스로 놀랍게도 과거보다 지금의 나의 삶을 더 즐기게 되었다.

'내 생애 가장 큰 업적은 살아 있는 것'이라 생각한 그는 루게릭병과 싸우면서 읽고 말하고 쓰는 것이 어려운 상태에서도 이론 물리학의 중요한 업적들을 출판해 현대 과학의 아이콘이 되었다. 그를 일으켜 세운 것은 삶에 대한 절실함이었다.

작품도 마찬가지다. 가장 좋은 작품은 인생의 가장 큰 위기에서 탄생한다. 물론, 자신이 지닌 것, 체험한 것이 없다면 아무리 절실해도 좋은 작품은 나오기 어렵다. 체험 세계가 농익어 응축되어 있는 상태에서 모든 것을 내려놓고 진실한 마음으로 썼을 때 비로소 좋은 작품이 나오는 것이다.

고전 연구가 박재희 교수는 '인문(人文)'이란 곧 '인간의 문양'이라 했다. 추운 겨울에도 자신의 문양을 잃지 않는 상록수처럼 어려운 역경에서 더욱 아름다운 문양을 만들어 가는 사람이 가장 위대한 문화적 인간이라는 것이다. 이처럼 자기만의 문양을 만들며 오늘 주어진 삶을 고맙고 절실하게 살았을 때 자신에게 맞는 문체와 형식은 저절로 따라오게 된다. 인위적으로 꾸미지 않아도 충분히 깊고 그윽한 자신만의 문양을 그리며 길을 걸어갈 때 생명력 있는 작품을 계속 써 나갈 수 있고, 더 이상 작법은 필요 없게 된다.

'작법(作法)'이란 말에서 '법법(法)'자에는 '물수 변(氵)' '갈거(去)'가 만나 '물이 흐르는 대로 간다'는 뜻이 숨어 있다. 이는 아주 자연스러운 이치로, 노자가 말한 도(道)와 통한다. 물이 흘러 물길을 만드는 것이 순리이듯 내용이 형식을 만드는 것이 자연스러운데, 내용은 그 누구의 것도 아닌 나의 인생이 오롯이 빨려 들어가 숙성되어 녹아 흐를 때 비로소 나만의 것이 된다. 그래서 '길을 길이라 하면 이미 길이 아니다'라고 하는 것이다. 이미 내 길이 아니기 때문이다. 따지고 보면 길은 없는 것이다. 사람이 다니다 보니 길이 생긴 것이지만, 그 길도 많은 사람이 다닌 길일 뿐, 나의 길은 아니다. 나의 작법은 내가 지닌 문양대로 걸어갈 때 비로소 내 길이 되는 것이다.

결국 인간이 삶을 만드는데 고전을 비롯한 다방면의 책을 읽고, 보고 듣고 느끼면서 참사람이 되어 가는 것이다. 그것이 내 작법을 갖는 길이고, 내 작법이란 것도 나아가서는 고정된 것이 아니라 작품마다 달라야 한다. 작법은 깨뜨리기 위해 있는 것이다. 좋은 작품을 읽더라도 '나는 네가 쓴 대로 쓰지 않고 내 작법대로 쓰겠다.' 이런 입장에서 받아들여야 떳떳하고 주눅 들지 않는다. 작가 소개에 학력 쓰는 것도 부끄러운 일이다. 권정생 선생처럼 좋은 작품으로 말하면 되지 모두 부질없는 짓이다.

나의 동화는 작법이 따로 없다. 그동안 나는 소설, 동화, 시나리오 등 장르 불문하고 글쓰기 작법 책을 백여 권은 족히 읽었을 것이다. 맨 처음 읽은 게 1932년 출판된 이무영『소설 작법』이다. 정비석『소설 작법』도 매력이 있었다. 나중에 보니 다 같다. 이렇게 많은 이론서를 읽었지만 마지막에 얻은 결론은 창작에 이론이 있을 수 없다는 것이었다. 수학이 아닌 다음에야 '무엇은 무엇이다'라는 등식이 어찌 가능하겠는가? 만약 있다 해도 그것은 그들의 이론일 뿐 나의 이론은 될 수 없다. 그러므로 나는 나의 이론을 가져야 하고, 더 나아가 작품마다의 작법(이론)은 물론 문체까지도 각각이어야 할 것이다.

≪악스트(Axt)≫란 잡지에서 천명관도 '선생들이 한국 문학 망치고 있다'고 얘기한다. '이렇게 써야 한다'는 모범적인 틀에 맞는 소설이 당선되다 보니 신작도 그게 그것인 소품이 되어 버린다. 배운 대로 쓰면 그 사람 아류밖에 되지 못한다. 선생님께 배운 것 내버리고 내 것, 자리 잡은 것마저도 깨부숴야 진정한 내 것이 된다. 임제 선사도 '길을 가다 조사(祖師)를 만나면 조사를 죽이고, 부처를 만나면 부처를 죽이라(殺佛殺祖)'고 말한다. 여기서 조사는 우상이다. 우상을 부쉈을 때 진짜 부처를 만난다.

죽으면 선물만 남는다
- 더디 가도 누군가에게 선물이 되는 작품을 써라

봄이면 산에 들에 피는
꽃들이 그리도 고운 줄
나이가 들기 전엔 정말로
정말로 몰랐네

내 인생의 꽃이 다 피고
또 지고 난 그 후에야
비로소 내 마음에 꽃 하나
들어와 피어 있었네

- 양희은 작사, 〈인생의 선물〉

두 사내가 산을 올라간다. 한 명은 동쪽에서, 다른 한 명은 서쪽에서 술 지게를 지고 찰랑이는 막걸리를 한 동이 가득 싣고 정상 바로 아래 지게를 부려 놓는다. 마주 보고 앉아 장사를 시작한 두 사내, 해가 중천에 떠도 술 한 잔 사는 사람이 없다. 심심해진 사내 하나가 맞은편 술장사에게 묻는다.

"거, 한 잔에 얼마요?"

"천 원이요."

"한 잔 주시오."

한참 뒤 다른 편 사내가 아까 받은 천 원을 들고,

"나도 한 잔 주시오."

이렇게 둘은 천 원을 주거니 받거니 하며 한 사발 두 사발 세 사발…. 계속 마시다 보니 어느덧 해는 서산으로 넘어가고 그제야 두 사내는 얼큰하게 취해 빈 술동이를 지고 털레털레 산을 내려간다. 우리네 인생도 마찬가지다.

죽으면 무엇이 남을까? 우리에게 남는 것은 현재 자기가 짊어지고 있는 50~100kg의 고깃덩어리와 작품만 남는데, 작품도 독자가 안 읽어 주면 끝이다. 결국 작품이 좋아야 한다. 생각해 보면 우리가 남에게 베푼 것만 남는데, 예술 작품도 남은 이들에게 의미가 될 때 남는다. 결국 죽으면 선물만 남는다. 천천히 가더라도 누군가에게 선물이 되는 작품을 써야 하지 않을까.

일본의 소설가 엔도 슈사쿠는 『깊은 강』, 『침묵』, 『백색인』 이렇게 세 권을 죽을 때 관 속에 묻어 달라고 했다는데, 누구나 이렇게 후대에 남을 수밖에 없고, 관에 함께 묻히고 싶은 책을 쓰고 싶다는 소망을 품는다. 그러나 그 꿈이 실현되려면 엔도가 『침묵』에서 말한 것처럼 누구나 할 수 있는 사랑을 넘어 '색 바랜 누더기처럼 되어 버린 인간과 인생을 버리지 않는 진정한 사랑'의 눈을 떠야 한다.

우리는 죽음을 두려워하지만, 진정 두려워해야 할 것은 삶 아닌 삶이다. 어떻게 죽어야 할지 배우게 되면, 어떻게 살아야 할지도 알게 된다. 루게릭병으로 죽기 전 제자에게 어떻게 살아야 참다운 것인지 매주 화요일마다 이야기해 준 모리 슈워츠 교수는 젊음이 부럽지 않느냐는 질문에 이렇게 답한다.

"내 안에는 모든 나이가 다 있지. 난 3살이기도 하고, 5살이기도 하고, 37살이기도 하고, 50살이기도 해. 그 세월들을 다 거쳐 왔으니까, 그때가 어떤지 알지. 어린애가 되는 것이 적절할 때는 어린애인 게 즐거워. 또 현명한 노인이 되는 것이 적절할 때는 현명한 어른인 것이 기쁘네. 어떤 나이든 될 수 있다는 것을 생각해보라구! 지금 이 나이에 이르기까지 모든 나이가 다 내 안에 있어. 그런데 자네가 있는 그 자리가 어떻게 부러울 수 있겠나. 내가 다 거쳐 온 시절인데."

이렇게 욕심을 내려놓고 자신에게 남아 있는 늙음을 단순한 쇠락이 아닌 성장으로 껴안고 친절한 미소와 따뜻한 사랑으로 인간애를 실천하고 떠난 그는, 죽은 뒤에도 『모리와 함께한 화요일』이란 책을 선물로 남겨 우리가 무심코 지나친 죽음, 가족, 감정, 나이 듦, 돈, 사랑 등의 개념을 재정립해 삶의 진정한 의미를 전 세계 독자들에게 일깨운다.

생명력 있는 작품은 삶의 이면을 깊숙이 파고든다. 교회의 종소리 뒤에서 기도를 발견하고, 덤프트럭 기사들의 고속 질주 속에서 그들의 지난한 저속의 삶에서 오는 분노를 읽어 낸다. 겉으로 드러난 표피만 읽지 않고 숨겨진 본질을 읽었을 때 그것을 '발견'이라 할 수 있을 것이다. 작가는 없어서 모르는 게 아니라 분명히 존재하는데 아직 찾아내지 못한 것을 일깨워 주는 존재다. 작가는 찾아 내는 사람이지 없는 걸 만들어 내는 사람이 아니다. 신처럼 창조자, 생산자가 아니라 이미 잉태된 것을 세상 밖으로 꺼내는 자이다. 분명히 있지만 다른 사람은 보지 못하는 것을 먼저 보고 다른 이들에게도 일깨우는 사람이 작가다.

선물이 되는 작품은 남이 쓴 데서 멈추는 게 아니라 한 걸음 한 걸음 뚜벅뚜벅 더 깊은 생의 이면 속으로 걸어 들어간다. 그 한 걸음 한 걸음을 내딛기 위해 얼마나 오랜 세월 고통과 수난 속에서 고뇌하며 살아온 걸까. 진짜 위대한 사람은 무덤도 없다. 가장 인간적으로 실천하며 살고 쓴 이문구, 권정생도 예수나 모세처럼 무덤이 없다. 어쩌면 고정된 장소에 묻혀 있지 않기에 영원히 우리와 함께 살 수 있는 건지도 모른다.

실천하는 사람은 죽어도 살고, 어디서든 다가서서 깨달음을 준다. 예수의 행적을 실패자의 인생으로도 볼 수 있지만, 실패했기에 오늘날까지 우리들의 가슴속에 살아남아 사랑을 실천하는 기적을 행할 수 있었다. 위대한 사람들에게 무덤이 없다는 것은 부활의 역설을 가능케 한다.

문학은 결국 자기를 찾아가는 길, 자기 구원의 길이다. 고통을 발설함으로써 거기에서 해방된다. 그것을 읽은 사람은 간접 경험이지만, 고통으로부터 벗어나 치유된다. 남의 아이여도 내 아이 아픈 것처럼 느끼면 그게 자기 이야기다. 마음이 일어나는 곳마다 깨달음이 있고, 그 속에 문학이 있다. 그것을 알아차려 글로 써내면 스스로 자유로워지고, 읽는 이들도 고통에서 해방될 수 있다.

타인을 사랑하고 스스로 살고 쓰는 사람의 이야기에 독자들은 감동한다. 결국 이 순간 내가 할 수 있는 일은 체험에서 비롯된 성장과 성숙을 통해 목적하는 일 아닌가. 일단 길을 발견하면 두려움 없이 앞으로 나아가야 한다. 절망과 좌절에는 반드시 뜻이 있다. 그 뜻을 발견하고 다시 출발하는 것이 진정한 용기다. 나는 죽을 때까지 낮에는 성장하고 밤에는 성숙하며 더디 가더라도 선물이 되는 작품을 쓰고 싶다. 끊임없이 길을 찾는 구도자처럼.

제3장
나를 키운 스승

읽을수록 젊어지는 고전

어떤 두 사람이 매우 밀접하게 결합되어 있을지라도
그들 사이에는 언제나 심연이 놓여 있다.
그 심연에 다리를 놓을 수 있는 것은 오직 사랑뿐이다.

- 헤르만 헤세, 『크눌프』

스승이란 어떤 존재일까? 어떤 스승은 머릿속에 기억되고, 어떤 스승은 가슴속에 기억된다. 할아버지께서는 "셋이 가면 둘 다 선생이다. 나보다 우매한 사람은 버려야 할 사람이 아니라 나의 거울이다. 나보다 나은 사람은 나의 스승이다." 이렇게 말씀하셨다.

유년 시절 콩서리하면 논둑에 검불 가져다 굽는다. 푸른 기 있는 콩이 익으면서 톡톡 터지면 호호 불어 가며 맛있게 먹는데, 함께 구워 먹던 친구 얼굴에 묻은 검댕을 보고 웃는다. 자기 얼굴에 묻은 검댕은 생각 못하고, 상대 얼굴이 시커멓다고 웃는 것이다. 대부분의 사람은 이렇게 자신은 못 보고 남의 허물만 보기 쉽다. 그러나 나보다 잘난 사람을 따르는 것보다 나만 못한 사람을 사랑하고 거두는 것이 무위자연(無爲自然)의 도다. 도는 오묘하고 현묘하다.

무위당 장일순 선생은 여기서 한 걸음 더 나아간다. 공자가 교학상장(教學相長), 즉 가르치고 배우는 사이에 스승과 제자가 함께 자란다고 했듯이, 사제 관계는 선생이 가르치는 게 아니라 서로 배우는 장이라는 것이다. 모택동도 민중 교화 때 적절히 인용했다. 의사와 환자가 병원에서 만나면 먼저 환자의 말을 의사가 들어야 한다. 그때는 환자가 의사의 스승이다. 그다음 의사가 진찰하고 처방을 내릴 때는 의사가 선생이다. 이렇게 몇 차례 위치가 바뀌는 동안 이 문제는 자연히 해결된다.

선생은 제자가 스스로 가진 능력을 틔워 주는 존재구나 깨닫게 된다. 실은 틔워 줬다는 생각조차 하지 않는 게 스승이다. 소크라테스도 나는 산파다. 이끌어 주는 것에 지나지 않는다. 이렇게 허물을 남기지 않는 선언을 했다. 선언은 무아(無我)적이다. 인위(人爲)적인 것이 아니다. 그럴 때 나는 사라지고, 내가 하는 것은 곧 도(道)가 하는 것이 된다.

그렇게 생각한다면 세상에 스승 아닌 사람이 없지만, 그중 나의 눈을 틔워 준 가장 큰 스승은 바로 할머니와 고전이다. 길을 가다 어떤 길벗을 만나느냐에 따라 인생길이 달라진다. 싱클레어와 데미안의 만남처럼 관계, 만남은 순간적이다. 나와 할머니가 같이 있었던 기간은 길지 않았지만, 인격이 형성되는 결정적인 시기에

벼락 치듯 만나 평생의 영향을 받게 된다.

프롤로그에서도 밝혔지만, 할머니는 내게 사물의 이치를 깨우쳐 주기 위해 이야기를 들려 주셨다. 모든 사물은 변하고 그 변화 속에는 반드시 어떤 의미나 이치가 있게 마련이다. 그러나 나는 그런 의미나 이치 같은 것은 까맣게 모른 채 밤마다 할머니에게 이야기를 듣곤 했다. 그러다 보니 대개 한 이야기를 재탕, 삼탕, 수십 번씩 듣게 되기 일쑤였다. 때로는 내가 이야기의 어느 부분을 지정하기도 했다.

"…심봉사 한양 맹인잔치 가는 데서부터 눈뜨는 대목까지…."

"다 알믄서 또?"

"응, 거기가 슬프니까. 아니, 재밌으니까."

"옛 야그 좋아하믄 가난한겨."

"그렇게 이번 한 번만!"

"맨날 한 번이지…."

그 '한 번만!'은 번번이 반복되기 일쑤였지만, 할머니는 매번 마다 않으시고 입을 여시곤 했다. 그러면 나는 이미 아는 이야기인데도 할머니 목소리를 통해 다시 듣는 이야기 속에 빠져 울고 웃다가 어느새 잠들곤 했다. 그러니까 나는 서가(書架)에 꽂힌 좋은 책을 다시 꺼내 읽듯 할머니의 이야기를 채근했던 것이고, 그 이야기 속에 녹아 있는 세상살이의 애환이나 사물의 이치에 조금씩 눈떠 왔던 셈이다.

때로는 어머니가 등잔불 밑에서 할머님께 읽어 드리는 육전소설(六錢小說)을 곁에 앉아 듣기도 했다. 때로는 집에 있는 유성기를 틀어 놓고 임방울, 이화중선의 목소리에 실린 춘향가 심청가 흥부가 토끼전 등의 판소리를 듣기도 했다. 이야기로, 책 읽기로, '소리' 듣기로, 그야말로 무척이나 다양한 방식으로 고전을 접했던 셈이다. 이 시절이야말로 내 생애에 있어 가장 풍요롭고 복된 부분이다. 하지만 할머니는 책을 읽는 것, 이야기를 듣는 것보다 직접 '보는' 것을 훨씬 귀히 여기셨다.

"보거라 아가! 자꾸, 많이 보거라. 잘 보면 보이거든(이치를 알게 되거든). 그래도 모르면, 잘 알 수 없거든 그때 물어. 그럼 할미가 아는 대로 얘기해 주마. 볼 수도 없고, 봐도 모르는 데다 할미마저 알지 못해서 대답할 수 없을 때, 그때는 읽는 수밖에 없단다. 늬가 책을 읽으면 할미도 잠 안 자구 동무혀 줄게. 알것냐?"

할머니가 하신 말씀을 정리하면 '보는 게 제일이고, 볼 수 없을 때 본 사람으로부터 얘기 듣는 것이 두 번째, 보도 듣도 못할 경우 비로소 이용하게 되는 것이 읽기'라는 말씀이셨던 것 같다. 실제로 할머니는 내가 책을 읽을 때면(그것이 만화책이었는데도 아시는지 모르시는지) 밤늦도록 주무시지 않고 내 속옷 겨드랑이 쪽의 이를 잡으며 '동무'를 해주시곤 했다. 이렇게 이야기의 재미에 흠뻑 빠져 나는 평생토록 읽기를 즐기는 문학도가 되었다.

항상 젊은 사람은 계속 읽는 사람이다. 내가 가진 거울에 따라 세상이 달리 비치는데, 보는 것은 곧 해석하는 일이므로 해석은 인문학적 소양이 몇 점짜리냐, 함량이 얼마냐에 따라 수준과 빛깔, 무게가 달라진다. 1%를 드러내기 위해서는 99%의 준비 작업이 필요하다.

경전은 지은이가 없고, 공감에 의해 전승된다. 모든 경전은 결집된 편집사를 갖고 있다. 거역할 수 없는 인류의 지혜만 모은 것이 경전이다. 그러나 문학 작품은 테크닉의 소산이다. 경전이 시라면 문학은 산문이다. 경전 읽기가 중요한 까닭이다. 읽고 나서 '아하!' 하는 것, 뿌리보다도 더 깊은 곳에 있는 거름이 문학에서 고전이다. 동·서양 고전을 골고루 찾아 읽는 일이야말로 좋은 거름을 주는 일이다.

조선의 유명한 학자들은 5세에 사서삼경을 떼었다는 등의 일화가 흔하지만, 조선 후기 유명한 시인이자 독서가 백곡(栢谷) 김득

신(金得臣)은 어린 시절 천연두를 앓아서 열 살이 되어서야 글공부를 시작했다 한다. 홍문관 부제학을 지낸 그의 아버지 김치(金緻)는 아들에게 용기를 북돋아 주면서 이렇게 말했다고 한다.

"득신아, 학문의 성취가 늦어도 성공할 수 있다. 읽고 또 읽으면 대문장가가 될 수 있다."

그는 아버지의 가르침대로 부단히 노력했다. 한 번 읽은 책을 1만 번 이상 반복해서 읽을 정도였으며, 특히 『사기』 백이전(伯夷傳)은 11만 3천 번을 읽었다는 전설 같은 일화도 전해진다. 이러한 각고의 노력 끝에 그는 늦은 나이인 58세에 급제해 정선군수, 동지중추부사를 지냈으며, 당대 최고의 문장가로 인정받았다. 그의 묘비명에는 다음과 같은 글귀가 적혀 있다고 한다.

배우는 이는 재능이 남보다 못하다고 스스로 한계를 만들지 마라. 나는 어리석었지만, 끝내 이루었다. 부지런해야 한다. 만약 재능이 없거나 넓지 못하면 한 가지에 정진해 한 가지를 이루려고 힘써라. 여러 가지 옮기다가 아무것도 이루지 못한 것보다 낫다. 이 모두 스스로 깨달은 것이다.

이처럼 평범한 인물을 대문장가로 만든 고전은 묵어 터진 게 아니다. 옛날에도 읽었지만 지금도 읽히는 것이므로 고전을 읽으면 늙지 않는다. 문학, 역사, 철학과 같은 인문학은 해답을 주지는 않지만, 작가가 작품을 쓰는 데 필요한 토양이 된다. 묘목이 토양이 좋아야 줄기도 튼튼하고 잎도 건강하게 피워 작품이란 열매를 맺는다. 인문학 양식에 신문, 문학, 종합 잡지도 보고, 웬만큼 눈 밝아지면 세상 돌아가는 이치가 보인다.

단, 해석력은 지식이 아니며, 공부를 많이 했다고 사물을 잘 보는 게 아니라 체험에서 길어 낸 지혜, 혜안 쪽에 가깝다. 우리에게 필요한 것은 지혜이고, 제대로 해석할 수 있는 안목도 여기서 나온다. 나에게 지혜와 혜안을 안겨 준 책. 사상 면에서 가장 큰 영향을 미친 스승이 된 책 몇 권을 소개한다.

내 인생의 빛이 된 책
-『두 노인』,『위대한 여행』,『생마르탱의 전나무』

모든 인간이 살아가고 있는 것은
모두가 각자 자신의 일을 걱정하고 있기 때문이 아니라
그들 속에 사랑이 있기 때문이다.

- 톨스토이, 「사람은 무엇으로 사는가」

　수많은 현자들은 '지금, 여기'를 강조하지만, 우리의 삶은 여기를 떠나 다른 곳을 바라보는 경우가 많다. 또한 필요한 만큼만 갖지 않고 더 많이 가지려고 한다. 그래서 필요한 만큼도 지니지 못한 사람도 생기고, 거꾸로 그들이 가질 걸 빼앗는 자도 있다. 그래서 1~2천 년 전 현자들도 '더 많이 갖지 마라, 더 못 갖는 자가 생긴다', '부자연스럽게 살지 말고 순리대로 살아라' 강조했다. 그러나 우린 순리대로 안 하고 억지 쓸 때가 있다. 그 억지 때문에 고통당하는 자가 있어도 알지 못한다.

　여기, 내가 사랑하는 세 작품은 주제나 인물, 구성이 많이 닮아 있다. 우리가 추구해야 할 삶의 가치를 쉽고 재미있게 전달하면서 다 읽고 나면 묵직한 깨달음을 준다. 이야기의 본보기로 삼고 수 차례 읽어도 좋다.

먼저, 톨스토이의 『두 노인』에는 예루살렘으로 성지 순례를 떠나는 두 노인이 등장한다. 고지식한 농부로 술과 담배도 하지 않고 평생 욕 한 번 한 적이 없는 엄격한 부자 예핌과, 젊어서 목수 일을 하다가 이제는 집에서 꿀벌을 치며 보드카도 마시고 담배도 피우는 명랑한 성격의 가난한 예리세이가 주인공이다. 두 노인이 멀고 먼 예루살렘 성지 순례를 가던 중 예리세이가 물을 얻으러 간 농가에서 질병과 기근으로 굶어 죽어가는 가족을 만나게 된다. 그는 차마 발이 떨어지지 않아 그곳에 며칠간 머물면서 자신의 빵을 주고 물을 길어와 정성껏 간호하며 밭과 말을 사준 뒤 몰래 떠난다. 돈이 다 떨어진 예리세이는 평생을 꿈꿔 온 성지 순례를 포기하고 집으로 돌아간다.

한편, 예리세이와 길이 엇갈린 예핌은 도중에 한 순례자와 동행을 시작해 천신만고 끝에 예루살렘에 도착한다. 지갑을 도둑맞았다고 말하는 순례자를 빌려 간 돈을 갚지 않으려는 의도로 알고 의심하며 갈등하기도 한다. 예핌은 6주간 묵으면서 순례를 하다가 기적처럼 많은 인파들 속에서 그리스도의 관 바로 옆에 두 손

모아 기도하는 예리세이의 모습을 보게 된다. 자신은 다다를 수도 없는 그곳에 이미 도착해 기도하는 예리세이의 모습은 황홀하게 빛난다. 그러나 인파를 헤치고 그를 쫓아가려 할 때마다 번번이 놓치고 만다.

예픔은 모든 성지 순례를 마치고 집으로 향하면서 예리세이가 물을 얻으러 갔던 작은 마을에 도착한다. 예픔도 긴 여행 끝이라 배도 고프고 목이 말랐다. 그때 한 소녀가 나타나 자신의 집으로 초대하고 극진히 대접한다. 예픔이 고마운 일이라고 칭찬하자 아이의 엄마는 고개를 저으며 이렇게 말한다.

"우리는 순례하시는 분들을 대접하지 않을 수 없습니다. 어떤 순례자께서 우리들에게 이 세상을 가르쳐 주셨습니다. 지난해 여름 우리가 병들고 굶어 죽게 되었을 때 하나님께서 아저씨와 비슷한 분을 보내 주셔서 우리를 살리시고 마침내 우리들을 기운 차리게 하신 후 밭과 짐수레와 말을 사 주고 훌쩍 떠나셨지요."

예픔은 그 집에서 하룻밤 묵기로 하고 잠을 청했지만, 잠이 오지 않았다. 예리세이의 선행과 예루살렘에서 세 번이나 특별 상좌에서 그를 보았던 일이 머릿속에서 떠나지 않았다. 그는 '내 정성을 하나님께서 받아들이셨는지는 알 수 없지만, 그 친구는 하나님께서 쾌히 받아들이신 것'으로 생각하고 다음 날 농가를 떠나 꼭 1년 만에 다시 집으로 돌아와 친구를 찾아간다. 그는 변함없이 꿀벌을 치고 있다. "무사히 잘 다녀왔나?"라고 묻는 예리세이의 질문에 예핌은 "몸은 갔다 왔으나 영혼이 갔다 왔는지 누가 알겠나?"라고 대꾸한다. 예리세이는 "만사가 하나님 뜻이야."라고 말하며 친구에게 꿀을 대접한다.

예핌은 자신이 만난 농가 식구들 이야기도, 그리스도 특별 상좌에서 친구를 보았던 이야기도 할 수가 없었다. 그는 깨달았던 것이다. 이 세상에서 한 사람 한 사람이 죽는 날까지 사랑과 선행으로 자신의 의무를 다하지 않으면 안 되며, 그것이 하나님의 분부라는 것을.

나는 여기서 예핌과 예리세이가 정반대의 성격을 지녔다고 생각했다. 예핌은 성실하게 사는 율법주의자로, 도그마, 교리 등에 얽매여 벗어나지 못하는 부자유한 사람이다. 그래서 성지순례도 자신의 목적 달성을 위해 끝까지 간다. 그런가 하면 예리세이는 자유인이다. 교리나 도그마에 얽매이지 않는 진정한 예수 정신을 갖고 있다. 예수도 율법에 얽매이지 않았던 사람이다. 예를 들면, 안식일에는 아무것도 하지 말라 하고, 생명이 더 중하다고 생각했다. 배고픈 사람은 먹어야 한다는 게 예수 사상이다.

예핌은 돈도 많고 성실하게 살아왔지만, 율법에서 벗어나지 못해 천국이 아닌 제국에서 산 사람이다. 그 제국이라는 것은 가롯 유다 같은 사람이 생각했던 나라다. 예수가 생각한 것은 유무상통하는 평등이었다. 이렇게 진리 안에서 평등하고 자유로운 사람이 바로 예리세이다. 그는 자연 속에서 순리를 따르며 살아왔고, 그렇게 아나키스트처럼 살아왔기에 굶주린 자에게 자신의 모든 것을 내어 주고 평생을 꿈꿔 온 성지순례의 꿈을 포기한 채 홀연히 일상으로 돌아올 수 있었던 것이다.

에자르트 샤퍼의 『위대한 여행』에도 이와 비슷한 두 부류의 인물이 나온다. 합리적이고 부유한 세 명의 동방 박사류와, 너무나 인간적인 러시아 작은 왕이 그들이다. 세 명의 동방박사는 아기 예수의 탄생을 축복하기 위해 낙타에다가 몰약, 황금 등 비싸고 진귀한 것들을 잔뜩 싣고 수행원을 데리고 길을 떠난다. 그러나 러시아 작은 왕은 개울가에서 얻은 사금과 손수 키운 벌꿀, 아마포 몇 필 등을 작은 토종말 바니카의 등에 지우고 홀로 길을 떠난다.

예수는 '부자가 천국에 가기는 낙타가 바늘구멍을 통과하기보다 더 어렵다'고 했는데, 왜 그랬을까. 부자라는 것은 결국 빼앗은 자로 보기 때문이다. 그리고 영혼이 자유롭지 못한 율법주의자인 경우가 많다. 그러나 러시아 작은 왕은 영혼이 한없이 자유롭다.

예수가 광야에서 40일 동안 금식하고 있을 때 악마의 시험을 받는데, 그걸 거부한 것처럼 러시아 작은 왕도 그렇게 자유로운 것이다.

앞서 소개한 『두 노인』의 예핌처럼 동방박사들은 기어코 예수가 탄생한 베들레헴까지 가서 구원자에게 선물을 바쳤을 것이다. 그리고 그것으로 여행 끝! 그런데 러시아 작은 왕은 그렇지 않았다. 당장 눈앞에 나타난 가난한 산모에게 예수에게 바치려던 아마포를 나눠 주고, 별을 따라가면서 만난 헐벗고 굶주린 자들에게 구원자에게 줄 선물을 모두 나눠줘 버린다. 고통받는 자들의 서러움을 외면할 수 없었던 작은 왕의 여행은 점점 더 늦어지고, 결국 벌들에게 꿀도 다 빼앗기고 사랑하는 말 바니카마저 죽어 버린다. 그래도 그는 밤이 되면 별을 따라 걸어간다. 마치 『두 노인』에서 물 먹으러 갔다가 눈앞에서 죽어가는 환자와 먹을 것이 없는 가족들에게 평생을 꿈꿔 온 성지순례 비용을 몽땅 쏟아 구원하는 예리세이처럼 그의 영혼도 그렇게 자유로운 것이다.

여기서 나타나는 게 인간의 본성이라고 생각한다. 그게 곧 예수 정신이기도 하다. 기어코 성지에 가야겠다는 목적으로 가는 게 아니라, 굳어진 생각을 갖지 않고 어린아이 피부처럼 유연하고 부드러운 생각으로 당장 필요한 사람들에게 자신이 가진 것을 전부 나눠 줘 버리는 것이다. 극적으로 보이지만 한없이 자유로운 것,

그것이 곧 도이고 진리인지도 모른다. 동방박사들이 보기에는 분명 이건 낭비고, 목적한 바에 대한 포기라고 생각할지 모르지만, 이것이야말로 인류애를 온몸으로 실천한 예수의 발자취를 그대로 따라가는 셈이 된다.

여기서 중요한 것은, 이 사람은 결코 위대한 인물이 아니라는 것이다. 작고 평범한 사람이다. 때론 불평도 하고, 실수도 하고, 우쭐거리기도 하고, 예쁜 여자 보면 결혼하고 싶고, 불쌍한 사람 보면 눈물 흘리는 보통의 인물이고, 무명의 인물이다. 그런데 이 사람은 영혼이 무한히 자유롭고 맑아 계산할 줄 모른다. 노예선에 끌려가는 아들을 보며 눈물 흘리는 과부 여인에게 사랑을 느낀 그는 여인을 위해 아들 대신 노예선에 탄다. 그는 곧 노예 생활이 끝날 거란 순진 무구한 생각으로 가볍게 자신을 던지지만, 결과적으로 30년 자기 전 생애를 희생당한다. 더 이상 노를 저을 힘도 남아 있지 않을 때 족쇄에서 풀려나 항구에 버려진 그는 장성한 그녀의 아들에게 구해져 기력을 회복하고, 거지 같은 행색으로 다시 별을 따라간다. 예수가 지상에 말구유로 내려와 신의 자리를 비워 두고 인간들과 만나 구원의 역사를 만들듯, 작은 왕도 30년 노예 생활을 통해 모든 것을 다 잃었을 때 비로소 예수를 만날 자유를 얻게 된다. 상당히 드라마틱한 구조다.

내가 이 책을『꽃들에게 희망을』을 사러 갔다가 우연히 발견하게 되었을 때 엄청난 충격을 받았다. 결국 노예선에서 30년간 모든 걸 다 잃고 자기를 완전히 비웠을 때 천국에 눈뜨게 되는 것이다. 꼭 누에의 일생처럼 생각되었다. 누에는 넉잠 자면서 왕창 먹고 살이 뒤룩뒤룩 찐다. 그러나 그것도 잠시, 회색으로 불투명하던 몸을 오줌똥 다 싸서 완전히 비워 낸 후 더 높은 섶을 향해 기어 올라간다. 그땐 몸뚱이가 가을 하늘같이 투명하다. 나뭇가지로 올라가 평생 먹은 섬유질을 실로 토해 내 자기 몸을 칭칭 감아 스스로를 감옥 속에 가둔다. 그 고치 안의 암흑 속에서 비로소 번데기가 되고 다시 나방이 되어 날개를 달고 나와 암수 교배하여 알을 낳고 죽는다. 러시아 작은 왕도 칠흑 같은 절망의 어둠을 견디면서 비로소 위대한 왕으로 거듭나는 것이다.

맨 마지막에 작은 왕은 예수를 십자가 밑에서 만나게 되는데, 가진 것도 없고 더 이상 숨 쉴 힘조차 남지 않은 그가 예수께 바친 것은 간절한 '마음' 뿐이었다. 사실 이 사람이야말로 진짜 예수에게 목숨까지 다 바친 사람이다. 낙타 타고 호텔에서 잠자며 비싼 선물 바치고 떠나 버린 동방박사들과는 비교도 안 된다. 이 사람은 30년의 전 생애를 바침으로써 결국 예수와 조우하는, 그래서 구원의 길에 이르게 되는 인물인 것이다. 그런데 그 구원의 길이라는 것이 곧 고난의 길이다. 고난의 길이면서 결국엔 영광의 길, 이것이 구원의 두 가지 의미다. 고난과 구원은 하나다.

최근 어떤 잡지에서 이인성 대담을 읽었는데, '오늘의 작가들은 고통을 모르고, 너무 약해서 피한다'고 하더라. 나도 그 말에 적극 공감한다. 러시아 작은 왕처럼 자기에게 오는 것을 모두 받아들이는 자가 얼마나 될까. 배고픈 사람들이 왔을 때 먹을 것을 다 나눠 주고, 안타까운 모정과 부딪혔을 때 자기를 던져 버리는 그런 인물은 결코 찾기 어렵다. 예수가 얘기한 '과부의 엽전 한 푼'도 생각난다. 수백억을 가진 부자가 1억이나 10억을 바치는 것보다 과부가 가지고 있는 전 재산인 엽전 하나, 500원짜리 동전 하나를 바치는 게 더 크다는 것이다. 그냥 전체를 바치는 것이니, 러시아 작은 왕의 이야기와 꼭 맞아떨어진다.

파울로 코엘료의 『생마르탱의 전나무』에도 러시아 작은 왕과 꼭 닮은 소년 하나가 등장한다. 2004년 12월에 조선일보 1면에서 이 짧은 동화를 발견했을 때 얼마나 기뻤는지 모른다. 이 작품에는 계산할 줄 모르고 훼손되지 않은 순수한 본성을 지닌 '어린이'가 등장한다. 예수 탄생을 기리기 위해 크리스마스트리 살 돈을 어머니께 받아 시장에 가던 아이는 마을을 지나다 홀로 사는 배고픈 할머니를 만나 돈을 조금 떼어 준다. 또 감옥 앞을 지나다가 죄인을 빈손으로 면회 온 가족을 만났을 때도 돈을 조금 떼어 준다.

이 동화 속에서 죄인이라고 하는 사람도 잡범이나 살인범이 아니라 정의를 위해 싸우다가 갇힌 자처럼 나는 생각되었다. 성서에서도 '갇힌 자를 해방시킨다'는 이야기가 상당히 강조되는데, 권력이나 금력을 가진 그런 사람들 때문에 약자가 생긴다. 헐벗고 굶주린 사람한테 죄가 있는 게 아니라, 가진 자들의 횡포와 압제 때문에 가난한 자들이 감옥에 갇히게 되는 것이다. 이렇게 죄인이된 사람들을 만나러 온 가족들이니 돈이 있을 리 없다. 파이 한 조각 살 돈도 없고, 크리스마스이브를 사랑하는 사람과 보낼 수 없어 슬퍼하는 이에게 소년은 트리 살 돈을 또 떼어줘 버리는 것이다. 그러고는 스스로에게 변명을 한다. '나무 파는 분이 우리 집안과 잘 알고 지내는 사이라, 내가 다음 주에 일을 해주겠다고 약속하면 나무를 그냥 얻을 수도 있을 거야.' 하지만 장에 도착해 보니 트리 장수는 그날 나무를 팔러 나오지 않았다.

아이는 일단 뱃속을 든든히 채우고 나면 좋은 생각이 떠오를지도 모른다는 생각에 식당에 갔는데, 거기서 이틀 동안 아무것도 못 먹은 아이를 만난다. 결국 점심 사 먹으려고 조금 남겨 둔 돈까지 모두 털어 주고 집으로 향한다. 소년은 목적 의식만 갖고 누가 헐벗고 배고파서 쓰러졌어도 본체만체 지나치는 게 아니라, 착한 사마리아인처럼 그들을 구한다. 만일, 이 아이가 율법에 갇혀 꼭 나무를 사야겠다고 생각했다면 가난한 이들을 돕지 못했을 것이다.

러시아 작은 왕이나 예리세이의 모습과도 겹친다. 목적에서 자유롭고 율법에서 자유로운 것이다.

아이는 돈도 다 떨어지고 춥고 배고파서 집으로 돌아가는 길에 전나무 가지 하나를 꺾어서 끌고 오는데 그게 점점 무거워진다. 돌아보니 황금 나무로 변해 있다. 그러나 소년은 그 나무를 별로 가치 있게 생각하지 않는다. 어머니가 기대하신 멋진 크리스마스 트리와는 거리가 먼 것이라고 생각해 학교 앞에 쭈그리고 앉아 걱정을 하고 있는데, 교회에서 놀라운 향기를 맡고 나온 신부님이 그곳에 이르러 소년에게 나무의 연원을 묻는다. 사실 이 이야기는 황금 나무를 얻게 된 아이의 사연을 신부님이 듣는 데서부터 시작된다. 신부는 이야기를 다 듣고 이렇게 주석까지 붙인다.

"얘야, 이 나무에서 풍겨 나오는 향기는 이 나무가 천상의 축복을 받았음을 말해 주고 있단다. (중략) 성모와 천사들, 그리고 예수님께서는 도움을 받은 자들의 기도를 들으셨어. 그래서 네가 그 전나무 가지를 꺾을 때 성모께서는 그것에 자비의 향기를 불어 넣으셨지. 네가 나무를 끌고 걸어가는 동안 천사들은 그 나무 잎사귀를 어루만져 황금으로 바꾸어 놓았단다. 그리고 예수께서는 이 크리스마스트리를 만지는 모든 이들이 죄 사함을 받고 소원을 이루도록 하셨단다."

주석이 필요 없는 동화지만, 위에 소개한 세 이야기는 어떤 율법이나 목적 의식에 얽매이지 않고 자유로운 영혼을 구가하는 예수 정신을 관통하고 있다. 인간이 세운 나라가 제국이라면, 하느님이 세운 나라가 천국이다. 결국 천국이란 인간다움의 현현이다. 얼마나 사람답게 살았는가, 이웃의 아픔을 나눴는가, 사랑의 실천이 곧 천국이고 구원인 것이다.

진짜와 가짜, 참을 볼 수 있는 눈
-『큰 바위 얼굴』속 시인

지극히 영예로운 것은 영예로움이 아닙니다.
구슬처럼 영롱한 소리를 내려 하지 말고
돌처럼 담담한 소리를 내십시오.

- 노자, 『도덕경』

 학창 시절부터 지금껏 나에게 가장 큰 영향을 미친 작품은 단연 나다니엘 호손의『큰 바위 얼굴』이다. 인디언 설화에서 착안한 이 소설의 주인공 어니스트도 자연과 더불어 자연의 한 부분으로 살아가는 농부이자 천국 백성으로 무한히 자유로운 사람이다. 어니스트는 인위적인 제도권 교육은 받지 않았지만, 자연 속에서 성장하며 만물의 이치와 순리에 눈을 뜬다. 항상 큰 바위 얼굴을 보며 선행이 깃든 참뜻을 실천하며 살다 보니 큰 바위 얼굴의 현묘한 도를 지닌 이상적인 인간상으로 자라난다. 그는 남들이 다 달려가는 쪽을 거부한다. 모든 이들이 겉으로 보이는 세속적인 기준으로 큰 바위 얼굴을 찾았다며 아우성칠 때, 그는 고개를 저으며 돌아선다.

실제로 현실 세계에서 큰일을 한 사람을 보면 제도권 교육과 무관한 경우가 많다. 유대교에 저항한 예수가 대표적인 인물이고, 일본의 우치무라 간조나 김교신도 무교회주의자, 무정부주의자였다. 제도에 얽매어 있지 않은 사람, 율법에서 자유로운 인물은 기성 체제, 기성 종교에 저항하는 자유혼을 가지고 있다.

이 작품엔 부정적인 세 부류의 인물이 등장하는데, 부와 명성, 권력을 지닌 장사꾼(개더 골드Gather Gold, 황금을 움켜쥔 자), 군인(올드 블러드 앤드 선더Old Blood And Thunder, 피와 천둥의 노인), 정치인(올드 스토니 피즈Old Stony Phiz, 늙은 돌 얼굴)이 그들이다. 우리나라 실정과도 잘 맞아떨어진다. 그간 대통령의 이력을 보면 이명박 재벌 장사꾼, 박정희·전두환·노태우 군인, 이승만·박근혜 정치인 출신으로 모두 가진 자들, 권력으로부터 부자유하고 재물로부터 부자유하고 정치적으로 부자유해서 자유인이 될 수 없는 존재들이다.

여기에 하나 더하면 이현주가 번역한 완역본에는 성직자까지 등장한다. 그런데 그 성직자의 이름이 '배틀 블라스트(Battle Blast)'로, '전쟁에 미친 사람'이란 뜻이다. 기껏 성직자가 하는 일이 군인을 '평화의 벗'이라며 축복하는 일이라니 우리나라 실정과 딱 들어맞아 놀랍기까지 하다. 군인이 무엇인가. 사람을 죽이는 자이다.

정작 성직자는 살리는 자여야 한다. 예수도 살리는 자였다. 자기를 죽이고 남을 살리는 자였다. 그러나 군인은 남을 죽이고 자기가 사는 사람이다. 성직자가 그런 장군에게 복을 빌어 주는 장면을 다른 번역자들은 무슨 이유에서인지 빼먹었지만, 이현주 완역본에서는 가감 없이 살린 것이다.

한 가지 분명한 사실은 우리나라에도 아직 그런 성직자가 많다는 것이다. 박정희 이후에 우리나라에 국가 조찬 기도회가 있었다. 보수 쪽 꼴통들이 모여 대통령을 위해 기도하는 모임인데, 그들은 '모든 권력은 하느님으로부터 나온다'는 말도 안 되는 기도를 하며 독재자의 앞날을 축복하는 것이다. 사실, 헌법 제1조 2항에도 명시된 것처럼 대한민국의 주권은 국민에게 있고, 모든 권력은 국민으로부터 나오는데도.

이렇게 『큰 바위 얼굴』에 등장하는 인물들에는 각각 이름이 있다. 그러나 네 번째 인물인 시인에게만 이름이 없다. 어쩌면 이 글을 쓴 호손 자신인지도 모른다. 어니스트는 시인의 시를 읽고 동경을 품고 만나지만, 그 또한 큰 바위 얼굴이 아님을 알고 실망한다. 그리고 평생을 기다려온 큰 바위 얼굴을 계속 기다리기로 한다. 시인은 삶을 '노래'하는 사람일 뿐, 어니스트처럼 '사는' 사람은 못 된다. 그러나 시인(예술가)은 어니스트가 바로 큰 바위 얼굴임을 알아보는 밝은 눈을 지니고 있다.

어니스트는 나의 이상형이자, 시인보다 한 단계 위에 있다. 석가, 예수도 그냥 실천하며 살았을 뿐 어니스트처럼 글을 쓰지 않았다. 시인은 위대한 글을 쓰고, 큰 바위 얼굴을 닮은 사람을 꿰뚫어 보았으나, 자신은 거기에 닿지 못한 비극적인 존재다. 그래도 시인은 진짜와 가짜를 분별한다. 분별이란 아닌 걸 아니다, 맞는 건 맞다 말할 수 있는 인식의 출발이다. 어니스트처럼 실천가까지는 못 가도 이건 옳고 저건 그른 것을 판단할 수 있는 정견(正見)을 지닌 시인의 경지까지는 도달해야 사물의 이치를 올바로 적을 수 있는 작가가 될 수 있다.

이처럼 문학의 일은 진정한 인간적 가치를 일깨워 주는 것이다. 어니스트의 지혜처럼 지극히 자연스러운 경지에 이르는 것이 작가의 목표다. 문학이든 신학이든 그 출발은 인간학에 있고, 내가 익고 숙성해서 깊은 맛을 내는 된장처럼 심성 곱고 기품 있는 사람이 되면 인간을 더 깊이 이해할 수 있다. 나는 어니스트에는 이르지 못해도 시인의 밝은 눈을 지닌 진술한 작가이고 싶다.

실천하며 산다면 쓸 필요없다

내가 누구인지는 생각이 아닌 행동을 통해 알 수 있을 뿐이다.
자신의 의무를 다하려고 노력하라.
그러면 자신이 어떤 사람인지 알게 될 것이다.

- 괴테

고(故) 김수환 추기경(1922~2009)은 이 세상에서 가장 어렵고도 긴 여행은 '머리'에서 '가슴'으로 가는 여행이라고 말했다. 우리 시대의 목자로 존경받은 그도 사랑이 머리에서 가슴으로 내려오는 데 70년이 걸렸다고 하는데, 평범한 소시민인 우리는 얼마나 타인의 아픔을 외면하며 사는가.

사실 글을 잘 쓰는 사람보다는 삶에 충실한 사람이 잘 사는 사람이고, 훌륭한 사람이다. 글을 쓰지 않더라도 깊은 자기 우물을 지니고 살면 행복한 삶이다. 안 쓰고도 실천하며 살고, 안 쓰고도 행복하다면 충분하다.

사실 서툴게 사는 사람이 중언부언하는 거지, 진짜로 그렇게 살면 글을 쓸 필요도 글을 쓸 시간도 없다. 진짜 이상은 어니스트가 아닌가. 어니스트는 글을 안 쓴다. 예수님도 글을 안 썼다. 제자들이 그를 추종하며 기록으로 남긴 것들이 오늘날 고전으로 읽힌다. 이 때문에 프랑스의 시인 폴 엘뤼아르는 이렇게 노래한다.

미화된 언어나 진주를 꿴 듯 아름답게 포장된 '말'처럼 가증스러운 것은 없다.
진정한 시에는 가식이 없고 거짓 구원도 없다. 무지갯빛 눈물도 없다.
진정한 시는 이 세상에 모래사막과 진창이 있다는 것을 안다.
왁스를 칠한 마루와 헝클어진 머리와 거친 손이 있다는 것을 안다.
뻔뻔스러운 희생자도 있고, 불행한 영웅도 있으며,
훌륭한 바보도 있다는 것을 안다.
강아지에게도 여러 종류가 있으며, 걸레도 있고, 들에 피는 꽃도 있고,
무덤 위에 피는 꽃도 있다는 것을 안다.
삶 속에 시가 있다.

사실 삶을 떠난 문학이 무슨 의미가 있겠는가. 삶은 모든 상황에 존재한다. 고난의 시간 속에서도 꿈이 좌절된 순간에도 존재한다. 책을 쓰지 못했다고 이제까지 당신이 살아온 삶에 아무 의미가 없는 것은 아니다. 삶의 의미는 목적에 도달하는 것과 아무 관계가 없다. 자기가 좋아하는 일을 하며 지금 이곳에 깨어 있어 자비와 사랑을 베풀며 살면 그것이 곧 깨달음에 이르는 길이요,

가장 문학적인 삶이다.

 과거 부모님, 조상들은 빈궁했지만 자기 부모, 처자식들이 먹을 양식이나 기타 산물을 자기가 재배하며 이웃과 나누며 살았다. 마르크스가 얘기한 노동의 소외는 일어나지 않았다. 그렇게 살아야 하지 않나. 권정생이 생각한 『랑랑별 때때롱』에서 말하는 공동체 생활을 해야 하지 않나 하는 생각이 든다. 윤구병이 산중인으로, 국립대 그 좋은 정교수 자리를 때려치우고 변산에 내려가 실천하는 철학자로 공동체 생활을 꾸리며 산다. 사실 부모가 애지중지 키운 잘 배운 자식들, 서울에서 출세한 자식들은 부모 못 모시고 사람 노릇 못하고 산다. '못난 소나무가 선산 지킨다'는 말도 들었다. 그러고 보면 배우는 게 별거 아니다. 아무것도 아니다.

 우리 사회는 남보다 앞질러 가야 성공한다는 조급증에 시달리고 있다. 더불어 잘살기 위해서는 성급하게 달려가려는 잘못된 습관부터 고쳐 나가야 한다. 남을 앞질러 가기보다 함께 보조를 맞춰 걸어가면서 아프고 다친 이들의 손발이 되어 시간의 향기를 누리며 평화로운 흐름을 이어갈 수 있어야 한다. 시간에 쫓기지 않고 현재 자신의 삶을 맑은 눈으로 지켜볼 수 있어야 한다. '내가 인간답게 살고 있는가?' 항상 반문해야 한다. 지금은 고인이 된 신영복 교수는 김수환 추기경의 말에서 한 걸음 더 나아간다. 그가

2012년 3월 23일 자 한겨레 칼럼에 쓴 '가장 먼 여행'이란 글을 소개하며 3장을 마친다.

일생 동안의 여행 중에서
가장 먼 여행은 머리에서 가슴까지의 여행이라고 합니다.
머리 좋은 사람과 마음 좋은 사람의 차이,
머리 아픈 사람과 마음 아픈 사람의 거리가
그만큼 멀기 때문입니다.

그러나 또 하나의 가장 먼 여행이 남아 있습니다.
가슴에서 발까지의 여행이 그것입니다.
발은 여럿이 함께 만드는 삶의 현장입니다.
수많은 나무들이 공존하는 숲입니다.

머리에서 가슴으로, 그리고
가슴에서 다시 발까지의 여행이 우리의 삶입니다.
머리 좋은 사람이 마음 좋은 사람만 못하고,
마음 좋은 사람이 발 좋은 사람만 못합니다.

내면의 빛, 나를 찾아가는 여행

가장 멀고,

가장 빛나는 길은

내가 나를 찾아 떠나는 길입니다.

빛과 어둠은 내 마음속의 길에도 있습니다.

내 안의 빛이 어둠에 눌려 가려져 있다가

먼 길을 걷는 순간, 그 어둠을 뚫고 올라와

가장 눈부신 빛으로 나를 비춰 줍니다.

그래서 그 먼 길을 또다시

용기내어 떠납니다.

- 고도원, 『절대 고독』

우리는 평생 치열한 여행자로 산다. 특히 작가는 문학을 통해 나와 만나는 길을 발견하고 치유와 구원을 찾아 날마다 여행을 떠나는 사람이다. 평생을 구도자로 산 헤르만 헤세도 이런 말을 했다.

나는 끊임없이 무언가를 찾는 구도자였으며, 아직도 그렇다. 그러나 이제 별을 쳐다보거나 책을 들여다보며 찾지는 않는다. 내 피가 몸속에서 소리 내고 있는 그 가르침을 듣기 시작하고 있다. 내 이야기는 유쾌하지 않다. 꾸며 낸 이야기들처럼 달콤하거나 조화롭지 않다. 무의미와 혼란, 착란과 꿈의 맛이 난다. 이제 더는 자신을 기만하지 않겠다는 모든 사람들의 삶처럼. 한 사람 한 사람의 삶은 자기 자신에게로 이르는 길이다. 길의 추구, 오솔길의 암시다. 일찍이 그 어떤 사람도 완전히 자기 자신이 되어 본 적은 없었다. 그럼에도 누구나 자기 자신이 되려고 노력한다.

- 헤르만 헤세, 『데미안』 작가의 말

자신을 찾아 떠나는 길이 곧 문학의 길이고 구원의 길이다. 그런데 여행을 통해 내면의 빛을 발견하기도 전에 많은 이들이 문학을 무슨 목적처럼 생각해 조급하게 허욕을 부리기도 한다. 거기서 벗어나 얽매이지 않아야 한다. 물론 나도 젊었을 때는 작가 되는 게 그렇게 소원이었다. 오죽하면 서른다섯에 『현대문학』 추천을 받게 됐을 때, 내 첫 작품이 실린 그 잡지를 종로 5가에서 미아리 고개 넘어 삼양동까지 버스를 타고 갈 때 누군가 봐 줬으면 하는 바람으로 손잡이 잡은 손에다 쥐고 갔을까. 그러나 지금은 그런 게 다 사그라졌다. 아무 소용도 없는 거더라. 그것은 다 썩어 없어져 버렸고, 그런 열망이라든가 문학을 해서 작가가 되고 책을 내서 이름을 날려야겠다는 그런 것들은 먼지처럼 다 사라져 버렸다.

우리 아버지는 "글쟁이는 조석거리 간 데 없단다. 제발 월급쟁이가 되어라." 하고 늘 말씀하셨다. 월급쟁이는 아침밥 먹고 일터에 나가 하루 종일 있다가 퇴근을 하면 꼬박꼬박 먹고살고 집도 살 수 있고 여행도 다닐 수 있는 돈을 매달 준다. 그런데 글쟁이는 글이라는 것은 팔아먹는 것도 아니고, 생활이 빈궁하다는 게 옛 어른들의 이야기였다. 옛날엔 매문, 매명을 아주 천하게 여겼다. 그건 돈 받고 파는 게 아니라 했다. 그런데 어쩌다 보니 내가 매문, 매명을 해서 먹고사는 게 아니라 문학을 하는 사람으로서 내 자리, 내 길을 걸어가다 보니까 밥도 먹고, 저녁에 들어갈 수 있는 집도 생기고, 또 결혼해서 애들도 낳게 되었다. 그들이 2세를 또 낳아서 손녀가 생기고, 첫 손녀를 본 기쁨을 그냥 쏟아지는 대로 받아 적었더니 그게 사람들 눈에 띄어서 동시집이 되고…, 그렇게 돼 버린 거다.

결국 권정생이 개똥이 꽃이 되는 이야기를 썼고, 바로 자기 자신이 강아지똥처럼 살다가 죽었듯이 요즘은 '아, 삶이라는 게 그런 거구나. 문학이란 게 그런 거구나. 유명한 작가가 안 된다고 해도 읽고 쓰고 느끼고 잘살면, 그냥 자기한테 주어진 삶, 주어진 길을 가다 보면 순리대로 길이 열리고, 그러다 보면 결코 손해 보는 길은 아니구나.' 그런 생각을 하게 된다. 그것은 출세를 하거나 돈을 많이 벌거나 권좌나 명예를 얻는 것과는 다른 방향의 길이다.

30~40년 전보다 우리는 훨씬 더 잘살게 됐지만, 더 행복하지는 않다. 덜 불편할 뿐이지 더 갈등도 심해지고, 행복지수는 더 낮아졌다. 이렇게 인간다움을 잃고 이기적인 경쟁 사회에서 갈등할 때 설령 쓰지 못하고 읽기만 하더라도 문학은 내 삶을 바꿔 놓는다. 이 길이냐, 저 길이냐 고민할 때 모두가 가는 편안하고 이해타산적인 저 길에서 벗어나서 인간다운 길, 사람의 길, 바로 이 길을 가게 만드는 것이 문학이다. 그게 나는 행복이라고 생각한다.

인생에는 크고 작은 두 방향의 길이 항상 우리 앞에 놓인다. 우리는 선택 앞에 고민한다. 그런데 행복한 길과 편리하고 풍요로운 길은 다르다. 정작 행복지수라고 말할 때 편리한 길은 행복과 거리가 멀어질 때가 많다. 매사가 양면성이 있어 어느 길을 선택하느냐, 어느 방향을 선택하느냐에 따라 갈등이 따르고, 한쪽을 선택하면 나머지 한쪽은 포기해야 한다. 이럴 때 나는 예수의 광야의 세 가지 유혹, 악마의 유혹을 생각하게 된다. 유혹자는 꼭 구석에서 속삭인다. 그럴 때 신의 목소리는 아주 모깃소리만큼 작다. 세미한 그 소리에 귀 기울일 수 있는 것은 아주 큰 용기다. 결국 작가도 사람인데, 문학을 통해 우선 사람으로 익어 가야 한다.

이제 나도 80이 다 되어간다. 이렇게 오랜 세월 고뇌하며 살았지만, 사람이 사람답게 사는 길은 정말 어려운 것 같다. 문학이 '나를 찾아가는 여행'이라 했을 때, 그것은 곧 사람 만드는 길, 사람 되는 길, 그야말로 인간의 길이다. 평생을 돌아보면 나는 큰 실수는 없었지만, 작은 실수는 헤아릴 수 없을 정도로 많았다. 그러나 후회는 없다. 그런 과실이 있었기에 조금씩 조금씩 가다듬어지고 그래서 오늘날 내가 만들어진 것 같다.

그런데 그것은 또 용기 없는 탓이기도 하다. 왜냐하면 내 행동 반경이라는 게 아주 좁았다. 야학을 했던 것도 내가 무슨 국가 백년대계를 생각하고 한 게 결코 아니다. 그 당시 내 동생들이 가난하여 학교 못 가고 그러니까 너희 친구들 데려와라 해서 가르치기 시작한 거다. 이왕에 하는 거 정말 숟가락 하나 더 놓듯이 시작한 게 야학 운동이 된 건데, 말이 좋아 청소년 야학 운동이지 사실은 내가 오갈 데 없어서 오갈 데 없는 아이들과 만난 것이다.

그러니까 그냥 순응한 것 같다. 어떻게 보면 팔자 소관인 것이다. 그런데 그 10년이 종국에 가서는 내 인생에 있어서 가장 빛나던 시절이었다. 그리고 20년 직장생활은 그야말로 호구지책이었다. 먹고살려고 직장을 잡아서 그 힘든 80년대 와중에 종로 5가 민주화의 한복판에서 그것도 기독교 진보 언론, 거기서 내 나름대로는 의미 있는 일을 하려고 노력했지만 쉽지 않았다. 그때 투신 자살한 아이 얘기 알리려고 몰래 신문 1면에 집어넣었다가 잡혀

가서 치도곤을 맞기도 했다.

그러다가 직장 20년을 마감하고, 내가 더 이상 할 일이 없어졌을 때 엉뚱한 한 사람을 러시아 여행에서 만난다. 대한민국문학상 받은 상금으로 아내가 여행 갔다 오라고 해서, 반은 나한테 이야기 씨를 뿌려 준 할머니 비석 세워 드리고 나머지 반으로 여행을 갔다가 거기서 만난 것이다. 그 어떤 분이 잡지 발행할 수 있는 씨앗, 봉지를 주신 것이다. 나는 신이 주신 거라고 생각했다. 그래서 또 빚 갚는 일같이 ≪시와동화≫ 만드는 일을 20년간 한 것이다. 20년 동안 직장 생활하면서 빚진 것 갚는 일을 20년 동안 잡지 만들면서 한 셈이다.

어찌 보면 나는 어디에 크게 저항한 적도 없고, 그렇다고 어디에 아부하고 어디 조잘거리고 좇아다니거나 거수기처럼 손들고 박수 치지도 않고, 왼쪽으로도 오른쪽으로도 많이 가지 않고 갈등을 겪으면서 경계인으로 살아 왔다. 하지만, 그것마저도 사람들 눈에 띄었던지 아동문학 잡지 만들고, 아동문학을 하는 사람으로는 나 한 사람만 박근혜 정부 때 블랙리스트에 걸려 잡지 지원 대상에서 빠지기도 했다. 그래도 그건 어떻게 보면 훈장이다. 다시 민주 정부가 들어서면서 지원을 받게 되어 최근엔 원고료도 줄 수 있게 되었다.

이렇게 살다 보면 작고 소소한 재미라는 게 있다. 나는 행복의 의미를 남다른 데서 찾는 거다. 그것도 찾아서가 아니라 그냥 나는 내 모습대로 살아가다 보니까 이쪽 방향으로 들어서서 이미 많이 왔다. 이렇게 큰 욕심부리지 않고 행불행 따지지 않고 소박하게 사는 게 행복이 아닐까 생각한다.

우리는 문학을 어렵게 생각하는데, 내 모습 그대로 살면서 하고 싶은 말이 있고, 해야 할 말이 있어서 문자 언어로 기록한 것이 바로 문학이다. 독립 영화가 하고 싶은 말이 있고 해야 할 말이 있는데 자본(돈)을 투자할 사람이 없어 소규모로 어디에도 의존하지 않고 만든 것이라면, 문학도 독립 영화 같은 것이다.

물론, 많은 작가들이 나름대로 문학을 통해 말을 하긴 한다. 그런데 내가 안타깝게 여기는 것은 문학은 진짜 할 말을 해야 한다는 생각 때문이다. 왜냐하면 너무 할 말들을 안 하기 때문에, 할 말들을 못 하기 때문에 문학은 할 말들을 해야 하고, 하고 싶은 말을 해야 하는 게 아닌가 생각하는 것이다.

예를 들면, 황선미는 모성을 강조한다. 그래서 『마당을 나온 암탉』을 썼다. 그게 황선미의 말이다. 여성 작가, 엄마 작가로서 모성이란 뭔가를 나름대로 깊이 있게 생각해서 쓴 작품이다. 권정생은

『곰이와 오픈돌이 아저씨』를 씀으로써 우리가 잘 아는 『해와 달이 된 오누이』이야기를 각색하여 강대국 틈바구니에서 두 마리의 호랑이 사이에서 찢겨 나가는 약소국의 비명을 들려준다. 작가에게는 그렇게 안타까움이나 가슴 답답함을 시원하게 발설하는 언어나 생각이나 느낌이 있어야 하지 않나 생각한다.

사실, 그렇지 않은 작품은 작품이 아니냐 반론할 수 있지만, 적어도 나는 문학 작품이라면 할 말은 해야 하고, 할 말이 없으면 뭐하러 얘기를 하나, 그건 소음이다. 하나 마나 한 얘기를 중언부언하는 건 말이 아니다. 이런 생각을 하게 된다. 작건 크건 할 말을 효과적으로 재미있게 전달할 때 문학 작품이 의미가 있는 것이다. 결국 문학은 할 말이 있는데 그걸 못하면 답답하니까 자연스럽게 쏟아내는 데서부터 출발한다. "꺅" 소리 지르는 것과 마찬가지라고 생각한다.

우리가 맨 처음 '읽기'에서부터 시작했는데, 마지막도 마찬가지다. 사실 작가는 쓰기 이전에 읽는 사람이어야 한다. 읽지 않으면 알 수가 없고, 보고 읽고 겪고 느낄 때 비로소 앎에 이른다. 알지 못하고 무슨 이야기를 할 수 있을까. 그건 아는 척밖에 안 된다. 알기 위해서는 읽어야 한다, 보아야 한다, 겪어야 한다. 그 겪는 일과 보는 일을 합해서 나는 '읽다'라고 한다. 세 가지 의미를 포함해서 읽어야 되는 것이다. 읽지 않고 흥분해서 쓰면 남들은 이미 알고 있는데, 나는 비로소 오늘에야 알게 되어 "유레카!" 해서 써 봤자 내 이야기가 될 수 없다. 읽고, 읽고 또 읽다 보면 결국은 타인들과는 완전히 구분되는 내가 된다. 잘 익은 내가 되어 내 생각으로, 내 소리를 냈을 때 그게 진정한 작가다. 그러니까 코스모스는 코스모스여야 하고 해바라기는 해바라기여야 한다. 그 작가는 그 작가가 되어야지, 그 사람이 긴가민가해서는 아무리 많은 작품을 써봐야 '별로'가 되고 만다.

나를 찾아 떠나는 여행은 고뇌의 깊이만큼 기쁨도 커진다. 내면의 소리와 영감을 따르며 꾸준히 정진하는 삶 속에 자연스럽게 인격이 싹트면 이미 다른 사람 같지 않다. 내 목소리, 내 빛깔, 내 문장, 내 스타일…, '내' 자가 붙는 모든 것이 살아난다. 우리가 앞에서 얘기했던 코엘료는 코엘료답고, 톨스토이는 톨스토이답고, 샤퍼는 샤퍼답다. 그 작품들을 보면 그 사람다웠을 때 가장 기억에 남는 명작이 된다. 특히, 『두 노인』은 짧은 소설인데도 톨스토이 사상이 집약된다. 정말 좋은 작품은 그 작가의 모든 것이 빨려 들어가 있고, 잊을 수 없는 선명한 문양을 남긴다.

작가는 늙지 않는다. 다만 익어갈 뿐이다. 살고 사랑하고 읽고 쓰는 게 별개가 아니다. 우리는 날마다 새롭게 태어나 익힌 것을 살아야 하고, 살아 낸 만큼 써 나가야 한다.

종교도 인간의 죽음에서 비롯된 것인데, 죽음은 삶의 완성이므로, 죽음과도 친해져야 한다. 과실이 맛이 들어 발갛게 농익어 떨어지는 것이 곧 죽음이므로 삶의 결과물이라 할 수 있다. 죽음을 삶과 연결 지으면 삶이 훨씬 경건해지고 과욕을 갖지 않게 된다.

일교차가 클수록 사과는 당도가 높아지고 꽃은 향그러워지며 단풍은 더욱 찬연한 빛으로 물든다. '왜 착한 사람이 고통받는가?' 라고 살면서 물을 때가 많지만, 고통을 동반하더라도 변화가 있어야 존재가 가능하다. 낮이 있어 밤이 있고, 빛이 있기에 어둠도 있다. 생화가 조화보다 아름다운 건 피고 지는 변화가 있기 때문이다. 조화에는 먼지만 쌓이지만, 생화에는 생명의 씨앗이 떨어진다.

그냥 있으면 얻는 것도 없다. 내면의 빛을 찾아 여행을 떠나라. 어려움 속에서, 그것을 이겨내는 과정 속에서 삶을 꿰뚫는 문학이 움튼다.

사는 법이 작법이다

백우선(시인)

동시 등단을 생각해 본 적이 없는 20대 때에도 나는 서점에 들르면 의례히 문예지 진열장에서 동시 관련 책을 보고, 동시집 코너를 찾아가서 동시를 읽어 보곤 했다. 등단한 뒤 종종 들르는 서점에서 ≪시와 동화≫를 보게 되었다. 어린이문학지 제호에 '동시' 대신 그냥 '시'를 쓴 것도 신선해 보이고 새를 앉힌 제자도 소박하고 정다우며 정직해 보여 좋았다. 내용을 살펴보는데 원고를 기다린다는 공지가 있어 무척 반갑기도 했다. 써둔 작품을 발표할 기회가 거의 없었기 때문에 원고를 보내면 실리게 되었고 자연스럽게 정기구독으로 이어졌다.

작품 게재와 관련해 특히 잊을 수 없는 것은 고료였다. 고료를 주는 데가 거의 없어 받는 것만으로도 기분이 좋고 자부심을 갖게 되는데, 그것이 은행 계좌 이체가 아니라 쌀, 그것도 이름난 철

291

원 오대쌀이라는 현물 택배여서 더욱 특별했다. 농부와 문인을 다 좋게 하려는 배려로 읽혀 농촌 출신인 나로서는 더 고맙고 뜻깊게 생각되기도 했다. 그러던 중 4년 전에는 단행본 출판을 모색 중이라는 소식을 듣게 되었고 상의해서 내 두 번째 동시집이 그 첫 책으로 그곳에서 발간되기도 했다.

계절이 바뀔 때마다 ≪시와동화≫가 배달돼 오면 동시 위주로 수록작을 읽고 동화와 다른 꼭지의 글은 대개 선별적으로 보게 되는데, 2017년 여름호(제79호)에 실린 「작법은 없다 1」은 작품을 읽는 것 이상의 깊은 울림과 즐거움을 주었다. 상당히 길게 연재되었지만, 매호 빼놓지 않고 정독하고 일부는 새로 타이핑해 소속 카페에 올려 회원들의 일독을 권하기도 했다. 그러다 강정규 선생님을 뵈었을 때 그 글 얘기를 하게 되었고 그 책을 출판하게 되면 발문을 써 달라는 부탁을 받았다. 유명 작가가 써야 한다고 사양의 뜻을 말씀드렸으나 "분외의 일이지만 피하지 못할 일이라 생각하고 성심껏 감행해 보겠습니다."(이메일 답신 중)라며 결국 이렇게 이 글을 쓰게 되었다.

『작법은 없다』는 글을 쓰는 기교나 수사, 요령을 얘기하지 않는다. 쓰는 것보다 읽는 것, 생각하는 것, 살아가는 것을 얘기한다. 글보다 먼저 사람됨, 삶을 얘기한다. 동화 창작법 강의이지만, 다른 장르에도 다 적용되는 문학 창작법과 명작 감상·해설서를 포함하여 인생 상담서, 수행이나 구도 지침서 같기도 하다. 군데군데 들어있는 동서고금의 명작과 명저 소개만 읽어도 이 책을 가까이한 보람에 모자람이 없을 정도이다.

이 글을 읽으면서 간서치 이덕무가 귀로 듣고 눈으로 보고 입으로 말하고 마음으로 생각한 것을 모은 저술인 『이목구심서(耳目口心書)』, 톨스토이의 『인생독본』, 아미엘의 『아미엘의 일기』가 생각났다. 그리고 이 셋이 합쳐진 것과 같은, 삶과 글을 하나로 살고자 하면서도 삶을 글보다 더 중시하며 살아 온 한 작가의 여든 해 가까운 일생이 담긴 글임을 확인할 수 있었다. 처음부터 끝까지 순서대로 읽는 것이 상례이지만, 펼쳐지는 대로 읽어도 좋고, 가슴에 와 닿는 삶 이야기를 듣고 싶을 때마다 되풀이해서 읽어도 좋을 만한 글이다. 자기 자리의 우측에 새겨 두고 늘 보던 글인 좌우명처럼 눈에 잘 띄는 곳에 놓아 두고 수시로 읽고 읽을 만한 책이라는 생각도 든다.

문학의 전 장르, 여러 종교, 음악, 영화 등에 이르기까지 다방면에 걸쳐 가치 있는 삶을 들려준다. 종교나 학문, 시국관의 벽도 없다. 넘나들고 아우른다. 궁극적으로 삶에 가치 있는 것은 다 받아들였다. 자녀 양육의 비결도 들어 있다. 경전 내용을 들려주되 몸소 삶으로 터득한 바를 이야기한다. 삶에 대한 깨달음이다. 창작법이 다름 아닌 바른 삶, 가치 있는 삶의 길 안내 암시로 귀결된다. 단순한 기교가 아니라 바람직한 정신의 실천적인 삶이 바로 문학이라고 믿기 때문이다. 삶이 곧 문학이어야 함을 역설한다.

이 책을 읽으면 구태여 글쓰기에 매달리지 않게 될 수도 있다. 삶다운 삶, 작품 속 인물의 감동적인 삶을 사는 것이 더 중요하다는 뜻이다.

이 강의록에는 문학, 영화, 미술, 음악, 인문학, 과학 등에 걸친 예술가와 전문가 약 160명의 작품이나 어록 등이 약 200편 소개돼 있다. 여러 종교 경전의 내용도 들어 있어 어느 글 하나 중요하지 않은 부분이 없지만, 눈에 잘 띄는 대로 아래와 같은 몇 부분을 골라 함께 읽어 보고자 한다.

삶이 먼저다. 문학은 뒤따라오는 것일 뿐. 그렇다면 가장 문학적인 삶은? 사랑하는 삶이다. 요즘은 자기 사랑만 강조한다. 남 바라볼 것 없이 달려가라고 가르친다. (25쪽)

탁오(卓吾) 이지(李贄)가 1581년 『분서(焚書)』라는 책에서 원굉도라는 제자에게 설파한 '동심론(童心論)'에도 이 마음이 잘 담겨 있다.

동심은 '참된 마음(眞心)'이다. … 동심이란 거짓 없고 순수하고 참된 것으로, 최초 일념(一念)의 '본심(本心)'이다. 동심을 잃으면 참된 마음을 잃는 것이며, 참된 마음을 잃으면 '참된 사람(眞人)'을 잃는 것이다. (33쪽)

『문심조룡』의 저자 유협은 작가를 성인(聖人)이라 했다. 이미 개인의 영욕에서 벗어난 생각으로 사는 사람이란 뜻일 것이다. 사실 글을 쓰지 않고도 이상을 실천하며 산다면 그가 곧 '성인(聖人)'인지도 모르겠다. 작가는 거기엔 미치지 못해서 글을 쓰는 사람인지도 모른다. 그러나 작가도 불광불급(不狂不及), 미치지(狂) 않고선 미칠(及) 수 없는 이름이다. (52쪽)

"배우는 사람에게 큰 병통이 세 가지가 있는데, 너는 그것이 하나도 없구나. 첫째, 기억하고 외우는 것이 빠르면 그 폐단은 소홀한 것이요, 둘째, 글짓기가 빠르면 글이 부실해지는 폐단이 있고, 셋째, 이해가 빠르면 한번 깨친 것을 대충 넘기니 깊이가 없다." (다산이 황상을 격려하는 말) (53쪽)

작가가 되기 위해 글을 쓰지 말고, 세상을 아름답게 살기 위해 글을 써야 한다. (74쪽)

탁 내려놓는다는 것은 위대한 영혼이다. 『다다를 수 없는 나라』는 프랑스에서 파견된 남녀 선교사(신부와 수녀)가 종교적 박해를 피해 선교 활동을 펼치려 더 깊은 골짜기로 들어가면서 마지막에 안남(베트남)의 오지에서 타민족과 완전하게 어울려 사는 사이 그들의 종교도, 국가도, 민족도, 당초의 선교 목적까지 놓아 버린 상태에서 벌거벗은 시체로 남는 줄거리이다. … 그야말로 이만한 경지를 하느님은 축복하고 바라시는 것 같다. 그 밖의 모든 것은 사실 인위적(人爲[=僞]的)인 것이다. 수녀와 신부는 결국 에덴동산에 온 것이다.

신, 국가, 종교, 관습이나 전통, 정치, 경제…, 모든 것을 초월해 자연의 일부분이 되는 것, 그것이 내려놓는 게 아닌가 싶다. … 인성은 곧 신성이므로, 누구에게나 있다. 좋은 작가가 되고 싶다면 그것을 꺼내야 한다. (87쪽)

사실 작법은 없다. 그러나 작법이 없어지기 위해서는, 아니 자기 작법을 갖기 위해서는 그만큼 남모르는 속공부가 바탕이 되어야 한다. 『문심조룡』을 읽다 보면 유협의 독서량과 생각의 깊이에 감탄하게 된다. 가수나 연주자가 악보를 내려놓고 자기 맛을 살려 노래를 부르려면 얼마나 많은 연습을 했겠는가? 마라톤 선수도 자기가 달려가는 게 아니라 자기 몸이 그냥 달려간다고 한다. 이처럼 모든 걸 섭렵한 후에야 자기 작법을 가질 수 있다. '작법은 없다'는 것도 결국 그 경지를 얘기하는 것이다. 완전히 자기화해서 내 것으로 소화했을 때 손은 절로 나간다. (92쪽)

그렇게 타향인 수복 지구 철원 땅으로 뛰어들었다. 1960년대 초의 일이다. 그 당시 가진 성경책까지 몽땅 팔아 철원으로 들어가 새날을 시작했다. 그야말로 끝은 새로운 시작이었다. 이쪽 문이 닫히면 저쪽 문이 열리는 법. 철원 생활은 지옥이었다. 그러나 평정을 찾았다. 생활의 미세한 부분들이 살아났다. 헐벗고 배고파도 악몽도 안 꾸고 깊은 잠을 잘 수 있게 되었다. 추위 속에서 내 몸을 움직여 고물상에서 날품을 팔았다. 고물더미 속에서 어린 동생들이 신을 낡은 신발을 뼘으로 가늠해 찾아 신문지에 둘둘 말았다. 하루 품값 120원으로 노란 좁쌀 한 봉지 사고, 신문지로 싼 신발을 들고 집으로 올 때의 기쁨은 무엇과도 바꿀 수 없었다. 내가 내 생을 오롯이 책임지는 것, 나에 대한 책임을 회피하지 않는 것. 바닥을 치니 새로운 아침이 시작되었다. (94쪽)

『설국』을 쓴 가와바타 야스나리,『누구를 위해 좋은 울리나』의 헤밍웨이, 사양족(斜陽族)을 만든『인간실격(人間失格)』의 다자이 오사무는 절망이 극에 달해 스스로 목숨까지 끊는다. 제대로 문학할 수 있는 사람이 절망도 하는 거지 어중간하게, 어지간하게 하면 절망도 없고, 작품도 없다. A를 만나면 A에 홀랑 빠져 A가 되고, B를 만나면 B에 홀랑 빠져 B가 되는데 내가 있을 수 없다. 제대로 된 문학을 하려면 철저히 절망해야 한다. 매문(賣文)이나 하는 사람(사실 현대는 매문, 매명을 하는 작가들이 진정한 작가 수보다 훨씬 많다), 매명(賣名)이나 하는 작가는 결코 절망하지 않는다.

작가에게 고난은 은총이다. 문학하는 행위는 구원에 이르는 길이다. 자기 자신을 만나러 가는 길이다. (95쪽)

삶의 목적은 삶 자체다. 결국 과정이 삶이고, 그 삶이 곧 문학이다. 과정 자체를 사랑해야 한다. 여행의 목적이 여행 그 자체인 것처럼 살아가는 과정이 인생의 목적인 셈이다. … 내 삶을 가져야 한다. 남들과 같아지는 것은 철저히 배격하면서 생각도 나대로, 생활도 나대로. 그것이 바로 개성이며, 개성이 없어지면 생명은 끝이나 마찬가지다. (98쪽)

작가도 석가나 예수, 성인들처럼 시각이 나에게만 머물지 않고 이웃→백성→인류애로 나아가야 한다. 예술가는 창작 행위 자체가 선을 행하고 있어 종교인과 같아야 하지 않을까. 나는 지난 일생을 나 자신을 위해서만 살아 온 죄인이 아닐까 고민해 봐야 한다. 예수나 석가모니가 실천한 이웃 사랑, 인류애는 우리가 흔히 말하는 자기 구원을 한 차원 뛰어 넘어 사회 구원, 인류 구원으로까지 나아간 것이다. (223쪽)

도정일: (중략) … 사람들의 가슴에 난 '상처'에 민감하게 대응하는 것은 문학이 절대로 포기할 수 없는 태생적 과제의 하나입니다. 상처에 대응한다는 것은 아픔에 반응하고 고통에 반응하는 일입니다. 나는 인간의, 우리들 자신을 포함한 타자의 '헐벗은 얼굴'(이건 레비나스의 용어인데)에 대해 연민의 능력을 확장하는 것이 문학의 할 일이라고 생각합니다. … (224쪽)

(톨스토이, 『두 노인』에서) 예핌은 돈도 많고 성실하게 살아 왔지만, 율법에서 벗어나지 못해 천국이 아닌 제국에서 산 사람이다. 그 제국이라는 것은 가룟 유다 같은 사람이 생각했던 나라다. 예수가 생각한 것은 유무상통하는 평등이었다. 이렇게 진리 안에서 평등하고 자유로운 사람이 바로 예리세이다. 그는 자연 속에서 순리를 따르며 살아 왔고, 그렇게 아나키스트처럼 살아 왔기에 굶주린 자에게 자신의 모든 것을 내어 주고 평생을 꿈꿔 온 성지 순례의 꿈을 포기한 채 홀연히 일상으로 돌아올 수 있었던 것이다. (265쪽)

어니스트는 나의 이상형이자, 시인보다 한 단계 위에 있다. 석가, 예수도 그냥 실천하며 살았을 뿐 어니스트처럼 글을 쓰지 않았다. 시인은 위대한 글을 쓰고, 큰 바위 얼굴을 닮은 사람을 꿰뚫어 보았으나, 자신은 거기에 닿지 못한 비극적인 존재다. 그래도 시인은 진짜와 가짜를 분별한다. 분별이란 아닌 걸 아니다, 맞는 건 맞다 말할 수 있는 인식의 출발이다. 어니스트처럼 실천가까지는 못 가도 이건 옳고 저건 그른 것을 판단할 수 있는 정견(正見)을 지닌 시인의 경지까지는 도달해야 사물의 이치를 올바로 적을 수 있는 작가가 될 수 있다. (『큰 바위 얼굴』 소개 중) …(276쪽)

사실 글을 잘 쓰는 사람보다는 삶에 충실한 사람이 잘 사는 사람이고, 훌륭한 사람이다. 글을 쓰지 않더라도 깊은 자기 우물을 지니고 살면 행복한 삶이다. 안 쓰고도 실천하며 살고, 안 쓰고도 행복하다면 충분하다. (277쪽)

끝으로, 채록자의 서문에 공감하며 기뻐할 많은 이들의 밝은 얼굴이 떠오른다. 이 강의록은, 밝혀져 있듯이 10년간의 강의를 채록, 정리한 것이다. 그 작업도 보통의 애정과 열의, 끈기, 노력으로는 해내기 어려운 일이다. 소중한 자료를 남겨준 채록자의 지극한 정성에도 감사의 박수를 보내지 않을 수 없다.